DANIELA O LA JUVENTUD TRUNCADA

*Para Rosa
con afecto,
y por todas las molestias
por las fotocopias pendientes.*

DANIELA O LA JUVENTUD TRUNCADA

Arturo Fornari Rosso

Primera edición: abril de 2023
Copyright © 2023 Arturo Fornari Rosso
Diseño de cubierta: © Patricia Hernández Ramírez

Todos los derechos reservados. Bajo las sanciones establecidas en el ordenamiento jurídico, queda rigurosamente prohibida, sin autorización escrita de los titulares del *copyright*, la reproducción total o parcial de esta obra por cualquier medio o procedimiento, comprendidos la reprografía y el tratamiento informático.

A la memoria de
Annette Sergent Minier

«Una historia no solo es verdad cuando narra cómo ha sucedido, sino también cuando relata cómo habría podido acontecer».

JOHANNES MARIO SIMMEL

A modo de introducción

Para Carmen:

Cuando relato los encuentros con Daniela no puedo dejar de sentirlos como una realidad lejana, que hoy regresa de una forma tan auténtica que me asalta la nostalgia de la juventud, no perdida ni olvidada, pero sí ya muy distante. Y despiertan antiguas pasiones, tan reales e intensas como mi amor por vos.

Sabés que el tiempo y la distancia provocan el olvido, o por lo menos atenúan la memoria. Han pasado muchos años: de un siglo a otro, de un milenio al siguiente. Y como una ley inversa al olvido, ciertos recuerdos se vuelven eternos, mejor dicho, renacen, y a veces con tal vivacidad que te hacen dudar del transcurso del tiempo.

Daniela será el vínculo entre mi pasado y mi presente. La necesitaba como catalizadora de las vivencias de aquella época. Su destino simboliza el destino de mi amigo Pedro Callaba y el de muchos otros jóvenes caídos bajo la represión militar. Representa la vida, aunque termina muriendo, y su existencia reaparece en mi mente como una proyección de un pasado inolvidable al que me aferro, sublimando su amor, así como también su belleza física y sus virtudes.

Cuando escribí la primera parte, todo surgió de una manera espontánea y rápida. Luego comenzaron, poco a poco, a despertar los recuerdos. Hay hechos que difieren en el tiempo y en el espacio, otros son redefinidos como continuidad narrativa. La memoria tiende a corregir los olvidos con creaciones propias que pueden ayudarnos a restaurar esa esquina rota o ilegible de nuestro pasado.

La figura de Alfredo es inventada, mas no por ello se aleja mucho de la realidad. El resto son personas verídicas que, de un modo u otro, han pasado por mi vida dejando profundas huellas.

El nombre de Daniela fue un juego de palabras que improvisé para salir de un apuro circunstancial ante su madre el día que la conocí. A mi falso nombre le agregué una *a*, y ella pasó a ser esa Daniela que a vos no te cae muy bien. Y no te enojes si hoy vuelvo a besar sus labios, pues es una ilusión. Al final son tan solo besos sobre papel.

Y, pensando en aquellos jóvenes que cayeron, cuento la historia de la truncada vida de una piba a las puertas de la juventud.

Te quiero.

ARTURO

Valladolid, España. Septiembre de 2017

1

> Mas dime, en la edad de los dulces suspiros
> ¿cómo o por qué el amor os concedió
> que conocieses tan turbios deseos?
>
> D. ALIGHIERI, *La Divina Comedia*, Infierno, Canto V

Sucedió en Las Piedras, ciudad lindante con Montevideo, a comienzos del año 1971. Fue ahí donde, de manera fortuita, supe de la existencia de Daniela.

Un año antes, mi hermano Luis había vuelto de su fracasado intento de radicarse en Australia. Durante su ausencia, continué viviendo con Lisa y Raúl C., nuestros padres adoptivos, en la casa de la calle Juan Paullier, en Montevideo. Al poco tiempo de regresar a Uruguay, en la primavera de 1970, Luis decidió, disponiendo de un dinero adelantado por el viejo —es decir por Raúl—, instalarse con un pequeño comercio de reparación de televisores y demás artefactos eléctricos, incluyendo un renglón comercial a fin de tentar a las amas de casa con pasivos adornos y artículos de regalo como floreros y marquitos para fotos, ceniceros y jaboneras de madera, posavasos de corcho y flores de papel, además de otros objetos aún más inútiles, que a mí me parecían naturaleza inerte materializada en tres dimensiones.

Mi hermano comenzó con un entusiasmo único, si bien en su fuero íntimo, a los pocos meses, empezaba a dar por fracasada la naciente empresa allende la capital. Las Piedras, una localidad muy pequeña, no respondía a las expectativas comerciales esperadas por él. Pasaron poco más de tres meses hasta que Raúl, que era un genio para las matemáticas y también era quien velaba por la inversión —la suya—, propuso liquidar el *boliche* y cerrar cuanto antes.

Se devolvieron a los clientes los pocos artefactos, por no decir casi ninguno, que se habían registrado para un posible arreglo. ¿Pero qué hacer con aquella naturaleza disecada que parte aún colgaba en las paredes y parte se exponía a los ojos de las amas de casa que a diario pasaban frente al escaparate?

Ante la precaria situación mercantil, Raúl sugirió rematar todo lo antes posible. Primero ofreciendo un veinticinco por ciento de descuento y luego se iría viendo, según cuadrase la iniciativa por él propuesta.

¿Y quién se pasaría las horas muertas tratando de vender, aunque fuese a precio de costo, el superfluo stock?

«Lisa y Pelusa», sugirió otra vez Raúl.

Durante algunas semanas, viajé cada día con Lisa a intentar realizar la adjudicada y desesperanzada tarea. Yo lo pasaba bien con Lisa. Siempre lo pasaba bien con ella, y a veces —a escondidas— mejor cuando recordábamos antiguas pasiones, porque… donde hubo lluvia, quedan humedades; donde hubo tempestades, quedan roces bajo la piel. Al mediodía, nos íbamos a comer al antiguo Continuado, restaurante que estaba casa por medio del *boliche*. Pedíamos un asado para dos personas, con la correspondiente ensalada y su botella de vino, más el flan de huevos, especialidad de la casa, que ella, apacible, rechazaba: «Traiga solo café. Si no, pierdo la línea».

Más que perder la línea, la entrelazábamos —fuera del bar, claro—; pero, por el momento, esta es otra historia que dejaremos reposar.

Trascurrido el primer mes, Raúl resolvió que fuera yo quien se ocupara del asunto y que Lisa no perdiera más el tiempo yendo al *boliche*.

Comencé a ir solo desde Montevideo hasta Las Piedras. El viaje se me hacía largo, y más habiendo comenzado ya el verano. Al calor se le sumaba el traqueteo del viejo autobús. Antes de pasar el barrio de La Aguada, tenía yo una notoria erección que no disminuía hasta llegar a destino, a pesar de mis intentos de pellizcarme los brazos, pincharme las piernas con la punta de la llave, mirar para fuera o buscar castigos mentales que atenuaran mi estado de ebullición hormonal. Al bajar del autobús, ponía delante de las entrepiernas cualquier pertenencia que disimulara mi alborotado miembro. Para no tener que sufrir tantas vibrantes como incómodas sensaciones y ahorrar tiempo y unos pesos, empecé a quedarme a dormir sobre una colchoneta que colocaba al fondo del local.

La potencial clientela eran algunas señoras del barrio. Entraban, miraban, charlaban, preguntaban el precio, volvían a mirar y se iban. A los pocos días, volvían, miraban, charlaban…Y así pasaron casi dos meses sin lograr deshacerme de la inútil mercancía ofrecida a precios de ganga. Un día, les dije que cerraba el local y dejaría unas cajas delante de la puerta. De esta manera, la mitad de la «naturaleza muerta» pasó a manos de nuevos propietarios en calidad de obsequio.

No todas las amas de casa buscaban una ganga. Algunas buscaban amistad, como aquella mujer, separada, de unos treinta años o poco más, con dos niñas pequeñas, que cuando iba y venía del colegio pasaba a verme; y, entre preguntas y aclaraciones, surgió un espontáneo cariño. Al poco tiempo de conocernos, me invitó a su casa: «Vivo con mi madre ahí, a la vuelta de la esquina».

La esperaba pasar y la acompañaba, al paso travieso de las niñas, el poco trecho que había hasta su casa. Algunas veces me quedaba a comer y jugaba con sus hijas. Ella me miraba y me hablaba con una dulzura que a mí me llegaba a todos los niveles imaginables de mis sentimientos biológicos, y hasta de los metafísicos. En mi candidez sexual, dudaba en cómo interpretarlos. «Si empieza ella, no digo que no», pensaba.

Nos sentábamos juntos en el sofá, recostados, hombro con hombro, pierna con pierna, separados por una diferencia generacional. Mientras ella rozaba su índice sobre mis labios, mi mano se deslizaba por su pelo con una tímida discreción, estimulando el natural erotismo que fluye por arriba y por debajo de la piel. Tentada en sus ensoñaciones, ella especularía con la justificada fantasía… para luego volver a la realidad, recapacitando: «Tiene veinte años. Aparenta ser muy adolescente todavía. Me inclino más a verlo como un hijo que como un amante».

Y así fue. Una pequeña amistad que me dejó gratos recuerdos; amistad que mantuve hasta que me fui de Uruguay.

Al estar el local comercial justo en el centro, el sitio era bastante concurrido. No solo personas mayores desfilaban frente a la puerta. Pasaban también dos pibas a quienes les había echado el ojo. Una era una muchacha que me llevaría ocho o diez años. La contemplaba pasar todos los días, con su largo pelo suelto y la ajustada pollera. Atenta a su entorno, desplegaba, junto a la sinuosidad del andar, una indiscreta mirada que ya de lejos me atrapaba y me seducía. Mas no miraba el escaparate, pues esas inútiles cosas no le despertaban ningún interés.

Día a día, la fui saludando. Al poco tiempo, detuvo su andar y prestó oídos a mis cotidianos saludos. Una vez habituada a mi periódica intercepción verbal, comenzamos a hablar con más afabilidad. No transcurrieron más de dos días y la atractiva piba entró a verme.

—Pensé que estarías en la puerta esperando verme pasar —me dijo, mirándome como si ella misma fuese la diosa del universo.

—Estaba al teléfono —mentí, y agregué—: Esperame que voy a buscar dos cafés y charlamos.

Entre café y café —el de ella y el mío—, le confesé lo mucho que me gustaba.

—Gracias. No salgo con pibes —me dijo, no sin cierta arrogancia—, a mí me gusta que sean maduritos. Ustedes son muy chiquilines y no saben cómo es una mujer.

Su revelación tocó mi orgullo de presumido veinteañero.

—Claro, a vos te gusta salir con viejos —le dije, girando entre los dedos un cigarrillo de los que dejaba mi hermano sobre el mostrador—. Ni te hacés idea de cómo soy.

Un anochecer, inesperadamente, irrumpió la piba en el local y muy decidida me dijo:

—Así que vos decís... que sos un campeón. ¡Dale! ¡Demostralo!

No, no piensen que la osada piba me puso en un aprieto; todo lo contrario, estaba loco por ella. Cerré la puerta de la entrada, apagué la luz y dejé que se filtrara una raya luminosa desde el cuarto de baño. ¡Preciosa, la *gurisa*! Me besó y la besé. La incliné sobre la colchoneta y le desabotoné la blusa. Sin perder más tiempo, le bajé la falda.

—¡Che!, ¡que sos rápido! —exclamó.

Se quedó corta con lo de «rápido». Apenas nuestros cuerpos se rozaron... ¡zas!, eyaculación precoz.

—¡Serás maricón! —me gritó en plena cara.

—¡No! No te vayas, flaca —balbuceé humillado.

Casi tan de rápida como yo, se subió la pollera, se puso la camisa y se fue. No me pegó de pura lástima.

Ella siguió pasando todas las mañanas y todas las tardes, como de costumbre. Ahora, más altiva y más segura de sus convicciones. Yo, escondido en la penumbra de mi vergonzosa eyaculación precoz, la miraba pasar de reojo.

A la tarde siguiente, vino a verme el «Ñato» R., un amigo de Guichón. Cerré el local y nos fuimos a tomar una cerveza al Continuado. Aproveché la ocasión para contarle de mi bochornosa peripecia del día anterior. Mi amigo largó una carcajada y me dijo que no me hiciera mala sangre, que «así son ellas, nunca están satisfechas con nada». Y que mujeres había de sobra, hasta demasiadas, y además que no solo ellas existían.

Lo miré confuso y él, notando mi perplejidad, sacó la billetera, abrió el compartimento trasero y extrajo una fotografía.

—Mirá —dijo, girando la foto hacia mí—, estos son mis nuevos amigos. Los conocí el verano pasado. Un día de estos te los presento.

—¡Qué bien acompañado andás! ¿Y quién es la piba que está debajo de la sombrilla? —pregunté con suma curiosidad.

—¿Esa? —respondió, señalando con la punta del dedo el borde de la fotografía—. Esa es la hermana del que está sentado a mi lado, el que es peluquero. ¿Qué te parecen? Son un poco «raros», con esos trajes de baños que parecen de mujer.

Pedí otra ronda, le palmeé el hombro y cambié de conversación. El «Ñato» no era la persona indicada para contarle ese tipo de revelaciones.

Ya anocheciendo, le recordé que se le iba el último tren. Me despedí con un abrazo y él me dijo que, cuando estuviera en Montevideo, pasara a verlo.

Pocos días después, entablé conversación con la otra piba cuya figura ya me era familiar. De entrada manifestaba tener un carácter más dócil que la de mi anterior fracaso. Sus curvas eran menos pronunciadas, aunque con el ajustado pantalón dejaba ver un trasero bien torneado y respingón. Tenía los cabellos de un castaño indefinido, los ojos oscuros y la boca grande. Sus orejas permanecían ocultas, salvo cuando se alzaba los cabellos por detrás de la nuca con un natural gesto, dando libertad a mi anhelante observación. Su espontánea dulzura la embellecía. Quizás su humildad y su timidez se debía, en cierta manera, a que en el brazo derecho tenía una pronunciada deformación: a la altura del codo, la articulación hacía una especie de joroba que ella intentaba disimular con camisas de amplias mangas.

Con esta piba se creó una relación más acorde a nuestra común naturaleza y se desarrolló una espontánea amistad. Me llevó a su casa y conocí a su madre, a su hermano y a una hermanita más joven. Fui presentado como su amigo montevideano. Recuerdo las dos o tres veces que ella y sus amigas me llevaron a un baile de barrio. Sincera deferencia que entonces no fui capaz de corresponder en su debida forma.

Aún hoy me invade cierta tristeza. La nostalgia de la sencillez de una juventud humilde que me trae lindos recuerdos y a la vez mala conciencia. Su nombre de flor, de «me quiere, no me quiere… me quiere. Me abandona, no me abandona… me abandona».

Con vos pasé gratos momentos. Te entregaste a mí con absoluta confianza. Tres veces regresé a Las Piedras para verte, estar juntos y robarte tus secretos. Fuimos a aquel hotelito cercano a la estación de trenes. Vos te dejabas seducir por mis galanterías, era como salir de tu mundo de barrio. Yo aparentaba ser hijo de buena familia por mis vaqueros de contrabando, por las camisas hechas a medida y disponer de algunos pesos para tomar algo y pagar la habitación. Tendría tu misma edad, y a esa edad me veías un pibe lindo y sensible —y, en cierta medida, lo era—. Las tres veces que estuvimos en intimidad, nos amamos sin reparos. Recuerdo tu cuerpo, tu trasero redondito y sugestivo; el codo derecho que tratabas de esconder y yo hacía como que no me daba cuenta y te lo agarraba y lo acariciaba.

—¿Cuándo venís de nuevo? —me preguntaste.

—Sí querés, pasado mañana.

—Te espero. Pasame a buscar.

Esa tarde fui a verla. Pidió permiso para salir a dar una vuelta y, aprovechando el consentimiento de su madre, nos fuimos corriendo al hotel para parejas. Creo que ella presentía que sería la última vez que nos veríamos, como si percibiera el final de nuestra relación.

Mi nueva amiga se entregó confiada. Yo, traicionero en esa ocasión, dejé mi estocada machista para el último momento: la seduje a que me dejara experimentar aquel trasero tan tentador.

En ese último encuentro, el tiempo se dilató más, reteniéndonos, como prorrogando el preámbulo de un sueño destrozado.

—¡Abrazame! No me dejes ahora… —me dijiste, con miedo de sentirte abandonada.

Esa noche, la acompañé hasta su casa, entregándole mi corazón y mis promesas. Sin embargo, algo en mí se rebelaba ante mi proceder.

—¿Te quedás un rato todavía? —preguntaste con quebrada voz.

A las doce pasaba el último tren. Además, me di cuenta de que había olvidado mi documento de identidad en el hotel.

—Es que voy a perder el tren... —te dije con terrible indecisión.

—¡Andá, corré!

Ante su confusa mirada, me alejé unos pasos, resistiéndome a marcharme.

—¿No me das un beso? —me pediste.

Su ternura de mujer me invadió, la claridad de sus ojos me detuvo. La abracé con cariño, con intimidad; también con cierta mala conciencia, como pidiéndole disculpas. La abracé con miedo, con miedo de que fuera la última vez. Me alejé hasta la esquina, me volví para verla, y noté su mirada, como diciéndome: «¡Volvé!».

Corrí desde la esquina hacia ella y nos unimos en un último abrazo, deseando que el tiempo se detuviera para siempre en ese instante.

No me atreví a mirarla y corrí de nuevo, evadiendo mi culpa, hasta la estación.

—Uno a la estación Central —pedí en la ventanilla.

—Salió hace cinco minutos.

—¿Y el próximo?

—Hasta las seis de la mañana no tenés otro.

—¿Algún hotel por acá cerca?

—Allá abajo, al lado de la cancha de futbol, hay un bar que alquila cuartos.

Así que, afligido y caviloso, allá me dirigí; no sin pensar en mi dulce amante, al tener que dormir tan cerca de su barrio. Llegué al cochambroso bar ya tarde. Dentro había un tipo tomándose un vaso de *grappa*, recostado al viejo mostrador.

—¡¿Qué querés?! —me preguntó luego de acomodarse el cigarro entre los labios y mirarme de forma más que rara.

—En la estación me dijeron que usted alquila camas.

—¿No te parece que venís un poco tarde? Ya tengo cerrado.

—La puerta está abierta —aclaré.

—¡¿Y?! —me refutó, para en seguida agregar de mala gana—: Una noche, ochocientos cincuenta pesos. Y dámelo justo, que no tengo cambio.

A pesar de que era verano, no quería pasar hasta la madrugada sentado en la estación, con fatiga y hambre. Un poco irritado, acepté.

—¿Qué te pongo mientras te arreglan la cama? —voceó, *pucho* en boca.

Detrás del mostrador, dentro de una lata abollada y con rastros de antigua mugre, asomaban tres resecas *milanesas*, sin duda ya recalentadas desde el día anterior.

—Deme dos de esas con pan y una Bidú —le respondí, incómodo, señalando con el dedo.

—¿Querés un vaso?

—No... No se moleste.

Casi me tiró el plato con los dos filetes, y lo frené con el codo en tanto que él gritaba:

—¡Honorio! Prepará la que da para la escalera.

Yo estaba mordiendo mi segunda porción de ternera cuando, de un salto, bajó un pibe jovencito y negro como el chocolate sin leche.

—Tenés la cama hecha —me dijo.

—Dame la llave, entonces.

—Acá no hay llaves. Solo el patrón abre y cierra las puertas —me aclaró el ágil chocolatín.

Pagué lo consumido y me fui detrás de él. La escalera daba un poco de miedo y entendí por qué el negrito saltaba casi sin pisar los escalones.

—Tené cuidado con los clavos que salen de la baranda, que tienen más herrumbre que el cuchillo del patrón —dijo, mirándome de reojo.

Al subir, de frente, una desvencijada puerta. El pibe la empujó con el pie derecho y entró primero, indicándome que esperase a que él enchufara el cable de la luz. Al iluminarse la penumbra, entré. Igual que la lata de las *milanesas*, también la cama presentaba inmemoriales restos de mugre. «¡Acá no me saco ni los zapatos para dormir!», me dije.

—¡Che! ¿Y el baño?

—Lo tenés abajo, en el patio. Es solo el escusado. Si querés lavarte, sacá agua del aljibe. De día, ya que ahora no ves nada.

Pensaba en si no hubiera sido mejor pasar la madrugada en la estación, mientras aunaba y mitigaba mi desaliento con el deseo de correr al regazo de mi querida amiga, que moraba a pocas cuadras de mi casi involuntario refugio.

Solo y en la oscuridad. Solo y en la boca del lobo. Menos mal que ya no eran épocas de «lobizones ni luces malas» porque si no…

Guardé mis escasos billetes debajo del colchón. Me disponía a sacarme el pantalón cuando, después de tres unidos golpecitos a la puerta, entró el pibe, descalzo y con una camiseta del club Peñarol, quizás un poco pequeña, que le acentuaba sus formados brazos y apenas le llegaba al ombligo. Más abajo, traía puesta una especie de faja que le tapaba el pene y le resaltaba los muslos. Ante mi asombro, sacó su mano derecha de detrás de la espalda, y exclamó:

—¡Te traigo un helado! ¡De *vainiiissshhhaaa*!

No me dio tiempo a empujarlo por la rendija de la puerta entornada. De un salto, se tiró sobre la cama. Con un solo movimiento, se despojó de su prenda íntima y, bajo la tenue luz de veinticinco vatios, levantó el apretado culito. Metió un dedo en el cucurucho, sacó un poco de helado y empezó a embadurnar la entrada de su lustroso trasero. Se dio una palmada en la nalga y me dijo:

—¡Dale! ¡Cómetelo!

No me pregunten cómo... Una vez más sucumbí a los efectos del sexo.

—¡Me lo dejaste de «leche con vainiiisssshhhaaa»! —dijo— y bien calentito. Aunque todavía tenés que aprender mucho.

—¡Flaco, que ha sido la primera vez! Y porque me arrastraste vos, si no, ni lo pensés.

—No te hagas ahora el inocente. Si querés, vengo a chuparte un «mate amargo» mañana temprano —agregó, irónico.

—¡Pará! Traeme un balde con agua del aljibe y un cacho de jabón. ¡Y borrate! ¡Y si querés mate, se la chupás a tu patrón! —proferí ya fastidiado.

Sus blancos dientes relucieron bajo la exigua luz, me miró con simpatía y, entre risitas, me dijo:

—Así como lo ves, el patrón también es maricón.

Me lavé lo mejor que pude y me sequé con el calzoncillo, a sabiendas de que tendría que llegar a casa con el vaquero quemándome por el roce mi «viril pecador». Arrimé la única silla que había en la habitación y tranqué bien la puerta.

No pude dormir las pocas horas que quedaban de oscuridad. En cierto modo, la absurda y hasta innecesaria aventura me hizo reflexionar sobre mi libidinoso proceder. Me adjudiqué inmadurez, infidelidad, promiscuidad... y sufrí por mi leal amiga. Intenté justificarme con un «ojos que no ven, fullerías que se las traga la oscuridad». El reconcomio de mi proceder persistió al recordarla.

Tanto fue mi sentimiento de culpa que, cuando a la semana siguiente tuve que regresar a Las Piedras a buscar el carné de identidad olvidado en el hotel, no me atreví, de puro cobarde, a ir a verla.

¡Qué manera más infame de decir adiós!

Han pasado ya más de cuarenta y cinco años. No la olvido. A pesar que ella no tendrá tan grato recuerdo de mí. Ahora sé que abandonar de esa manera a una amiga es causarle un dolor inmerecido, y muchísimo más cuando ni la delicadeza tenemos de sentir cómo sufrirá. El desaparecer de la vida de un ser querido sin siquiera decir «adiós y gracias por tanta generosidad y entrega», es egoísta y cobarde, además de irresponsable.

¿Qué habrá sentido? ¿Qué habrá pensado de mí? ¿Cuánto tiempo me habrá esperado?

Hoy recuerdo tu cariño y tu generosidad. Deseo que hayas llegado a ser, por lo menos, un poco feliz en tu difícil vida de mujer. Si pudiera verte de nuevo, quisiera, de algún modo, resarcirte el sufrimiento causado por mi abandono.

De regreso a Montevideo, seguí viviendo mi vida de una forma autoinstruida, sobre todo en las relaciones pasionales. Tuve muchas aventuras en la capital. Algunas fueron solo platónicas; otras, menos castas.

Una tarde, pasó a buscarme el «Ñato» y me invitó a salir a caminar por la avenida 18 de Julio.

«Con un atardecer así habrá muchas pibas por el centro de la ciudad», consideré y acepté.

Nos pusimos en camino. Yo ubicando mis radares sensual-sensitivos, y él hablándome de vacas, ñandús y ovejas perdidas, hasta llegar a la cervecería La Pasiva.

A la hora, después de cuatro cervezas y de ver pasar un montón de pibas que estaban lindísimas, y yo sin poder decidir cuál era la más atractiva y bella a mis ojos y a mi enamoradizo corazoncito, me dijo mi amigo:

—Ahora vení, que te voy a presentar a unas amistades.

Era en la calle Paraguay casi 18 de Julio, muy cerca de la Jefatura de Policía. Tocamos el timbre en un primer piso. Se abrió la puerta y una afeminada voz nos recibió con un exaltado:

—¡Pasen! ¡Pasen!

Nos adentramos en una fiesta con un montón de pibes vestidos y peinados más a la usanza de las mujeres que de los hombres.

—¿Está Marcel? —preguntó el «Ñato».

—Allá está, junto al tocadiscos. Esperá, que la llamo —contestó la encendida voz.

Abriéndose paso entre el ruido y la música, se nos acercó un pibe luciendo un ajustado pantalón y una camisola anudada a la altura del ombligo.

—¡Veo que no viniste solo! —exclamó—. ¡Qué bien! ¡Estás en todas, «Ñato»! Andá a ayudarla a «aquella» con los discos que yo me ocupo de tu amigo. ¿Y de dónde sos? —me preguntó alborozado el veraniego pibe. Luego de mi respuesta, agregó—: ¡Ah! ¡Qué bien! Sos del interior. Mirá, tengo una peluquería, justo ahí enfrente. —Señaló con el dedo hacia el ventanal—. Si querés, pasá mañana al mediodía y te arreglo esas patillas a lo Joe Cocker.

No me dio tiempo de decirle que lo mío no eran patillas, que era barba. En ese momento, golpearon con rudeza a la puerta.

—¡La policía! ¡La policía! —gritaron las boquitas pintadas que tenía alrededor y, al unísono, manifestaron—: ¡Es una fiesta de disfraces, agente!

Dos o tres policías entraron y otros tantos se quedaron en la escalera, pasaron a mi lado sin mirarme y aproveché para gritarle al «Ñato»:

—¡La *concha* de tu abuela! ¡¿Dónde me metiste, *boludo*?!

—Tranquilo, «Pelusa», que estos vienen por los maricas nomás.

Ya me veía prestando declaraciones y antecedentes en la comisaría. Ni siquiera me pidieron los documentos. Me escabullí lo más rápido que pude, entre los milicos y la escalera, pegado a mi amigo, que se despidió de los policías como si fueran viejos conocidos. Mientras, desquiciado y malhumorado, yo bajaba haciéndole todo tipo de reproches.

Pasado unos días, ya repuesto de la impresión de haber visto tantos pibes con tendencia de pibas, me miré al espejo y me vi como Joe Cocker. Y no al mediodía, sino al caer la tarde, me acerqué a la peluquería. Entré y vi a dos de los jóvenes de la interrumpida fiesta carnavalesca.

—Sentate y esperá. Termino con esta clienta y te atiendo —me indicó mi flamante conocido entre sonrisas y secador en mano.

Me acomodé en un sillón, con la mirada recorriendo las fotografías sujetas a la pared. Diferencié más de una docena de peinados: cabellos rubios y largos; negros y cortos; lacios y rizados; ondulados con mechitas y tirabuzones; negros y crespos, al estilo de Angela Davis.

No me identifiqué con ninguno.

Un rato después, se acercó el pibe y me dijo que cerraba el local, invitándome luego a tomar algo.

Acepté.

En el bar de la esquina, tomamos el café y lo prolongamos con cervezas y pizzas. En casi dos horas, me contó toda su vida.

—Vivo en calle Durazno, entre Santiago de Chile y Ejido, con mi madre y mi hermana —agregó, poniendo una mano sobre la mía.

—¿Es tu hermana menor que vos?

—No. Tenemos la misma edad, somos mellizos.

—¿Y se parece a vos?

—Sí, pero con pelo largo.

«¡Claro! ¡Es ella! La de la foto en la playa», me dije.

En ese momento, luego de horas, lo observé por primera vez. El cabello negro le caía sobre las orejas, ocultándolas, y sus ojos atraían mi atención. Su nariz podría decirse que era delgada, ni comparación con la mía. Las veces que se levantó le miré el cuerpo, entallado bajo el pantalón blanco. El pibe se giró hacia mí, intuyendo mi oculto deseo, y se sonrió. Regresó a la mesa y me propuso que lo acompañara a su casa. Quise pagar, y él me lo impidió diciéndome que era su invitado.

Caminamos ocho o nueve cuadras y llegamos al edificio. Subimos hasta el primer piso, abrió la puerta, me hizo pasar y saludó con un integrado:

—¡Hola, soy yo! Vengo con un amigo.

Atravesamos un pasillo y me encontré en un espacioso salón con una mesa flanqueada por blanquísimos sofás y paredes con oscuras estanterías y coloridos cuadros. Entre dos ventanales que daban a la calle, vi una enorme palmera. No me dio tiempo a cerciorarme si era artificial o de verdad. En ese momento, enfiló hacia mí una elegante mujer —tendría poco más de cuarenta años— y, antes de que mi anfitrión nos presentara, con una amable sonrisa, me preguntó:

—¿Sos amigo de Marcel? ¿Vivís en Montevideo?

—Sí, en el barrio Cordón —contesté un poco sobrecogido.

—¿Y cómo te llamás?

No tuve que pensarlo, ni dudé. Para estas circunstancias, un poco fuera de lo cotidiano, me hacía llamar Daniel.

—Te llamás como mi hija, sin la *a* final.

—¡Qué coincidencia, señora!

—Está bien, mamá —interrumpió mi anfitrión—. Ahora le quiero mostrar el nuevo elepé de Serrat.

Esbocé una huidiza sonrisa, como esperando que cayese el telón del último acto entre la inesperada concurrente y el ruborizado forastero, cuando, en ese preciso instante, irrumpió en el salón una piba preciosa, de pelo largo retinto y oscuros ojazos con enormes pestañas. Fue verla y me creí enamorado para toda mi eternidad. Cerré los ojos y me puse rojo, rerojo de vergüenza. «¡Trágame tierra, pavimento, baldosas, alfombra, lo que sea! ¡Que no piense que soy maricón!», imploré.

Y, ante aquella divinidad sin par, balbuceé un tembloroso e insípido «hola».

La belleza se dignó a volcar sobre mí una fugaz mirada. Aspiré profundo, contuve la respiración… y solo fui merecedor de un:

—Así que a vos también te gusta Serrat… Me lo imaginaba.

Le dio un beso a su hermano y se fue sin ni siquiera volver sus ojos hacia donde yo estaba.

—¡Ingrata! —masculló, ofendido, tragándome las palabras.

—Dale, vamos a mi cuarto y estamos más tranquilos —me indicó Marcel.

La habitación tenía una alta y delgaducha puerta de dos hojas, con un tragaluz en la parte superior. Calculé la altura del vidrio.

«Por ahí arriba imposible que nos espíe su madre, aunque si pega la oreja a la puerta puede oírnos», pensé. Y me puse nervioso.

—Dale, pasá y sentate en la cama, que voy a poner el tocadiscos.

Me senté al borde del colchón y miré alrededor, por si hubiese aperturas indiscretas. Comenzó a sonar *Mediterráneo* y, ya en la estrofa «eres como una mujer perfumadita de brea», se acercó a mí y me dijo aquel ya más que gastado: «No te asustes, que no te voy a comer».

Y yo —que no tenía más ánimo y ansias, apetito y deseo, ojos y corazón que para mi nueva tocaya Daniela— como flotando en el aire, me distanciaba a medida que él se me acercaba. El cabecero de la cama me frenó y tuve que confrontarlo. Con gesto afeminado, acariciando con su mano mi cara, me dijo:

—Voy a cerrar las cortinas, así nos hablamos en la penumbra.

—¡Y cerrá la puerta también! —imploré.

—No te preocupes, que mi madre no entra sin llamar primero.

—¡No me importa! ¡O cerrás la puerta con llave o me voy!

—Lo hago si te sacás la ropa y te escondés debajo de la sábana.

«En qué apuros me he metido, cómo le voy a decir ahora al pibe que no», me dije.

Me saqué el pantalón —nada más que el pantalón— y me metí en la cama. Sentí su cuerpo próximo al mío, me buscó bajo las sábanas y me susurró al oído:

—Ves. De esta manera es más lindo escuchar a Serrat.

Antes de terminar el lado «A» del disco, me dijo que así no valía, que tenía que desnudarme al igual que él.

—¡Pero si tenés puestas bragas de mujer! —exclamé.

—Sí. Son de mi hermana.

—¿Te las presta?

—No, yo se las agarro prestadas.

—Entonces… ¡¿Querés decir que tu hermana las ha tenido puestas?!

Ante esa fantasía, esa imaginación de la Daniela ante mí —no en cuerpo y alma—, pero sí junto a una prenda tan íntima que me parecía un espejismo de su dueña, fui perdiendo las ganas frente a su hermano. Ya ni ofrecí resistencia cuando, poco a poco, me fue acariciando y bajando los calzoncillos hasta quitármelos y dejarlos caer al suelo. Desde mis pies hacia arriba comenzó a subir acariciándome con la nariz y llevando su lengua en un va y viene por mi piel. Abrí las piernas para no entorpecerle el derrotero hacia el lugar al que con ganas deseaba llegar, y que con un —a estas alturas— aplacado y desganado deseo se le aguardaba. Cuando, tras múltiples toques y masajes, montó los labios en mi lánguido órgano y lo escondió dentro de su boca, el tocadiscos se pegó en un surco. Me encogí un poco hacia un lado, preocupado, y murmuré:

—Flaco… flaco…, que se raya el disco y va a venir tu madre.

Levantó la púa, le dio la vuelta y todo comenzó otra vez. Se repitieron las canciones, se repitieron las caricias y se repitieron sus lamidas.

—¡No sigas, que no me aguanto! —le dije, inoportuno y molesto.

—¡Ah! ¡Eso no! —respondió—. Si querés, vamos a la cocina y comemos algo.

—¡Estás loco! ¡Y nos ve tu madre acalorados y despeinados!

Ante mi indecisión, me empujó sobre la cama y susurró:

—Dame otro poco…

Accedí a su demanda, pero lo frené a los pocos minutos.

Me miró haciéndose el enojado:

—¡Claro, sos igual que todos! ¡Lo único que quieren es comerme el culo!

—¡Que se nos va el día!

—Tenés razón, ya es casi de noche; sin embargo, no tengo apuro.

—¡Yo sí! ¡Dale! Quitate la braga.

—Está bien, pero no a lo bruto.

Junto a la ventana, Serrat seguía girando ya afónico. Marcel se levantó, apagó el tocadiscos y volvió a mi lado.

—¿Te puedo pedir una cosa? —me dijo—. Que la próxima vez no seas tan apresurado.

Pensé, por mi parte, pedirle que me dejara la braguita de su hermana. Me abstuve. Intuía, de forma equivocada, que no los volvería a ver ni a él ni a ella.

2

> Me ha llenado de dudas una nueva visión
> que me atrae a sí de tal modo
> que no puedo dejar de pensar en ella.
>
> D. Alighieri, *La Divina Comedia*, Purgatorio, Canto XIX

El verano montevideano seguía su calurosa trayectoria, esa de veinte grados en las noches y treinta y pico en los mediodías. Una tarde había dado un paseo por la playa de Malvín, no con la intención de meterme en el mar, sino más bien para caminar por la arena hasta el final de la playa y regresar por la rambla, con la esperanza de que alguna piba tuviera la bondad de poner sus ojos en mí. Claro que la camiseta no me la sacaba; solo mostraba mis piernas, que no eran ni flacas ni gordas, ni peludas ni lampiñas, ni musculosas ni chuecas; tampoco eran atléticas como a muchas pibas les gustaba. Haciendo un esfuerzo respiraba hondo, sacaba pecho y ponía la cara de un Alain Delon «uruguayizado», por si la fortuna llegase a tocar a mi puerta.

Al llegar a casa, Lisa me dijo:

—Tocaron el timbre, era un amigo tuyo que preguntó por vos… ¡Así que ahora te llamás «Daniel»! ¡Y yo sin saberlo! —exclamó, suspicaz y cómplice—. Dijo que es el peluquero. Que cuando puedas pases a verlo, que tiene un televisor con problemas de audio.

Lo pensé una vez, solo una, y me dije: «¿Te vas a meter en la boca del lobo?».

Metí un destornillador en un bolsillo y una cajita de chicles en el otro. No fui a la peluquería, sino que me dirigí al edificio de la calle Durazno. Apreté el timbre en el portal y esperé. Subí las escaleras de dos en dos, aun a sabiendas que nadie me observaba, para demostrar que era un pibe atlético. Frente a la puerta, esquivando el visor, pegué el chicle entre el marco y la pared. Respiré hondo, pulsé el botón del llamador, y esperé como haciéndome el distraído.

—Hola, Daniela. Me dijo tu hermano que ustedes tienen un problema con el televisor —aclaré con fingido tono de indiferencia.

—¡Lo tendrá él! ¡Yo no miro ni escucho la tele! —me espetó con auténtica desidia.

«¡A que me cierra la puerta en las narices! ¿Será capaz?», sobresaltado especulé.

—Mi hermano no viene hasta la noche, si querés pasá y revisá el aparato. Y no me entretengas que estoy enfrascada en un examen de Física.

—Ya que estoy, lo miro —le contesté, no sin cierta desesperanza.

—Avisame cuando te vayas —me dijo. Y dándome la espalda desapareció con inoculta expresión de molestia.

—¡Sí! Sí, claro, te aviso —le respondí con el corazón palpitante.

Me quedé solo en el salón. Miré hacia las puertas y hacia la frondosa palmera. Esta vez sí tuve tiempo de tocar sus hojas y comprobar que no era natural, y al mismo tiempo darme cuenta de que eso era intrascendente para mí. Todos mis sentidos se centraban en ver aparecer a la madre, quien había salido, o estaba en la cocina, o se estaba bañando; o quien aparecería sería su marido. Ante tal escenario mis oídos se aprestaron para oír un: «¡¿Y vos qué hacés acá?!». No, mire, soy Daniel, amigo de Marcel y… Y seguí esperando y nadie se presentó. Arrastré el tremendo armatoste en su mesita con ruedas hasta el medio de la sala, lo giré hacia la luz, le saqué la tapa, soplé el polvo acumulado sobre el transformador, vi el estado de la conexión de los cables y demás elementos, y pensé; pensé: «¿Estará sola?».

Desconecté unos cables para hacer tiempo y volver a conectarlos, desenchufé dos o tres válvulas y las puse sobre la pulida superficie de la oscura mesa. Mi paciencia no tenía límites, allí la esperaría hasta que saliera. «Tendrá que tomar agua, o sonará el teléfono, o deberá de ir al baño…», pensaba y deseaba ya al término de mi simulada reparación técnica. Otra vez miré las hojas de la palmera, artificial sí, no obstante, compañera asociada a mi ya interminable desasosiego.

Al cabo de una insufrible media hora escuché abrirse una puerta:

—¿Cómo lo llevás? ¿Podés arreglarlo?

Aliviado e impregnado de tan deseada voz le respondí con un toque de simulada impasibilidad:

—Es el condensador de audio, tendré que cambiarlo. Si puedo, vengo mañana y traigo uno nuevo.

—¡Por mí si venís el próximo año! ¡Ya te dije que yo no oigo ni la radio ni la tele! —me espetó.

«¡No me digas eso! ¡No seas mala!», respondió mi corazón.

Y, Daniela, como leyendo los pensamientos de mi dolido semblante:

—Perdoname, no quise expresarme en esos términos. Tu presencia no me molesta. —Y, dignándose a obsequiarme una ligera mirada, agregó—: Además sos tan calladito.

«¡Te equivocas! Ni calladito ni tímido», me dije, pensando en mí... y en ella.

Había que aprovechar la primera oportunidad, por mínima que fuese, e intentar profundizar la comunicación.

—¿Cómo lo llevás con tu examen? —le pregunté—. Si es acerca de electricidad, te puedo ayudar.

—Es sobre aerodinámica y propulsión. De cómo funcionan los aviones.

—¡Tenés a un especialista contigo! Sobre eso te puedo explicar un poco. Estoy sacando la licencia de piloto en el aeródromo Ángel Adami.

—¡¿De verdad?! Te traigo un café y me lo explicás.

—¡Dale! Mientras tanto voy despejando la mesa...

—No, no te preocupes de eso ahora. Mejor ayudame en la cocina.

«Si esa es la puerta de la cocina, y entrando, a la derecha, es la habitación de Marcel, la lindante es de ella, la otra tiene que ser la del baño y esta, a mi izquierda, la de sus padres...», si no me falla la memoria.

—No te quedés ahí mirándome —me dijo. Y señalando con el índice agregó—: Dale, sacá los pocillos del armario. Las cucharitas están en aquel cajón, y ¡cuidado!, no le desordenes el orden a mi madre.

—¿Estos pocillos de café? —pregunté, ingenuo.

—¿¡No me dirás que a vos te gusta el mate!?

—No, a mí, ni mate ni Gardel.

Daniela sonrió, sonrió para mí por primera vez. Con esa sonrisa ya ni azúcar necesitaría por más amargo que fuera el café. Con sumo cuidado, agarré dos pocillos, uno rojo y uno verde, y los correspondientes platillos de colores. Mientras volcaba el agua caliente en la cafetera me miró, casi de reojo, señalándome el pocillo verde con su platillo verde. Dirigí la mirada hacia el aparador y le indiqué que prefería la combinación del pocillo rojo con el platillo negro.

Ella dejó la caldera de lado, se acercó —yo me encendí por dentro—. Volvió a sonreír:

—Veo que leés a Benedetti.

—Algo he leído. Ya sabés que es de mi pueblo; o mejor dicho, yo soy de su pueblo.

—Sí, me contó mi hermano.

«¡Ah!, sabe algo de mí. ¿Y qué más sabrá?», pensé.

—¿Querés unos *scones*? —me ofreció, indicando la bandejita de loza—, los hace mi madre.

—¡Sí! Me gustan mucho —contesté, agarrando una pastita. ¡Mentira!, mi prima Clementina también los hacía y eran incomibles.

En el centro de la rectangular mesa, y sobre un mantel ovalado, la cafetera, los pocillos de colores, las cucharitas de alpaca, dos servilletas, el azucarero de porcelana con patitas doradas y un cenicero de cristal. Esperé que mi anfitriona me sirviera el café para atreverme a preguntar a qué hora llegaría Marcel.

—Hoy es viernes, trabaja hasta las diez.

—¿Y tu madre?

—En verano mi madre se va casi todos los fines de semana a Solymar. Tiene una casa allá.

—¿Y tu padre?

—¿Mi padre? Mi padre vive más tiempo en Buenos Aires que acá. ¿Y vos por qué te llamás Daniel? —preguntó de súbito, al tiempo que sus ojos recorrían mi presencia.

—No lo sé…, cosas de mis viejos.

—Si a mi nombre le quito la última «a» me llamo igual que vos.

—Y si al mío le pongo una al final me llamo igual que vos.

—Sí, pero vos tenés barba y yo no.

—En algo tenemos que diferenciarnos, ¿no te parece?

—Claro, a vos te gusta Serrat y… a mí me gustan los Creedence. —Y sin darme tiempo a prevenir la esperada acometida, continuó—: ¿Y desde cuándo sos amigo de Marcel?

—Desde hace poco…

—Pensé que hacía más tiempo, como te trajo a casa. ¿Te gusta mi hermano?

—¿A qué te referís?

—A si sos igual que sus amigos. A si te pintás los labios y usás ropa de mujer.

Tal inesperada interrogación me agarró aún más desarmado.

—¿Por qué te ponés colorado? —preguntó con una mueca inquisidora.

—Me ponés en una difícil situación —balbuceé, huidizo.

—Dale, no te dé vergüenza. Soy piba; no obstante, creo que estoy más enterada de la vida que vos y no porque seas de pueblo.

Temiendo que pudiera ver reflejado en mis pupilas el desliz con el pibe del bar de Las Piedras, mientras buscaba una salida decorosa a mi atolladero pasional, jugando con la cucharita entre los dedos y manteniendo la mirada fija en el centro de la mesa, para no caer postrado a sus pies, con cara de ingenuo, pregunté si fumaba.

—Como hay un cenicero…

—Mi padre fuma. No te desvíes del tema.

Puse cara de incriminado y de inocente: la pura realidad.

—¿Sabés? —comencé con la vergüenza saliéndome por los poros—, esa vez fue mi primera y única vez. ¿Cómo explicarte?, me dejé guiar por mis instintos. A veces los pibes tenemos conductas que para ustedes no son normales. Estuve con tu hermano, y en ese momento… deseé que él fuera una mujer —le revelé con entrecortada voz, procurando que mi confesión no saliera de aquel recinto.

—¡¿Una mujer?! ¿Y para qué? ¿Y qué habrías hecho si hoy hubiera estado Marcel en casa?

—No me lo pongas aún más difícil. Estando vos en la casa, y además en la habitación de al lado, me habría limitado solo a charlar un rato con Marcel y nada más. No me mirés condenándome, no soy inocente; más bien… fue él que insistió en ir a su pieza.

—¡Qué romántico! ¡Me dan ganas de llorar! —ironizó —. Siendo así, tendré que perdonar a mi hermano… y también a vos.

No me pareció oportuno reconocer mi pecado y agradecerle su beneplácito, así tan libre de castigo. Por un lado, me avergonzaba mi desliz con su hermano y, por otro, despertaba en mí una sensación profundísima de enamoramiento hacia ella. Vergüenza que yo intentaba borrar mostrando interés por su presencia.

—Si querés vemos lo de física antes de que venga Marcel —me atreví a decirle.

—Hoy no viene hasta tarde. Y si sale con sus amigos no sé decirte a qué hora llegará. Tengo una pizza para el horno, de las que hace mi madre. Te quedás un rato, vemos lo de física, y después comemos. ¿O te espera alguien?

«¡Sí, Lisa!», me dije.

Claro que me abstuve de tal revelación.

—No, nadie —respondí con el corazón inquieto.

—Entonces vamos a mi pieza, tengo todo sobre el escritorio. No mirés el desorden; mi madre cocina —y muy bien—, pero lo de los dormitorios ella dice que no es cosa suya; y mejor así para todos, menos para mi padre, que piensa diferente. —Empujó la puerta de la habitación, que no abría del todo, y dijo—: A veces dejo los almohadones en cualquier sitio, me gusta leer tirada en el suelo. La cama la utilizo solo para dormir, no soy como mi hermano que le da «múltiples usos».

Por tercera vez me miró y se sonrió. Yo hice como que no había oído la última frase.

—¿Y qué leés? —le pregunté, ya con más soltura y menos mala conciencia.

—Los pocos libros que tengo. Me gusta leerlos varias veces. Comienzo echando un vistazo al título, miro quién es el autor o la autora; miro el nombre de la obra con su título original, no porque domine otros idiomas, sino por simple comparación. También cuándo y dónde se publicó. Además, miro si tiene una dedicatoria a alguien o a sí mismo. ¿Te imaginás? «este libro me lo dedico a mí mismo», firmado: *Mario Benedetti*. —Hizo una pausa y prosiguió—: Cuando leo me gusta mezclarme entre los personajes y las palabras... Deleitarme con *Platero* y reírme con *Mafalda*. También me atrae el miedo, no porque me guste el miedo, sino por cierta mezcla de... de fantasía y grima que me produce, como cuando te intimida una persona y no sabés si entregarte o defenderte. Por eso me dejo llevar por el deseo de penetrar el laberinto de la antigua biblioteca...

—¿Qué biblioteca? —interrumpí.

—Una biblioteca en una abadía perdida en la montaña, rodeada por un paisaje agreste y desértico. Ni siquiera un reflejo de agua se percibe. Allá entre *Lérici y Turbía*[1] —como quien dice—, donde termina el mundo y empieza el misterio. Un sitio lleno de curas, pero abandonado de dios. A mí esas cosas religiosas me huelen a fúnebre

---

1 D. Alighieri, *La Divina Comedia*, Purgatorio, Canto III.

y me dan repugnancia; no por la imponente biblioteca que te impresiona, sino por los curas, inútiles parásitos, vegetando en la humedad de sus celdas. Y sigo leyendo, aunque me dé miedo perderme dentro de esos claustros me atrae el saber de antiguos manuscritos hechos por admirables maestros. Ya ves, hay de todo en este feudo divino.

Levantó sus manos, como ocultando su cabeza dentro de una capucha, y agregó:

—¡Y los monjes! ¡Ni te digo! Todos con caperuzas y cruces, y rezando noche y día. ¡Qué miedo!

—¿Qué libro es ese, no lo conozco? Parece *Drácula* —pregunté.

A lo cual Daniela, con actitud profética, contestó:

—Un libro que aún no se ha escrito pero se escribirá. ¡Y no me interrumpas más! ¡Ves!, se me fue el hilo —replicó. Frunció la cara, miró hacia el escritorio, y continuó—: Abro todos los libros que caen en mis manos y les echo una mirada. No cuento el número de páginas, aun así, deduzco si es más voluminoso tal o cual ejemplar. —Arqueó los labios formando dos picarescos semicírculos, me sacó la punta de la lengua, y agregó—: Los voluminosos los pongo de sostén en los bordes de la estantería.

—La Biblia y El Corán…

—¡Sí!, y los Diez Mandamientos tallados en piedra. ¡Pavo!

»También miro cuántos capítulos tiene y si están diferenciados numérica o alfabéticamente y vuelvo al principio, aunque nunca miro el final. Bueno…, una vez sí lo hice y leí la mitad del último capítulo. Noté como si me sudaran las manos, como si el papel tuviera hojas de ortiga… y me sentí una traidora al saber, anticipadamente, que Hamlet sería envenenado. Me preguntaba de qué manera corregir tal pecado literario. ¿Cómo olvidar el último acto? ¿Cómo borrarlo de mi memoria? Agarré una hoja, dibujé un río de vértice a vértice del papel, corrí a la cocina y puse agua en un vaso, mojé la yema de un dedo, la deslicé sobre el cauce de mi fantástica rivera y la llevé a mi boca. Repetí el proceder, metí de nuevo el dedo entre mis ya humedecidos labios, y me dije: «Ya has bebido el agua del Leteo». Y se borraron, así, casi por arte de magia, las últimas escenas de la obra y me sentí libre de mi pecado.

—¡No sé ni de qué me estás hablando!

—Ya me doy cuenta. En tu pueblo debería de haber muchos cuadros de futbol, me imagino…

—Había, sí. En cambio, vos, con esos de los libros, sos un poco maniática. Los leés, los releés; ni que fueras una literata. Los libros te durarán mucho. ¿Y cuándo vas al cine?, ¿qué hacés? Ahí tenés que ver las películas al igual que todo el mundo, no podés desenrollar la cinta y mirarla a tu antojo.

—Pocas veces voy al cine. Ves la película, se termina y no te permiten llevártela. En cambio, un libro… un libro es algo más cercano, lo podés tener siempre contigo, leerlo a pleno sol o a la luz de una vela. Además, no me gusta ir sola al cine.

—¿Y tu novio? —pregunté, intrigado.

—¿Ves esas cartas al lado de mi cama? ¿Ves ese mapa pegado en la pared?

—Sí, es el mapa de Australia. Y las cartas… ¿son tuyas?

—No, son de mi novio. Son treinta y siete cartas. La primera me la entregó en el aeropuerto el día que se fue, las otras me han llegado cada dos semanas desde Sídney. Hace ya año y medio que está viviendo con su familia en Australia. Él nunca quiso irse, nunca quiso dejarme, sé que volverá… si volviera —suspiró—.

»En las primeras veinticuatro cartas cada día estaba un paso más cerca de mí; después se paró el tiempo y las misivas se volvieron breves, casi forzadas. Su hermano mayor militó en el MLN-T y está en la lista de *tupamaros*. Mientras estén los milicos en el poder no podrán regresar. Por eso me gusta tirarme al suelo entre los almohadones, mirar el mapa, poner sus cartas cerca de mí, en mi pecho, entre mi pelo, que rocen mi piel. Hasta hace poco se mojaban por mis lágrimas, ahora ya no. Y no porque no llore por él, sino porque mis lágrimas se ausentaron para no ocultarme la luz.

—¿Seguís enamorada? —pregunté, afligido.

—Sí. Eso creo. El primer amor deja huellas que solo otro amor puede borrar. Además…, fue mi primera vez con un…

—Entonces… ¿No has estado con otro pibe antes? —casi balbuceé.

—¿Otros pibes? Sí…, para charlar un rato, ir a la playa, y poca cosa más. Aunque una vez, al año de irse Enrique, me enamoré de un amigo de mi hermano. Un muchacho que a mí me gustaba muchísimo. Tantas veces le pedí a Marcel que trajera a su amigo a casa. Cada vez que venía, luego de dejarse mirar y yo caer seducida, despojada de todo pudor, él terminaba por irse con mi hermano a su habitación. ¡Te imaginás!, desnuda e intocada moría yo sin que su flecha atravesase mi corazón. ¡Qué bronca me invadía! Daba un portazo y me tiraba en la cama. Leer, imposible. Tenía una Spica, con sus auriculares, me los colocaba a todo volumen, mas no podía serenarme con nada. Metía la cabeza debajo de la almohada y gritaba en silencio. Una tarde, en que también se repitió la escena, corrí a mi habitación y me apreté los oídos con fuerza —no para no oír, sino para hacerme daño—, llorando lágrimas de frustración y celos. Deseaba gritar y que alguien me abrazara. Me sentí sola. Apagué la radio, me junté a la pared y aproximé la oreja, hasta que amortiguados sonidos entraron en mí. Más que los sonidos eran imágenes…

Me dolía imaginar lo que mis ojos no veían. Silencié mi rabia, pero no me resigné. ¿Por qué tengo que resignarme a no vivir mis deseos?

Me separé del borde de la ventana, miré el mapa, la miré a la cara y parpadeé. Daniela se acercó a mí y continuó:

—Un día le pedí a mi madre que me llevara con ella a Solymar, que le preguntaría a Alfredo si él también querría venir. Si bien se sorprendió de que invitara a alguien que no fuera del grupo de mis amigos, no puso reparos. Mi hermano no vino, los sábados tiene mucho trabajo. La casa de la playa es bastante pequeña, pero tiene un gran patio en la parte de atrás. En verano hay sitio para todos colgando dos o tres hamacas de árbol a árbol. Al atardecer mi madre salió con sus amigas, y yo aproveché para decirle a Alfredo de ir a la playa. Corrimos por las dunas y nos tiramos al agua, sin darnos tiempo ni de sacarnos la camiseta. Cuando se puso el sol, corrimos otra vez por la orilla del mar hasta caer varias veces y varias veces levantarnos, para después, jugando, volver a empujarlo y volver a caer sobre él. Y así como estábamos, pegoteados de arena y sal, regresamos a la casa. Nos metimos juntos en la ducha. Bajo el chorro de agua lo abracé y lo apreté a mi pecho…

Un poco desconcertado ante la revelación de tales intimidades carraspeé y me refregué la punta de la nariz, como si tuviera que estornudar. Daniela se percató de mi turbación. Colocando un dedo ante los labios, me indicó silencio:

—Ya no te cuento más. Te estás poniendo colorado.

—No… es que me pica la nariz —me disculpé— ¡Seguí! Me gusta que me contés cosas tuyas.

—Lo abracé fuerte —continuó Daniela—, que su cuerpo se pegara al mío. Guie una de sus manos hacia mis entrepiernas y dejé que el agua caliente se deslizara por nuestra piel. Apenas sintió la proximidad de mi sexo la retiró y la ducha nubló nuestro deseo, mi deseo. Dicen que a la tercera va la vencida, así que le propuse cenar algo e irnos a la hamaca bajo el romántico firmamento intentando lograr mis propósitos. Aún tenía el ardor en mí, provocado por la ducha y por el obligado roce de su mano en mi cuerpo. Lo volví a presionar contra mi pubis y entrecerré los párpados, deseando que sus dedos fueran más osados, más complacientes. Habrían pasado ya muchas estrellas fugases y errantes astros, y yo perdí, más que mi romanticismo cósmico, mi paciencia cuando di por hecho que ante ese panorama no llegaríamos ni a lograr un celestial suspiro. Abrí los ojos, miré hacia el infinito, y me dije: «¡Será posible que esté sola en el universo!».

Se detuvo, ruborizada, como arrepintiéndose de la confianza tenida con ese pibe que acababa de conocer, y exclamó:

—¡No pensés mal! No soy ninguna libertina, solo me dejé llevar por frívolos caprichos. Además, a alguien tengo que contárselos.

Llevé otra vez el índice a la nariz y estornudé. ¿Me causaban alergia sus eróticas confesiones? No, todo lo contrario. Me sentía privilegiado de ser el destinatario de sus secretos y quería seguir escuchándola.

—Entonces… ¿Enrique no fue tu único novio?

—Ha sido mi primer novio. Teníamos diecisiete años cuando nos conocimos. Todo era nuevo para los dos aunque le llevara cierta ventaja; quiero decir, que yo conocía mi cuerpo mejor de lo que él conocía el suyo y de lo poco que él conocía el mío.

—Te entiendo. Qué podías esperar, con diecisiete años era un pibito. Lo llamarías «Quique».

—¡Detesto los diminutivos! Se llama Enrique. ¡Enrique! ¡Y punto! ¡Qué manía que tienen ustedes, los del campo, con el infantilismo de los diminutivos!

—Perdoname, ha sido una pavada de mi parte.

—Te perdono. Todos tenemos alguna bobada. Me acuerdo de que cuando recién lo conocí, como su padre tenía una ferretería, lo apodaba el «Tuerca».

—¡Ah! Pensé que era porque apretaba mucho...

—¡Che! ¡Ustedes siempre con lo mismo! ¡Sos igual que mi hermano!

Su bello semblante cambió, sus ojos disiparon su dulzura, y me espetó:

—¡Creo que ya es hora de que te vayas! No tengo por qué contarte mi vida. ¡¿Quién te creés que sos?! ¡Además ya es tarde y no me dejaste estudiar!

Me derrumbé sin caer al suelo. Mi corazón no llegó a destrozarse, mas tuve que retener mis lágrimas.

Acongojado me acerqué a ella.

—Quiero ser tu amigo —balbuceé.

Daniela acarició apenas el aire, sin llegar a tocar mi cara, y agregó:

—No quise ser antipática, vos no tenés la culpa.

Me acompañó hasta la puerta. La abrió. Antes de dejarme pasar se recostó a la pared y, un poco distante, me dijo:

—¿Y mi lección de aerodinámica?

—Mañana... Mañana te lo traigo todo escrito —respondí, ya más recuperado.

—Está bien —me dijo. Luego cerró los ojos un instante y sentenció—: ¡Sacá el chicle de la pared!

—¡¿Cómo lo sabés?! No había nadie en el pasillo.

—No te vi, pero lo sé. Y no preguntes. ¡Sacalo!

Imposible que ella me hubiera visto antes de llamar a su puerta. No. No me vio.

Ante mi asombro, agregó:

—Aún sé muchas cosas más de vos. —Deslizó el dedo índice por debajo de su nariz, como hurgando en su mente, y agregó—: Te espero. No vengas antes del mediodía.

Extrañado, la miré. Con un compartido «¡chau!» nos despedimos. Antes de pisar el primer escalón me giré y saqué el chicle pegado horas antes. Bajé acompasado escalón por escalón, no tarareando una canción porque cantar no sé, pero sí contando cuántos minutos entran en una hora y cuántas horas tendría que padecer su ausencia. Acaricié el pasamano de la escalera soñando con su piel, y la imagen de Daniela caminó a mi lado. Pegué el usado chicle en el primer árbol de la calle y corrí como un adolescente enamorado.

Larga se me hizo la noche del viernes, como largas fueron las horas de mi voluntario insomnio. Y aún mucho más difícil fue decirle a Lisa que ese sábado no podía ir con ella a hacer la compra en el mercado. Al mediodía, con mucho tiempo de antelación, salí a caminar las distantes veinte cuadras, deteniéndome en cada semáforo hasta que la luz cambiara de verde a rojo y otra vez de rojo a verde. Al pasar frente a la Biblioteca Nacional miré hacia arriba. Saludé con alegría al «gran florentino», con el ruego de que mi nueva amada fuese menos platónica que su Beatrice. En la avenida 18 de Julio y Ejido me detuve a tomar un café y comprar una porción de *fainás* para llevar.

Esta vez no subí la escalera de tres en tres ni de dos en dos, sino paso a paso, retardando la hora de llegada. No pegué ningún chicle entre el marco y la pared, porque si Daniela ya lo vaticinó ayer es capaz de descubrirme hoy. Llamé al timbre con un poco de miedo, diciendo para mis adentros ¡Que no esté el Marcel! ¡Que no esté el Marcel!

Y no estaba Marcel.

—Hola, Daniela. Te traigo un avión y te traigo *fainás* —dije un poco nervioso, al abrirse la puerta.

—Pasá y esperame en el salón —me respondió, no sin cierta indiferencia que incrementó mi desasosiego.

Puse el avión sobre la mesa y sujeté el papel de estraza con los *fainás* ya traspasado por la grasa, a la vez que miraba a mi cómplice palmera artificial. A los pocos minutos empezaba a caer aceite sobre mi mano. Temeroso de que hubiera alguien en casa me acerqué, cauteloso, a la cocina. Deposité el tardío desayuno sobre la encimera e intenté limpiarme los dedos en la canilla. Ya libre de dejar manchas me apresuré hacia la sala, donde, con aire de entendido, me puse a mirar los cuadros colgados en las paredes. Me dirigí, no con poca prudencia, a cada uno de ellos. A pesar de que estaban enmarcados con levedad, su contenido mostraba una dinámica mezcla de formas y colores que yo no lograba dilucidar. En uno, un caballo con alas —¿o serían aletas?— parecía galopar por llanuras submarinas. En otro, un velero con las anclas levadas giraba alrededor del sol, timoneado por dos virginales efebos y propulsado gracias a un gigantesco globo que arrojaba una corriente de aire con multicolores franjas horizontales. Me detuve a pensar si aplicarían las leyes de la aerodinámica y si en el próximo cuadro volaría un avión bajo el agua. No. La siguiente pintura representaba tres indefinidas siluetas. Interpreté una mujer, de perfil, por el largo pelo ondulado que caía leve sobre sus pechos y porque se elevaba en las puntas de los pies, tratando de abrazar un florido árbol y con los labios alcanzar un fruto que destilaba doradas gotas. A su lateral derecho se escenificaba casi la misma estampa: una silueta similar, con un casco griego sobre la cabeza, la cubría, reposando el largo de su cuerpo contra el de ella y, sobrepasando su altura, apretaba el fruto entero con la mano. La tercera figura, con un antifaz sobre los ojos, repetía una simétrica posición sobre la segunda y también lograba mantener el fruto entre sus dedos. ¿Qué árbol tan raro, está aún en flor y ya tiene un fruto maduro? ¿Será el eterno fruto del deseo que nunca deja de madurar? Las tres siluetas, desnudas, estaban unidas por una especie de cordón umbilical —ramificado como los zarcillos de una parra— que fundía los tres cuerpos en uno solo; tal vez lanzado desde el ángulo derecho por un oculto Cupido. En lo alto, un astro, mitad luna mitad sol, observaba la escena con híbrida mirada.

Me retiré unos pasos a reflexionar. Mi ignorancia artística estaba al límite.

El sol del mediodía entraba con todo su esplendor por las ventanas abiertas, invadiendo de lleno el salón. Me alegré por la palmera. Me acerqué a ella para experimentar el despertar de la acción clorofílica, por acortar el tiempo —nada más—, ya que mi inmóvil amiga era sintética.

Oí abrirse una puerta y apareció Daniela, eclipsando al intruso matinal. ¡Y no era para menos! A sus moldeadas caderas se ceñía un pantalón corto que delineaba su perfecto cuerpo. Una camiseta negra se adaptaba a su cintura y resaltaba los pequeños pechos. Sus ojos, oscuros, protegidos por largas pestañas, reflejaban una mirada furtiva. Su largo pelo negro, recogido en un moño y sujetado por una cinta de cuero, relucía; de una de las puntas de la trencilla colgaba una pequeñísima llave dorada. Belleza, toda, coronada por la sonrisa más linda del mundo.

Ella disimuló el discreto pero deslumbrante encuentro de mi mirada sobre su cuerpo, sonrió, y me dijo:

—Perdoná que te hice esperar tanto rato.

—Perdoname vos a mí, que llegué más temprano de lo previsto.

—Voy a hacer el café, para que no digas que no te ofrezco nada. Vení y ayudame. ¿Qué te parecen unos cruasanes?

Miré hacia los aceitosos mazacotes, ignorados adrede por mi anfitriona, y contesté:

—Con eso tenemos suficiente. Los *fainás* se los dejamos a tu hermano.

—Si te parece que los podrá comer…

—¡Serás mala! —rumié para mis adentro.

—Está el café. Media hora para desayunar y después comenzamos con la clase. ¿Te parece bien?

Sobre la mesa, la bandeja con nuestro primer desayuno juntos —sin la no común noche en un común lecho— y, en un extremo, mi aeroplano. Antes del primer trago de café recorrió con una mirada el salón y preguntó:

—¿Y el avión?

—Ahí, en la hoja de papel.

—¡Si solo es un dibujo! —protestó, irritada.

—Sí. Los aviones antes de construirse se dibujan, se calculan y luego se arman. Mirá, este es el fuselaje, es decir el cuerpo de la avioneta donde se encuentra la cabina y, acá, en la nariz, el motor con la hélice. Estas superficies que ves atravesadas son las alas sustentadoras y estas, más chiquitas, las estabilizadoras; si bajan «así», o «así», la avioneta cabecea hacia abajo o hacia arriba. Y esta, la vertical, es el timón de cola, para girar a un lado o a otro. Por debajo, las ruedas de despegue y aterrizaje. Las alas sustentadoras, al ser curvas en el área superior y planas en la inferior, crean zonas de diferentes presiones y hay un empuje ascendente; ¿ves?, así como una fuerza que empuja hacia arriba y mantiene el aparato en el aire.

La propulsión es la hélice, funciona al igual que un tornillo que al girar se va enroscando a través del aire. Terminá el café y vamos a tu escritorio y te lo explico con más detalles.

Daniela agarró la hoja con el dibujo y fuimos a su habitación. Esta vez la puerta estaba despejada. Comenzó a hacer espacio en el escritorio, ubicado bajo una ventana que daba a un patio interior. Volvió la mirada hacia mí y dijo:

—Los cuadernos los ponemos sobre la cama y estos libros van debajo. —Los empujó con el pie—. El despertador lo coloco bajo la almohada. Ese pañuelo rojo, con el que cubro la lámpara… y armonizo mis sueños, lo pongo en mi cuello y me protejo de vos. —Se rio—. No me hagas caso, solo trato de ironizar lo absurdo del examen. Nunca estudiaré nada, y menos relacionado con la física —agregó—. Esta cajita, con la estrellita en la tapa, no se toca; mejor la guardo en la estantería, en ella hay escenas de mi vida. Y ¿ves?, ya está todo «ordenado». ¿Sabés?, una vez alguien dijo que el caos es un orden por descifrar. Desde entonces, para mí, mi «caos» no es un caos, es un orden, una táctica.

—¿Qué querés decir con eso de que el caos es lo mismo que el orden? La verdad, Daniela, que me mareás. ¿Y quién dijo eso?

—No lo ha dicho… pero lo dirá.

—¡Che! Explicate un poco mejor. A vos no te entiende ni Mandrake el Mago —dije, ya un poco susceptible.

—Un escritor portugués… un día lo escribirá. Y ahora no preguntes más. Traé una silla de la cocina y nos ponemos con las preguntas del examen.

Sobre el escritorio desplegó tres hojas.

—¡¿Cuántas preguntas tenés?!

—No te asustes, ¿no me dijiste que sabías de esto?

—Está bien. ¡Dale!

Daniela Sergent García
Liceo N.º 2 Héctor Miranda
Montevideo, 5 de marzo de 1971

Cuestionario para el examen sobre aerodinámica
1. ¿Cuáles son las cualidades físicas correspondientes al aire?
2. ¿Qué establece el principio de Bernoulli?
3. ¿Sobre qué eje gira la estabilidad lateral de un avión?

¡Y diecisiete preguntas más!

La tarde empezaba a mostrar su cansancio. Sobre el escritorio las veinte preguntas, un libro de Física de 4º año, tres cafés, dos vasos de agua y nueve respuestas seguras.

—¿Cuándo tenés que entregarlo?
—El lunes temprano.
—Mañana es domingo…Vení conmigo al aeródromo y le preguntamos a mi instructor de vuelo. Después, si querés, tomamos algo en el centro —le propuse.
—Lo pienso y te digo… y te digo que sí, porque ya estoy podrida de todo. Esperame, me arreglo un poco y nos vamos juntas a Dieciocho, que todavía hace buenísimo, así me olvido un poco de todo esto.
—Buena idea —agregué con una alegría visible en los ojos y con otra oculta en el corazón.

Subimos por calle Yaguarón y caminamos por la avenida 18 de Julio. Le pregunté si quería tomar algo y ella rehusó diciéndome que prefería ir a ver el mar. Retrocedimos unas cuadras y bajamos por calle Paraguay hasta la rambla.

—Ver un atardecer tranquilo no podremos. Están tocando *candombe* por toda la rambla, todavía tienen energía de la semana pasada —manifesté.

—A mí me gusta el *candombe*. Como nací en el Barrio Sur ya de *gurisa* me gustaba oír el repiquetear de los tamboriles y correr detrás de ellos…

—¿Saliste en Carnaval?

—Un poco, con unas amigas. ¿Y vos?

—Fui a la playa… y nada más.

—¿Ah? ¿Nada más? ¿Y no te invitó mi hermano a unas de sus fiestas de Carnaval? Siendo amigo tan íntimo de él… —agregó, calculando hasta dónde me atrevía a seguir.

—Ya te dije que es difícil de explicar y aún más difícil de entender. Después de tu examen de Física podemos hablar acerca del suceso.

—¡De los sucesos, querrás decir! —me contestó, molesta.

—Hay cosas que necesitan más confianza para hablar de ellas, si no se pueden interpretar como no deberían interpretarse —agregué, intentando atenuar sus más que fundadas certezas.

—Los hechos son los hechos, señales que permanecen como en un libro abierto —dijo con un aire inquisitorio.

—Sí, cierto. Sin embargo, algunos libros engañan o mienten. Exageran la realidad.

—O la mitigan —refutó ella.

—Depende de a qué oído lleguen —contesté, dando ya la batalla por perdida.

—Al mío, por ejemplo. ¿No estuviste con Marcel en una fiesta la semana pasada, donde terminaron «todas», perdoná, «todos» en la comisaría?

—Sí, estuve con él, pero no estuve en la comisaría.

—¿Ves?, ¡lo reconocés! Sería porque no tenías los labios pintados que no te llevaron los milicos. Además, ayer me juraste y rejuraste que habías estado una sola vez con mi hermano.

—¡Está bien! ¡Dos veces! —le respondí, irritado y derrotado. Disimulando torpemente mi desconsuelo.

Me miró, como apiadándose de mí, y dijo:

—Lo siento. Salís contento a pasear conmigo y por mis reproches te sale una lágrima. Vení, te invito a tomar algo en el bar de la calle Gardel.

Encontramos una mesa libre que mantuvimos ocupada lo que duran dos cervezas y cuatro porciones de pizza; tiempo que solo nos permitió comunicarnos con las miradas, ya que la percusión de los potentes brazos y tambores invadían desde la calle el interior del bar. La acompañé hasta la esquina de su casa y me despedí de ella, diciéndole que pasaría a buscarla antes del mediodía.

Esa noche me acosté temprano y, aun así, no pude dormir, porque a mi impronta amorosa se le sumó la reprimenda de Lisa por haber llegado tarde para la cena. Disimulando mi encuentro con Daniela le expliqué que había perdido todo el día arreglando el televisor del *boludo* ese del peluquero. Le di un beso deseándole que durmiera bien y que no me esperara para comer porque el domingo iría al campo de aviación, que teníamos una cita en el Aero Club con un piloto que vendría en un biplano y no quería perderme de ver un avión de ese tipo.

Las horas tristes serán largas, pero las horas contadas para la primera alegría del siguiente día trascurren como un sueño deseado. Esa mañana corrí sin esperar que el semáforo se pusiera en verde ni saludar a mi omnipresente Poeta cuando pasé frente a la Biblioteca. Antes de tocar el timbre, radiante de alegría, me alisé el pelo con la palma de la mano y estiré mi suave bigote con la yema de los dedos. Daniela bajó las escaleras corriendo, me agarró de la mano, y me dijo de apresurarnos; que Marcel estaba arriba y si nos veía lo tendríamos todo el día pegado a nosotros. Idea nada agradable. Así que, ante esa posibilidad, apuré también el paso para alejarnos cuanto antes de la casa.

En la avenida Agraciada agarramos el autobús para Melilla. Por suerte era domingo y pudimos ir sentados juntos. A pesar del calor y del traqueteo del autobús íbamos ilusionados. Teníamos casi la misma edad, aunque ella era más experimentada en las cosas de la vida, sabía cómo actuar ante las personas que aceptaba en su cercanía; en otras palabras, su madurez rebasaba mi madurez en todos los sentidos. Yo vivía mi pueril romanticismo, ella experimentaba la realidad del existencialismo. Aun así, nuestros corazones se acercaban buscando compartir nuevas sensaciones, armonizando diferencias y consolidando deseos. Bajé del autobús y le tendí la mano para ayudarla a bajar, no era necesario, solo una demostración de caballerosidad que me lo agradeció con una de sus maravillosas sonrisas. Nos dirigimos hacia las oficinas, haciendo un alto en el alambrado que protegía la pista de aterrizaje y mirar el único avión que se disponía a despegar. Aproveché para explayarme en explicaciones, consejos y detalles, rayando ya en la pedantería, hasta ser interrumpido por un cansino gesto de Daniela.

Entramos en la cantina del club y esperamos que llegara el instructor. A mí se me hacían las horas cortísimas, podría haber esperado cien años a su lado. A los pocos minutos apareció el instructor y se lo presenté:

—Ramón Servián. Más de cinco mil horas de vuelo. No le gana nadie en Uruguay. Tengo el mejor maestro.

La física como las matemáticas siempre habían sido indiferentes para Daniela, como indiferente le eran las cinco mil y tantas horas de vuelo.

Después de tres cafés y dos Pepsi teníamos las respuestas correctas.

Nos despedimos agradeciéndole al instructor por su amabilidad. Yo pensando que en la próxima clase le agradecería el favor con un: «Gracias, Ramón, me ha hecho quedar de lo más bien delante de mi amiga. Espere que entremos más en confianza y la traigo a volar».

Al quedarnos solos ella arrimó su silla junto a la mía y dijo:

—Traé dos cafés y charlamos un rato.

Noté alegría e interés en la mirada. Con igual expresión le correspondí, dejándole libre el camino a sus inminentes preguntas.

—Ahora decime, ¡y no te extiendas en interminables explicaciones técnicas!, sino en tus aspiraciones personales. ¿Por qué estás aprendiendo a pilotear avionetas y para qué? ¿Cómo te financias el curso? ¿Con quién vivís? ¿Quién sos? Hace apenas tres días que te conozco. No me sos extraño, tengo la sensación de conocerte desde siempre; sin embargo, ignoro aún mucho de tu vida.

Otra vez deseé estar cien años a su lado y contarle desde el día en que nací. No creo que ella se quisiera remontar tanto en mi pasado, no por falta de interés, sino porque veinte años contados a tiempo real se le hubieran hecho demasiado largos. Así que intenté resumir, ser preciso y breve en mis respuestas.

—Mirá —comencé—, en cierto modo es una mezcla de capricho y de deseo. Así como los demás pibes soñaban con ser un futbolista de primera yo soñaba… ¡no te rías!, yo quería ser astronauta. Siempre estuve fascinado por el vuelo al espacio de la perrita Laika. En el verano de 1967 volé por primera vez en una avioneta, allá en el pueblo, y quedé maravillado con esa experiencia. Creo que debería agregar que ese día, además de subir al cielo en un avión, fue la primera vez que estuve con una mujer… y también dejó su huella en mí.

Ante mi torpeza Daniela esbozó una mueca de molestia.

Desvié la mirada y continué:

—¿Para qué lo hago? Porque me gusta muchísimo estar ahí arriba, sintiendo el ruido de la hélice y la resistencia del aire. Es una sensación muy especial. Quizás un día pueda trabajar de piloto; nunca se sabe. ¿De dónde saco la plata? Desde que no aprobé el ingreso a la Escuela Militar —solo duré una semana por mi falta de aptitudes— ya no regresé más a Paso de los Toros. Y desde entonces vivo con Luis y sus padres adoptivos, Lisa y Raúl. Mi hermano tiene un taller de armados de televisores y empecé a trabajar con él. También tengo una hermana que está casada y vive en Buenos Aires. Soy el menor de los tres.

Daniela apartó la taza de café, estiró la mano y la puso sobre mi brazo:

—¿Y tus padres?

—Murieron cuando yo era niño…

Su mirada tocó mis ojos.

—Me gustaría que un día me contases de tus padres. Quiero conocerte.

—¿Quién soy, querés saber? Esto es ya más difícil de contar; es más fácil conocer a los demás que conocerse a uno mismo.

—Si fuese así, te conocería y no tendría necesidad de preguntarte, ¿no te parece?

—¿Qué puedo decir de mí? No lo sé, tendría que esconderme detrás del espejo y espiar a Daniel cuando va al baño, cuando se peina... Además, ya sea solo por consideración, tendría que respectar su intimidad.

—No te estoy pidiendo que me cuentes intimidades, solo quiero saber cómo pensás, qué ideas tenés, qué querés. Por ejemplo, qué esperás de mí, qué soy para vos. Y además quisiera saber cuál es tu inclinación sexual y...

—¡Ves, ya me estás sacando intimidades! —le respondí con cierto nerviosismo.

Daniela retiró la mano, miró hacia la pista de aterrizaje y volvió a arremeter:

—No sé qué pensar, interrumpís en mi vida de forma inesperada, porque es mi hermano quien te trae a casa. Y ya no sé qué pensar, si tratarte como a una amiga o como a un amigo. Tratarte como una amiga me es más fácil, porque al verte como a un amigo me viene a la cabeza el asociarte, el meterte en el grupo de los amigos muy «especiales» de Marcel.

—Yo solo quiero tener tu amistad. No me importa en qué grupo me metas. Lo de Marcel fue un arrebato de verano, nada más —respondí con simulada firmeza.

—¡Arrebato de verano! ¡Qué bien lo arreglás! ¡De verano y de Carnaval, te faltó decir!

Daniela miró el reloj como si fuese el botón de cambiar el canal de televisión. Levantándose con gesto fastidiado, dijo:

—Es hora de que me vaya.

—Te acompaño.

—¡Sé ir sola!

—Esperame, los domingos pasan cada dos horas hacia el centro. Dale, vamos juntos —le supliqué.

Más de media hora en la parada. A pesar del cálido atardecer nuestras palabras eran gélidas. El aterrizaje de un avión trajo una brisa de deshielo en la burbuja que nos mantenía no unidos pero sí próximos.

—¡Mirá!, esa es la avioneta que yo vuelo. ¿La ves?, roja y blanca. ¡Una Piper Cub del año cuarenta y ocho! —exclamé con una alegría que no fue muy contagiosa, aunque logró disipar un poco la bruma.

El viaje de regreso se hizo largo y callado. En Dieciocho y Ejido nos bajamos. Le di la mano para ayudarla a descender y, ante mi esperado rechazo, la aceptó.

—Mucha suerte con el examen. Si me das tu teléfono te llamo y me contás cómo te fue —me atreví a decirle.

Y mis oídos me amplificaron aquel cruento lapidario:

—¡Pediselo a mi hermano!

La vi alejarse caminando hacia el Barrio Sur. A pocos metros de distancia mis ojos se nublaron, amargas lágrimas comenzaron a deslizarse hasta sentir su sabor en los labios y en mi corazón la más oscura noche. Seguí inmóvil en la esquina, ya sin verla, reteniendo en mi mente su rostro, intentando guardar el tacto de sus manos, el color de sus ojos, el tono de su voz. Saqué los cuatro boletos del autobús y los rocé con los labios, era el único recuerdo material que atesoraba de ese domingo junto a ella. Preveía largos días sin la presencia de Daniela…

Su marcha fue aún más larga. Pasaría todo el otoño y viviría también ese invierno sin poder ver, oír, o sentir a mi anhelada amiga. Mi corazón, perturbado, no le permitía a mi mente reflexionar sobre las justificadas interrogantes de Daniela.

3

>Durante algún tiempo lo sostuve con mi presencia,
>y mirándole con mis ojos juveniles lo llevaba por el buen camino;
>pero tan pronto como me hallé en el umbral de mi segunda edad,
>y cambié de vida, él se olvidó de mí y se dio a otros amores.
>
>D. Alighieri, *La Divina Comedia*, Purgatorio, Canto XXX

El rumbo de mi revoltosa vida continuaba, arbitrario, su curso. Me dejaba llevar por la fuerza del destino sin ofrecer resistencia —siempre y cuando ese derrotero fuese de mi agrado—. Los días se me hacían cortos; las noches, fatigantes. Daba prioridad, mientras hiciera buen tiempo, a acumular las horas necesarias para poder volar solo. Por supuesto que debería de armar muchos artefactos de televisión y así poder solventarme el curso.

Aquel año de 1971 aún llevaba, prendido en mi corazón y junto a mi carné de identidad, una fotografía de Ana Laura, primer amor de mi temprana juventud. No obstante, la inmaterial pero intensa presencia de Daniela que comenzaba a dominar mi razón, iba borrando el recuerdo de mi anterior idilio, invadiendo las noches, ocupando mis sueños… Y mis amaneceres eran cautivos de los frescos besos de Lisa que, no habiendo moros en la costa, se unían con caricias sobre mi cuerpo. Sus dedos jugaban en mi pelo, se deslizaban por mi pecho y poco más abajo se topaban con mi abultado sexo. Me hacía el dormido, deseando que ella se quedara y no se fuera a seguir con sus cotidianas tareas. En los primeros encuentros nuestras mañanas se limitaban a provocar solo una discreta e ilícita eyaculación, mi inexperiencia no permitía acelerados aprendizajes. Los siguientes despertares, muy deseados por mí, comenzaban a adquirir más dinamismo. A las habituales caricias y besos se le sumaban sus desnudos senos, sábana por medio, sobre mi pecho. Con sus manos dirigía las mías a las zonas eróticas y les enseñaba a buscar y descubrir nuevas intimidades. Parece ser que no fui mal alumno en localizar y excitar secretos por mí ignorados. La sábana dejó de ser guardián de nuestras locuras sensoriales. Las mañanas se acaloraron y se impregnaron de sudor y besos; se estremecieron de penetraciones y suspiros. Siempre atentos a si escuchábamos abrirse una puerta o pasos sobre la escalera de hierro que llevaba a mi cuarto.

Lisa buscaba provocar en mí el deseo de su cuerpo, esperaba que me apasionara por lo femenino. Quizás albergaba cierto temor de que yo pudiera tener alguna inclinación homosexual y cayera en las manos de un pervertido. Tanto ella como sus amigas veían en mí demasiada delicadeza, por no decir poca virilidad. Y es cierto que cuando salía por las calles no faltaba quien me mirara o hasta caminara a mi lado haciendo ciertas insinuaciones visuales, que yo, incómodo y molesto, rechazaba. Razón por la cual Lisa ponía su empeño en seducirme, y lo lograba sin mayores problemas.

El verano, que aún no terminaba, seguía encendiendo mi cuerpo y mis fantasías. Calor de verano que Lisa y yo aprovechábamos para seguir con nuestros clandestinos encuentros yendo a la playa de Carrasco. Lugar un poco alejado pero tranquilo al ser un sitio poco concurrido, sobre todo por familias con niños pequeños, de esos que pasaban corriendo, salpicando arena y preguntando que hacíamos debajo de la toalla y a veces hasta más íntimas obscenidades.

Y calor quedaba mucho, tanto que iba a durar todo el invierno… hasta el azaroso día que —y ahí la culpa fue mía— delante de Isabel, mi nueva pretendida, en un arrebato adolescente, le revelé que no me casaría con ella porque tenía una amante. ¡Y encima le confesé quién era! ¡Se armó el escándalo! Y todo porque un domingo de aquel invierno del año 1970, estando los cuatro tomando el té —más el pastor alemán que, si bien no tomaba té, me inspiraba mucho miedo— en el patio de su amplísima casa, de puro estúpido que fui, dije: «Mirá, Isabel, en esa parte del patio haremos nuestra casa para cuando nos casemos». Ante tan manifiesta declaración mis futuros suegros dieron por hecha la unión entre Isabel & Edison (que es mi verdadero nombre y no Daniel). La contienda no terminó ahí, sino que empezó. Su desenlace lo contaré llegado el momento.

Habían pasado interminables días desde la triste despedida de mi ingrata amiga. Todo mi ser seguía invadido por el recuerdo de Daniela. No atreviéndome a ir a su casa decidí pasar por la peluquería de Marcel. Estaba ocupado peinando a una clienta y me dijo que volviera más tarde para salir con él. Al atardecer pasé a verlo y esperé a que terminara su trabajo. Fuimos a una pizzería y estuvimos largo rato charlando. Aproveché para preguntarle por su hermana. Me enteré que pocas semanas antes se había ido a casa de su padre en Buenos Aires. Había dejado el liceo apenas comenzado el curso y, además, andaba muy rara, ni siquiera llamaba a su madre. Y que tal vez no volviera antes del invierno.

Me despedí prometiéndole volver a visitarlo. Marcel, agarrándome de la mano, me pidió que lo acompañara a su casa. Sin ser descortés y sin confesarle que no me apetecía estar con él, rehusé la invitación.

—¡Claro! Ahora solo te gusta mi hermana —protestó.

Lo abracé y, no sin cierta indiferencia, agregué:

—Quizás en otro momento..., no sé; hoy me agarrás así, sin ganas de nada.

—En Semana de Turismo voy con unos amigos a Solymar. Si querés podés venir, la casa está sola.

—Eso es la próxima semana, no sé si podré.

—Dame tu teléfono y te llamo —me pidió.

Desvié la vista hacía un lado. Claro, si llama y pregunta por «Daniel» le van a decir que ahí no vive ningún Daniel.

—Mejor dame el tuyo y te llamo yo a vos —le dije, pensando que de esa manera tendría el número de teléfono de su hermana.

Me equivoqué. Marcel me dio el número de la peluquería. Unos días más tarde lo llamé aceptando de ir con él. Colgué y me pregunté: «¿Te vas a meter otra vez en líos?».

Antes del mediodía, tras hora y media de viaje codo a codo y con su mano acariciando mis piernas, según el vaivén de la carretera, llegamos a Solymar.

La casa me era ya algo conocida por la descripción que me había hecho Daniela. Marcel miró la hora y dijo que ya estarían por llegar sus amigos.

—¿Quiénes? —pregunté, disimulando mi nerviosismo.

—Luigi, Alfredo y Bruno.

«¡¿Alfredo?! ¡Claro! ¡Lo que faltaba! ¡El imposible amor de Daniela! ¿Y qué hago con tantos maricas a mi lado?», refunfuñé para mis adentros.

Un FIAT 600 se detuvo frente a la casa, se bajó el primer pibe y lo descarté. Se bajó el segundo y también lo descarté. Desde el incómodo asiento trasero se deslizó una figura de una belleza casi femenina que a contraluz llamaba aún más la atención. Tras saludarnos y bajar las cosas del auto nos sentamos en el patio y fui hostigado a preguntas.

—¡Ah…! ¿Sos de un pueblo? ¡Qué lindo! —exclamaron los recién llegados— ¡A orillas del río Negro! ¡Será profundísimo!

—Sí. Y negro también —contesté.

—Che, y eso del nombre Paso de los Toros, ¿por qué? ¡Es que suena tan viril! —dijeron al unísono el Bruno y el Luigi, mientras Alfredo me miraba como apiadándose de mí—. ¿Y por qué a ustedes les dicen *isabelinos*?

—Cuando la época de los curas —contesté— el pueblo se llamaba Santa Isabel; después, con el gobierno de Batlle y Ordóñez, allá por 1900, le cambiaron el nombre y nos libramos de una santa.

Reímos los cinco. Alfredo desvió la mirada hacia las nubes, como queriendo atraparlas y desaparecer. Ya entrados en confianza decidimos salir a caminar por las dunas. Llegando a la orilla, Marcel nos dijo de correr hasta la punta de las rocas que entraba al mar. Observé a Alfredo y él respondió con cierta complicidad, diciéndole a nuestro anfitrión que seguiría andando y que lo esperaran en las rocas. Marcel me miró haciendo el gesto de estirarme su mano, a lo cual le contesté que con las alpargatas mojadas no podría correr. No sin cierta molestia en la mirada aceptó mi excusa.

Alfredo se descalzó y comenzó a caminar por el agua junto a mí. Se detuvo sobre la huella de su pisada y esperó que el regreso de la ola le cubriera el pie con arena. Levantó los ojos y dijo:

—¡Son insoportables cuando están juntos!

Pensé corregirlo con un «cuando están juntas». Me abstuve de tal confianza.

Alcanzamos la otra punta de la playa bajo ciertas insinuaciones del Luigi y del Bruno, que despertaron recelos en Marcel.

Ya entrada la tarde corrimos todos a la par. Yo a desgano, aunque reconfortándome cada vez que miraba a Alfredo. Hasta caer la noche estuvimos en el patio escuchando casetes de Serrat. A cada rato tenía que responder una infinidad de preguntas, que iban desde la ubicación geográfica de mi pueblo hasta las disimuladas preguntas sobre mi inclinación sexual, bajo el habitual: «¿Y tenés novia, allá en el pueblo?».

Alfredo no preguntaba, si bien algo me decía que estaba atento a mis respuestas. Después de un rato él mismo propuso andar hasta la playa para ver las estrellas. Esperé que nadie más se apuntara al paseo nocturno, y no fue así.

Camino de regreso cavilaba, turbado y nervioso, qué actitud tomar ante el dilema de quién duerme con quién. Adelantándome a los hechos argumenté que preferiría dormir al aire libre en la hamaca, bajo los árboles. No hubo ninguna objeción a mi solicitud, cosa que daba por hecha al saber que ante mi negativa de acostarme con Marcel él se iría a la cama con Alfredo. Yo tendría mi tranquilidad física pero no espiritual sabiendo que dormirían juntos. De Bruno y Luigi me sentía fuera de peligro, me di cuenta de que eran una pareja.

La noche se puso fresca para dormir afuera y decidí irme al sofá del salón, con la intención de poner mi cabeza bajo la almohada y así atenuar posibles suspiros de la habitación contigua. El amanecer despertó mi promiscuo sueño con una pequeña notita de papel oculta dentro de mi alpargata: «Deseo que hayas dormido bien, "A"».

Me levanté. La mesa ya estaba puesta en el patio con el café y los cruasanes aún calientes. Alfredo tuvo la cortesía de servirme el café y poner la taza frente a mí. Sin que Marcel lo viera, pasó la cucharita por sus labios y me la alcanzó acariciándome la mano. Le correspondí la insinuación guiñándole un ojo. Me giré hacía Luigi y Bruno tratando de moderar el encuentro visual y darle tiempo al tiempo.

El resto del día transcurrió de una forma agradable. Entre charlas y cuentos, preguntas y revelaciones, me fui dando cuenta de que, si bien era diferente a ellos, en muchas cosas nos parecíamos. Además, me contentaba compartir sus alegrías. Por otro lado me apenaba oír los padecimientos por la difícil situación de ser homosexual. Empezaba a tomarle simpatía a Marcel y Alfredo comenzaba a agradarme.

Antes de emprender el regreso a Montevideo, Marcel propuso ir hasta la playa. Corrimos juntos atravesando las dunas, momento en que Alfredo aprovechó para decirme que le gustaría verme. Al despedirnos, se aproximó hasta donde yo estaba, me dio un beso en la mejilla y me entregó un papelito.

El viaje de vuelta con Marcel transcurrió tranquilo. Él se mostró tolerante conmigo. Yo, sin saber si tener celos por sus horas pasada con Alfredo o si aceptar la situación tal se iba desarrollando, respiré sereno.

Una semana más tarde llamé por teléfono a Alfredo.

—Sabía que me llamarías —dijo—. ¿Por qué no venís este sábado? Vivo en el Palacio Salvo, séptimo C. La segunda puerta, a la izquierda del ascensor.

Ese sábado no fui con Lisa a hacer la compra al mercado y, bajo el pretexto de ir al aeródromo, agarré el autobús hasta plaza Independencia, crucé Dieciocho y entré en el Palacio Salvo.

—Séptima planta, por favor —le indiqué al ascensorista.

Un corredor oscuro con macizas puertas, como oscuro y macizo es el edificio. Toqué el timbre. Alfredo abrió la puerta, echó un vistazo sobre el pasillo vacío, y me indicó que pasara. Con la espalda empujó la puerta y me miró como diciéndome: «De acá no te dejo ir».

Le correspondí con una sonrisa.

Él me tomó del brazo y me dijo:

—Estos son mis dominios: cuatro continentes separados por este pasillo. Dos ventanas que se abren hacia los crepúsculos porque están orientadas al noroeste. Una cocina con dieta incluida, es decir que no da para hacer festines. Un dormitorio con una sola cama. Un espejo en esa pared y otro en el cabecero para… —sonrió y continuó—: reflejar mis sueños. Y ahí el baño, la ducha y… otro espejo. Cuarenta metros cuadrados, diecisiete mil trescientos pesos. Ahora ya conocés mi «imperio» en el séptimo piso. ¿Querés un café o una cerveza o…? —preguntó con simulada inocencia.

—No sé…

—Empecemos por lo último —dijo, acercándose a mí.

Se apoyó en los pies, rodeó mi cuello y me dio un beso. Pasé mi brazo por debajo de su blusa y lo atraje hacia mí, presionando su cuerpo sobre mi pelvis. Él, dando un paso hacia atrás, tomó distancia.

—Si seguís así me vas a comer —susurró—. Mejor vamos a la cocina. Hoy voy a preparar pasta con perejil. Te va a gustar, me sale de chuparse los dedos. Dale, vamos a calentar el agua para los tallarines…

—¡Y para el café! —le dije, desabrochándole la blusa menos el último botón.

Le ayudé a sacar los brazos por las amplias mangas y la dejé caer sobre sus caderas. Él cerró los ojos. Lo agarré por la cintura y deslicé las manos sobre su trasero.

—¡Y el agua! —exclamó— ¡Que se nos enfría! —Agarrándome por la cintura me llevó hasta el borde de la cama, me empujó y caí de espaldas —¡No te muevas!

Me quedé quieto y bajé mis párpados. Alfredo se aproximó a mí, jaló de mi mano y me atrajo hacia él. De pie, junto al lecho, me abrió el pantalón y agarró mi sexo, se separó un poco y contempló mi erección. Se acercó y tiró de mi vaquero hacia abajo. Quedé desnudo frente a él, que se desplazó hacia el otro lado de la cama y me hizo señas de que no me moviera. Se sacó la blusa y empezó a bajarse la ropa, movió las caderas y su amplio y fino pantalón cayó al suelo, dejando ver un triángulo de seda negra, cuyo vértice terminaba —o empezaba— en el punto más bajo de su pelvis. Los rayos del sol de la tarde penetraban por la ventana y proyectaban su silueta sobre la pared blanca. Una armonía de contornos y proporciones; al acariciarse a sí mismo parecía que su propia sombra lo deseara. Sus dientes apretaron el labio inferior. Me regaló ese reclamo deslizándose bajo las sábanas.

Habiéndose retirado la luz del atardecer nuestros cuerpos se separaron. Alfredo se volvió hacia mí y me dio un beso. Luego se incorporó y caminó con gracia hacia la puerta.

Me quedé mirándolo. ¿Me da vergüenza acostarme con un pibe? No, nadie me ve. Igual vergüenza me daría si me vieran desnudo con una piba en la cama. Entonces sí me da vergüenza el acto sexual igual de con quién lo haga. No obstante, tengo la libertad de no tener que dar explicaciones a nadie. No tengo padres que puedan reprocharme por mis actos. ¿Mis amigos? Los pocos que tengo no se inmiscuyen en mi vida. ¿Y Lisa?, estoy seguro de que a estas alturas no se escandalizará de mis eróticas experiencias. ¡Gracias, Lisa!, compartiremos el secreto.

Alfredo encendió el calentador de la ducha. Regresó con una toalla sujeta a la cintura. Se tiró boca abajo a mi lado. Me percaté de su feminidad. Deslicé una mano por su cuerpo hasta detenerme en sus pies, amparados entre mis rodillas, caricia que él me agradeció con una sonrisa.

—¿Sabés?, ya de niño deseé ser mujer. Y qué difícil es vivir una vida representando lo que uno no puede ser. Mirá mi cuerpo, ¿qué tiene de masculino? Mirá mis caderas y mis piernas, mi cara y mis brazos. Me gustaría tener pechos como una mujer. ¡¿Y qué tengo?! ¡«Eso» entre las piernas! Esa señal irremediable del varón que no soy, pero que llevo en mí. —Sus ojos se humedecieron. Me miró con una mezcla de desconsuelo y esperanza—. Dicen que en Estados Unidos ya te pueden operar y cambiar de sexo. ¿Te imaginás? Mi sexo sería como a vos te gusta. Mirame, ¿cómo te gustarían mis pechos? ¡A ver!, decime cómo deberían de ser.

Sonreí, ahuequé una mano y se la llevé a su pecho:

—Así, como media naranja.

—¿Amarga o dulce?

—Dulce como vos.

Corrí al baño y busqué en los cajones un lápiz de labios. Le dije que cerrara los ojos y no se moviera. Posé la yema de un dedo sobre su pezón y luego tracé a su alrededor un círculo del tamaño de media naranja. Repetí otro círculo junto al otro pezón.

Alfredo bajó la mirada hacia sus pechos:

—Seré una mujer lindísima.

—Ya lo sos.

—Me lo decís de mentira, para que me lo crea y me comporte aún más como una mujer. ¡Pero cuidado!, todavía... todavía no me has visto en intimidad. Esperame, que ya vuelvo —dijo, guiñándome un ojo.

Después de un rato la puerta se abrió y se asomó Alfredo con una peluca negra que le caía hasta los hombros. Un sujetador oscuro le cruzaba el pecho y una especie de minifalda, también negra, ajustada con lazos a la cintura, se unía a las medias de mujer. La silueta de su cuerpo, realzada por zapatos de tacos altos, me asombró.

—¿Te gusto así?

—La verdad que sos toda una mujer. ¡Estás preciosa! Dejame tocar tus pechos.

—Son algo más grandes que tu media naranja. Mejor, así de grandes me gustan a mí. Ya que pretendo ser mujer quiero unos pechos que resalten, quiero ser lo más femenina posible. ¡Ay!, vos no me entendés —sollozó—. Veinticuatro años viviendo en un cuerpo de hombre, noche a noche mirando fotos de modelos, deseando despertar de esta ansiedad y amanecer siendo una de ellas. Por eso, cuando estoy solo en casa, me consuela vestirme con ropas de mujer, contemplarme en el espejo, hablar conmigo mismo para impregnarme de la mujer que quiero ser. Maquillarme y pintarme los labios, como ahora. Pero así no puedo salir a la calle. Esos brutos me matarían. Si ni siquiera respetan a las mujeres, a sus propias mujeres; entonces a nosotras nos quemarían peor que a brujas. Por eso en vos encuentro alivio, porque te gusto como soy y como quiero ser. No quiero ser un maricón; no. Quiero ser mujer, y mientras no lo pueda ser me refugio en mi mundo, a veces solo… a veces con alguien como vos. No soy un inmoral. ¿Qué mal les hago? ¿Por qué me denigran y me rechazan?

Lo miré con afecto. Sus maquillados ojos dejaron salir una lágrima que se deslizó teñida por el maquillaje y oscura por la desesperanza. Levanté una punta de la camiseta y limpié su mejilla. Alfredo bajó la cabeza y suspiró, como sabiéndose protegido. Puse las manos a cada lado de su cara y lo observé. ¿Dónde se deslindaba la masculinidad de lo femenino? ¿Dónde estaba el límite diferenciador? ¿Dónde se determinaba ser pibe o piba? La diferente anatomía sexual, es evidente. Estaba en mí verlo como yo deseaba que él fuera o lo que él pretendía ser. En ese momento lo vi como lo que él quería ser y me percaté de su similitud en dejarse amar como una mujer. ¿Serían las ropas íntimas? No, no era solo eso. Lo presentí más mujer que hombre y quise volver a cerciorarme acostándome una vez más con él.

Es difícil sustraerse al hechizo de un hombre vestido de mujer.

Alfredo se recostó sobre mi pecho y me dio las gracias. Acaricié su espalda y le quité la peluca. Le aseguré que de pelo corto también tenía un aire de piba. Ojeé la hora. Él se percató de mi inquietud y me pidió que no me fuera.

—No puedo, ya son más de las doce.

Me acompañó hasta la puerta, se elevó en las puntas de los pies, y me dijo:

—Llamame mañana… y pasado mañana… y todos los días…

El otoño, más que lluvioso se presentó convulsionado. Trabajaba con ahínco las horas que me restaban libres para mi sustento material. El resto del tiempo transcurría en atender mis mezcladas relaciones pasionales comenzando con Lisa, lidiando todavía con el escándalo de la gallega Isabel y refocilándome con la inesperada llegada de aquella pibita, hija de una prima de Raúl, que vino desde el pueblo a vivir una temporada con nosotros, compartiendo el mismo techo y ocupando la habitación del altillo frente a la mía. María Elena, mi nueva primita postiza —dieciocho años y largo pelo rubio—, vino a perturbar aún más la desarmonía de mis complicados días y noches. María Elena hacía los deberes sentada detrás de la ventana y justo frente a la mía.

La podía ver e intercambiar amistosas sonrisas. A las pocas semanas, cuando su madre salía a hacer alguna compra y ella quedaba sola, yo, con mucha precaución, bajaba mi escalera y subía la suya.

¿Querés que te ayude con los deberes?, le preguntaba, en tanto mis ojos recorrían su cuerpo.

Claro que lo quería. Y entre ecuaciones y logaritmos llegamos a darnos algunos apasionados pero cuidadosos besos.

¡«Pelusa»! ¡«Pelusa»!, que mi madre nos puede ver, exclamaba con la cara ruborizada.

No, no fue su madre. ¡Fue Lisa quien nos vio! Y así de rápido acabaron mis «clases particulares».

«¡Estás loco! ¡Y si la dejás preñada! ¡Que es menor de edad!», me gritó.

Yo también era menor de edad. No se lo recordé. Poco después, cuando me fui a Argentina, Lisa tuvo que firmarme un permiso para que pudiera salir del país. En ese entonces la mayoría de edad era a los veintiún años. Antes de mi ida a Buenos Aires pasarían muchas cosas. La más dramática, por así decirlo, porque pudo haber llegado al dramatismo, fue cuando le conté a la Isabel de mi amante.

Ahí comenzó el escándalo. Las llamadas anónimas se repitieron cada día con más descaro, hasta que Raúl tuvo que darse por aludido; solamente él; Lisa, no, por negacionista; y yo tampoco, por estúpido. Y encima, por dármelas de machote, saqué la pistola de mi padre, guardada en el ropero, y, acalorado y temible, le vociferé que le iba a pegar un tiro a Raúl. Ella me atajó en la escalera, me quitó la pistola y me pegó una cachetada. Ahí me sumé también al grupo de los negacionistas.

Por no dar el brazo a torcer y no asumir las consecuencias, me fui de casa. Pasé las dos primeras noches en una comisaría del Cordón.

Un amigo de la escuela era oficial de policía y me dio albergue en un calabozo hasta que alquilé una pieza en una pensión muy cerca del barrio. Y en esa pensión conocí al negro Orlando, que trabajaba armando televisores para el judío Boris (olvidé su apellido) y me consiguió un empleo. El polaco, joven y simpático, nos ponía jazz y música clásica en el taller. No recuerdo cuánto tiempo estuve fuera de casa, sé que Lisa dio parte a la policía de mi desaparición. La policía parece que no le prestó mucha importancia al asunto, estaba demasiado ocupada con los *tupamaros* y la represión.

Ese otoño seguí viendo a Alfredo, aunque no tan a menudo como él lo deseaba; aun así me las ingeniaba para estar alguna tarde con él, escucharlo, intentar comprenderlo. Charlas que siempre acababan bajo las sábanas o sobre ellas. No obstante, me asaltaban dudas y yo buscaba en mi cabeza el porqué de todo esto. Desde ahí, los encuentros se fueron distanciando, empezaba a darme cuenta de que solo estaba utilizando su cuerpo.

Antes de que Alfredo cayera más profundo en su enamoramiento y entrega, decidí transformar esa relación carnal en otra donde prevaleciese la amistad. Poco a poco lo fui poniendo al tanto de mis relaciones sentimentales con otras personas.

—Desde el principio lo sabía —dijo—. No me engañaste, ya el primer día asumí el riesgo de que tu ardor se perdiese. Estás conmigo porque te gusta el sexo, te da igual de con quién lo hagas y de qué manera lo hagas. Sé que solo pudo seducirte la mujer que hay en mí, vos no sos como Marcel. A Marcel le gusto, sin embargo, no me ve como una mujer, me ve como lo que en realidad soy. Es como sentirse que no sos mujer, que sos hombre a medias. ¿No podría cambiar la mitad de hombre, que aborrezco, por otra parte de mujer y sumársela a mi otra mitad? ¿Y...? —agregó, desconsolado—, tendría que volver a nacer y esperar el milagro de nacer mujer. Esta existencia me mortifica, me desconsuela, me lleva al borde de despreciar mi vida. Me entregué a vos porque me gustás, porque no sos un bruto. Me gustaría hablar de mí, que alguien me preste atención. No ser tratado con desprecio y burla por ser homosexual, por sentirme o por querer ser mujer. Quisiera poder contarte cómo fue mi niñez, mi adolescencia. Se sufre mucho, más de lo que te podés imaginar.

—Quiero seguir siendo tu amigo —le dije.

Aquel atardecer nos despedimos sin decirnos adiós. Alfredo no deseaba en lo más mínimo coartarme la libertad. Ambos sabíamos que nuestros caminos comenzarían a separarse, aunque no así nuestro fraternal cariño que se mantendría en el tiempo y en la distancia, para luego renacer en nuevas personas, nuevos amantes, nuevos amores. Siempre queda algo de uno en el recuerdo del otro.

Entrado el invierno me fui a vivir con mi hermana «Cocona» a Buenos Aires. Puse el Río de la Plata por medio entre mis amantes y mis amigos, apaciguándose los fervores que aún me hostigaban. Con Daniela se mantuvo la distancia y la incertidumbre. Pensé que, con un poco de suerte, podría verla en la capital porteña, pero ella ya había regresado a Montevideo y mi desilusión fue más grande, así como larga y triste se me hizo la estadía en casa de mi hermana. Buenos Aires sin Daniela representaba un doloroso destierro.

¿Debería preguntarme cómo pude enamorarme en solo tres días? ¡No! Para enamorarse, a veces basta solo una mirada, una palabra. Su silueta a contraluz, tan solo un reflejo de su sombra, me hubiera bastado para amarla.

4

¿Cuándo volveré a verte?

D. ALIGHIERI, *La Divina Comedia*, Purgatorio, Canto XXIV

Regresé del destierro bonaerense con la sensación, por no decir la certeza, de haber perdido medio año de mi tardía adolescencia. Esa primavera que se acababa marcaba también, tras el episodio amoroso con Lisa, el fin de las aventuras extraconyugales, sonando aún en mis oídos aquel merecido reproche: «¡Quien con niños se acuesta amanece cagada!».

A partir de ese momento comencé a distanciarme de mi hogar montevideano. Intentaría en un futuro próximo buscarme la vida en Paysandú y Guichón. Volvería por breves períodos a Paso de los Toros, si bien ya estaba claro que mi adolescencia «isabelina» sería la última etapa en el pueblo. Sin embargo, pasado unos meses, tuve que acoplarme de nuevo a la realidad. Así fue que a finales de 1971 estaba otra vez conviviendo con Lisa, Raúl y Luis. Retomé con mi hermano el armado de televisores y pude mantenerme a flote el escaso año y medio que…

La situación política y económica había cambiado de una forma drástica y acelerada con el gobierno, de facto, ya militar. Interrumpí mis clases de vuelo con veintitrés horas. Había despegado y aterrizado sin acompañamiento del instructor; pero, dadas las nuevas circunstancias, tanto personales como materiales, no pude llegar a finalizar el curso. Sentí la desazón de que sería otro más de mis inconclusos propósitos.

Había pasado casi un año desde el primer encuentro con Daniela. Con Marcel me quedaba una discreta y sincera amistad. Con Alfredo nuestra relación se había reducido a un fraternal cariño, lo cual tranquilizaba mi alma y mi sexo. Me alegraba la idea que él barajaba de irse a vivir a Estados Unidos. Por momentos hasta me asaltó la idea de acompañarlo, no por vivir con él, sino más bien por los deseos, más que latentes ya imperiosos, de recorrer otros caminos.

Por Marcel me enteré de que su hermana había retomado el liceo y que tenía dos materias no aprobadas que las daría a principios de diciembre. Además me contó que estaba muy motivada por seguir estudiando; que había vuelto diferente desde su estadía en Buenos Aires, tan cambiada que su padre le estaba pagando clases particulares.

Qué sensación tan grata y a la vez doliente me causó la revelación. Daniela había regresado a Montevideo, pero qué larga y cruel había sido la espera.

Me sentí alentado y con la necesidad de hablar con Marcel. Volví a llamarlo por teléfono, y él, como vengándose de mi abandono, me hizo sufrir dándole largas a mi curiosidad, desviando cualquier pregunta sobre su hermana, insistiendo que primero le contase sobre mi viaje a Buenos Aires.

Accedí. Le conté de mi fracasada estadía fuera de Uruguay. De haberme dado cuenta de no estar capacitado para ganarme la vida sin tener siquiera un oficio. De haber vuelto derrotado, pero, aun así, de haber aprendido algo aunque fuese por las malas.

—Te veo distinto. Creo que todos hemos cambiado —dijo Marcel.

—Sí, también yo he pensado en las cosas que he hecho. Las hice por pura inmadurez. Durante el tiempo que estuve en Buenos Aires me di cuenta de que ya no soy un adolescente, que tengo que buscarme la vida. No cuento con el apoyo de una familia. Y ahora vuelvo a Montevideo y, casi de un día para otro, dejo de ser el «Pelusita»…

—¡No me digas que te dicen «Pelusa»! Con un sobrenombre así, y si te pintases los labios estarías «perfecta» para entrar en el círculo de mis amigas.

—Si no me atrajesen tantos las mujeres como me atraen me gustaría ser igual que vos y que Alfredo.

—Aún estás a tiempo —dijo Marcel, riéndose con picardía.

—¿Qué te puedo decir?, quien no ha probado el trigo no sabe lo buena que está la alfalfa.

—Depende de qué lado se empiece. Podrías habituarte a las dos variantes.

—No me tientes… —le contesté, siguiéndole el juego.

—No, no puedo hacerte caer otra vez en la boca del lobo porque hay una «Caperucita» que ha preguntado por vos… y mi hermana no me lo perdonaría.

—¡¿Preguntó por mí?!

—Sí. No te lo dije antes para hacerte sufrir un poco, te lo tenés merecido por «picaflor» que sos.

—¡Qué no daría por poder volver a verla!

—Si te acostás conmigo te allano el camino —dijo, sacándome la lengua—. ¡Qué es una broma, che! ¡No me mirés así! Si no jugamos a la edad que tenemos qué aburridos seremos de viejos.

—¡No me alteres más de lo que estoy!

—Daniela preguntó por vos apenas llegar de Buenos Aires, simulando una simple curiosidad. Es más que una mera indagación. Lo sé. La próxima semana estará dando los exámenes finales en el Miranda. Claro que está ocupada; sin embargo, estoy seguro de que si te ve se alegrará.

—Verla el mismo día del examen no me parece bien, prefiero verla antes. ¿Dónde va a clases?

—Por Dante y Arenal Grande, esta noche lo averiguo y te llamo —me dijo y añadió—: No te preocupes, pregunto por «Pelusa». Disculpá que me ría. Ese apodo parece más inventado que el de «Daniel». ¿Decime, Daniel?, perdoná, «Pelusa», cómo vas a salir de esa mentira que es una idiotez y también se la tendrás que explicar a mi madre. Aún recuerdo cuando le dijiste «Qué casualidad, yo también me llamo Daniel».

—Claro que todo el mundo me llama con ese apodo, pero en realidad soy Edison Arthur. Diré que me llamo «Edison Daniel». ¡Eh! ¡No te rías! Cuanto más tarde se enteren de mi falso nombre, mejor. Quizás hasta me tomen cariño, y a esas alturas ya se habrán acostumbrado a mí..., y mis virtudes superarán mis mentiras, que son muchas, pero no son crueldades.

Después de la llamada de Marcel, dándome la dirección, salí de casa y recorrí las pocas cuadras hasta Arenal Grande. El número 1265 de la calle Dante, casi en la esquina, frente al bar Los Cuatro Vientos.

Dijo de nueve y media a doce. Llegué a las nueve de la mañana, compré *El Popular*, busqué una mesa junto a la ventana y pedí un café y un sándwich de jamón y queso. Me senté mirando hacia Arenal Grande. La ventana, abierta por el calor de diciembre facilitaba la espera. El diario estaba desplegado delante de mí, pero yo no leía, solo aguardaba. Ojeé el reloj y se me inquietó el corazón. El café se depositaba con pesadez en el estómago. Lo diluí con el vasito de soda. Tiene que venir de ese lado. ¿Será puntual? Parecería ser aquella piba que viene caminando hacia acá, pelo oscuro y vaqueros... No, tampoco es. Volví a mirar la hora: nueve y veinticinco. El café, ya contrarrestado por el agua, tranquilizaba mi estómago. Con la vista fija hacia la esquina, esperaba. Mis dedos, sucios de tocar tanta tinta sin leer nada, balanceaban la cucharita sobre el borde del azucarero como equilibrando el tiempo de un reloj de arena que decidiría mi felicidad. Nueve y media. ¿Habré mirando bien la hora? Detuve el tiempo en el instante preciso y, como el destello de un segundo amanecer entre la sombra de los árboles, irrumpió Daniela en mi nuevo presente; dejando atrás el frío invierno, revitalizada por la última primavera y atravesando el ardiente verano de 1971. Mis ojos la descubrieron, la atraparon, y me volvió el recuerdo del aroma a café con cruasanes. Detuve la memoria, como confirmando la imagen que penetraba a través de las pupilas. Cerré por un instante los párpados: ¡Es ella! Tiene el pelo corto; sin embargo, su atractivo sigue igual, podría decirse que se ha incrementado aún. Daniela miró la hora. Apresuró el paso, se detuvo en la acera contraria, con una mano sujetó los cuadernos y con la otra rozó su rostro, desde la mejilla hasta llegar a su pelo, para luego dirigirla al botón del timbre. Guardé ese gesto en la mente. En ese instante supe que jamás la olvidaría. Seguí sentado un momento, queriendo reconstruir las imágenes vividas tan solo unos minutos antes, cerciorarme de que eran reales. Miré otra vez hacia la acera de enfrente, noté un poco de sudor en las axilas y me di cuenta que no había sido un sueño.

Fui al baño y me limpié la tinta de los dedos. Pagué en el mostrador y con el diario debajo del brazo caminé a casa. Calculé el tiempo, apenas dos horas. Si al llegar, a Lisa se le ocurriese que la acompañase a hacer la compra podía arriesgar a perder el reencuentro con Daniela. Además, necesitaba tranquilizarme, no podía llegar corriendo, sudando y hasta con la posibilidad de tartamudear. ¿Tenía miedo? ¡Claro que lo tenía! Reflexioné rápido y decidí no ir a casa.

Fui hasta la plaza de los Bomberos, busqué un banco a la sombra —difícil empresa a esas horas— sin encontrar ninguno. Al final compartí uno bajo los árboles con dos jubilados lectores de la prensa escrita. Con lo tímido que soy no logré tener tranquilidad, a pesar de la inmovilidad, tanto física como dialéctica de mis sesentones vecinos. Me levanté despidiéndome con un «Buen día», que al unísono me respondieron, casi sin notar mi presencia. Caminé hasta el cantero del medio y robé una pequeña rosa.

Regresé al bar a esperar la media hora, que sería desgranada, no en minutos y segundos, sino en imágenes y recuerdos; mientras, ocupando el mismo sitio, vigilaba la puerta de la calle Dante. Tomé una Bidú y dejé el diario sobre la mesa para no ensuciarme otra vez los dedos e intenté mantenerme tranquilo y alerta. Las manos no me traspiraban, aunque mi cuerpo estaba tenso y presto a levantarse al momento y cruzar la calzada antes de que ella llegase a Arenal Grande. La puerta del edificio de enfrente se abrió; luego se cerró detrás de Daniela. Ágil me levanté, dejé cincuenta pesos sobre el mostrador, y corrí hasta la esquina, atravesé la calle y, por la acera de enfrente, como distraído, con la pequeña flor escondida detrás de mí, pisando, una sí y otra no, la sombra de las hojas sobre las grises baldosas, retrocedí hacia el encuentro con Daniela. Desde el claroscuro de la vereda me llegó su clara sonrisa, más deseada que nunca. Me recosté a un árbol y la esperé.

Se paró a un tranco de mí, esbozó dar el último paso que nos separaba y se contuvo. Me separé del árbol, oculté la mano izquierda detrás de la espalda, y me aproximé a ella. Su recíproco movimiento nos unió en un fraternal abrazo.

Daniela apoyó su frente en la mía y me dijo:

—Te esperaba. No sabía si sería hoy, pero te esperaba.

—Yo también te esperaba. Tu recuerdo vive en todas las cosas… Los boletos del día que fuimos al aeródromo guardan, como si fueran un tesoro, los tres días pasados juntos.

—¿Tan etérea soy?

—Bastaría el recuerdo de tu sonrisa para no sentirme solo.

—Me gustan las cosas que me decís.

Manteniendo escondida la mano la miré. Enamorado a más no dar, sonreí.

—¡Dámela! ¡La rosa! —dijo como si pudiera ver a través de mí.

—¡¿Cómo lo sabés?!

—No me preguntes cómo lo sé. Así como sabía que vendrías, también sé que tenés una flor. Hay algo en mí que es como una sensación de verte por dentro, conozco más de tu vida de lo que vos creés conocerte.

—¡No vale! Arriesgué mi vida saltando muros y fosas, derrotando caballeros y dragones para apoderarme de esta rosa, y ahora me decís: «¡Una rosa!».

—¡Mentira! Los dragones no existen, se la habrás robado al Principito.

—¡No! ¡Es una rosa uruguaya!

—El Principito no entiende de patrias ni de banderas, es su rosa.

—¡Está bien! Ahora es tuya. Dame que te llevo los libros.
—Son solo cuadernos.
—¿Querés tomar algo?
—Sí, pero primero vamos al parque, quiero ver los árboles… y los dragones que abatiste.

No encontramos ni un solo banco libre y decidimos sentarnos bajo un árbol. Reinó un silencio transitorio, velado tan solo por el sigilo de caricias esperadas.

Realizando ya que no era un sueño retomamos la palabra.

—¡Ay!, Daniel. No sé de qué forma y cómo y cuándo, pero deseaba verte. Estoy contenta, presiento que algunas cosas han cambiado en mí, que deseo vivir, que no quiero desperdiciar mi juventud. Después de los exámenes tendré tiempo. Ojalá los salve y comenzaré a centrarme en concretar mis proyectos.

—¿Y tus estudios? Tu hermano me contó que vas a clases particulares.

—Me quedaron Matemáticas y Química. ¡Física no! —exclamó—. Gracias a tu ayuda la aprobé el curso pasado y ahora… quedo en deuda contigo. —Se giró hacia mí, se arrodilló y, bajando los ojos, extendió los brazos y agregó—: Que el precio de mi deuda no se eleve a la usura del judío *Shylock*.

—Aunque tu deuda fuese más grande de la que tiene Uruguay con el FMI, no sería yo tan cruel con vos.

Sus manos, libres de mis cadenas, me acariciaron.

Abrió un cuaderno, en una esquina de la hoja escribió 412633, arrancó el trozo, lo plegó en dos, y me lo introdujo en el bolsillo. Miró la hora y dijo:

—El lunes tengo los exámenes, me quedan solo tres días para estudiar, si no nos iríamos a ver mar. Llamame el domingo a la noche. No sé si habré aprobado, pero me alegraré de oírte. ¡Ah!, y gracias por la rosa.

Bajamos juntos por Santiago de Chile. En la esquina de calle Durazno nos despedimos. Me recosté en la pared y la miré alejarse. Me sentí feliz.

Regresé contento a casa, deseando que aprobara las dos materias que aún tenía pendiente y que a partir de ahora pudiéramos profundizar nuestra amistad. A pesar del fuerte calor decidí caminar. Hice un alto para tomar algo y reflexionar sobre mi tan ansiada dicha. Me pregunté qué hacer, cómo confrontar y solucionar los embarazos que venía postergando desde el año anterior, cómo explicar lo de mi falso nombre.

Mi relación con Lisa, finalizada tras el escándalo del último otoño, volvió a sus fraternos e inocentes orígenes: algo así como lo que el viento se llevó y acá no pasó nada; aunque presentía cierta antipatía, sin duda justificada, por parte de Raúl. La gallega Isabel se apaciguó, sus padres me devolvieron las cartas y esquelas por mí dirigidas a su impoluto retoño, menos aquella cadenita de oro que —en un arrebato de desesperanza por el desengaño amoroso que tuve con la lindísima hija del gerente del Banco de la República, en Paso de los Toros, allá en el año 1969— terminé regalándosela a la Isabel para salir del turbulento apuro juvenil. La primita María Elena no llegó a ser ni tan solo una golondrina de paso. Aparte de esas mocedades, intrínsecas de la edad y de mi particular espíritu apasionado, comenzaba a vislumbrar dificultades en mi inmediata existencia material. Aún no sabía, al menos yo, que en un futuro muy próximo emprendería un largo viaje que me mantendría el resto de mi vida lejos de Uruguay.

Ese año, que ya finalizaba, volví a compartir el altillo de la casa de Juan Paullier con mi hermano. Recuerdo que en la pared contigua a mi cama tenía pegadas inéditas fotografías en blanco y negro, recortadas de un libro soviético, de la guerra de exterminio de Estados Unidos contra los vietnamitas. En la misma pared, sobre las fotos, colgaba una bandera roja con la imagen del Che Guevara. Y sobre la cabecera de la cama aquel póster de Julieta abrazando a Romeo, que yo miraba día y noche convirtiéndolo en imperioso anhelo, al ser los ojos de Julieta los ojos de Daniela; su boca la suya; sus besos, aún no experimentados, serían, algún día, los de Daniela sobre mis labios. Yo la inventaba de pelo corto y la imaginaba idéntica a Daniela. Apretaba los párpados e intentaba traer a mis brazos esa imagen convertida a mi gusto y semejanza, aunque ni una ni otra dejaban atraparse por mis inquietos sueños.

Llegó el domingo y esperé hasta el atardecer preguntándome a qué hora la llamaría. Claro que el teléfono estaba al lado de la habitación de Lisa. Tenía que ser muy sobrio en mis palabras. Mejor así, que la primera vez que la llamara no me mostrara distante pero sí contenido.

Llamé y atendió la madre. Esperé un momento.

—¡Hola, Daniela! —saludé—. Imagino que habrás pasado el fin de semana estudiando. Te deseo suerte con las preguntas. Si salvás, te regalo un secreto y si no… te lo regalo igual, sé que vas a aprobar, vos misma me lo has dicho.

—¡¿Cuándo te lo dije?!

—¡Ese es el secreto!

—¡Está bien! Pasame a buscar mañana en la tarde, a eso de las cinco. Tocá el timbre y esperame abajo.

Le deseé buenas noches y colgué despacio el teléfono. No tuve que dar ninguna explicación, Lisa ya aceptaba mis nuevos amoríos y creo que también le complacía que sus enseñanzas hubieran dado fruto. A la mañana siguiente, le conté de la amistad con Daniela y de la problemática mentira con mi falso nombre.

—No te preocupes —dijo—, si atiendo yo le digo que soy tu madre. Además, lo de tu «nuevo» nombre lo decís por tu amigo Daniel Liber, y es un buen pibe.

La abracé y le di un beso como los de antes. ¡No, esos no!, los de antes-antes. Me puse los Lee de contrabando, un poco calurosos para la época, pero en vaqueros me sentía más seguro. Le di cuerda a mi reloj pulsera y me puse en camino.

Ilusionado toqué el timbre. Me recosté a la pared y crucé los brazos. «¡Así no!, es una postura de *cafishos*», me dije. Me enderecé y metí las manos en los bolsillos, no me puse un *pucho* entre los labios —señal en aquellos tiempos de pibe machote— porque no fumaba. Se abrió la puerta, Daniela avanzó unos pasos hacia mí, se colgó de mi cuello, y me dijo que había aprobado las dos materias aplazadas.

Le di un beso, felicitándola. La agarré de la cintura y atravesamos la calle Durazno rumbo al mar.

La inmensidad del horizonte rioplatense con sus aguas más grises que azules, marcaba la libertad física de nuestros cuerpos. Nuestros sueños, adolescentes e inquietos, se perdían más allá de la línea entre el mar y el cielo. Donde no alcanzaban nuestros ojos llegaban nuestras atrevidas ambiciones de juventud. Éramos dos seres cargados con tal magnetismo, atraídos con tanta intensidad, que uno a otro nos contrarrestábamos, igual que dos imanes capaces de juntarse como de separarse según su polaridad inducida por nuestras voluntades, pero sin perder ese hilo inquebrantable que nos mantendría unidos a través del tiempo y la distancia.

—¿Y el secreto? —preguntó con impaciencia.

—Si me das un beso te lo digo.

—¡No! Primero el secreto.

¿Cómo inventarme un secreto en un segundo si todo mi ser no era capaz de pensar en otra cosa que en ella?

—Tengo dos secretos, ¿primero el malo o primero el bueno? —pregunté, mientras buscaba cómo salir del atolladero sin decir una idiotez.

—Primero el malo; así, si no me gusta, podés volver a conquistarme con el otro.

—Más que un secreto es una mentira…

—¡¿Cómo que una mentira?! ¡Yo quiero un secreto!

—Una mentira oculta, guardada en una imagen que viví el día que te vi por primera vez, es, en cierto modo, un secreto; pero no un secreto con ese halo de misterio y escándalo que vos querés.

—Esos secretos no me gustan. ¡Guardatelos!

«¡Qué difícil es!», pensé, sin atreverme a decírselo.

—Te lo cambio por una confesión —agregué.

—¡Dale!

—No me llamo Daniel

—Eso ya lo sabía desde el primer día.

—¿Te lo contó Marcel?

—No. Además se lo conté a mi madre, ¿y sabés lo que dijo? Dijo: «no tiene nada de malo, se llame Daniel o como se llame parece simpático. ¿O te dejarías conquistar solo por un nombre?».

La observé un poco perplejo, mientras seguía pensando cuál sería el segundo secreto del que era deudor.

—¿Cómo sabías que te engañé con mi falso nombre?

—No me engañaste, ya sabía que ese no era tu nombre. Además, es irrelevante; todos tenemos nuestras fantasías, nuestras invenciones. ¿Es malo mentir por una buena causa o por salir de un apuro o… porque te enamoraste de alguien? Y ahora decime, ¿de quién te enamoraste?

—¡Ah! Ese es mi secreto.
—¡Me prometiste un secreto, Daniel!
—No me llamo Daniel.
—¡Pavo! ¡Dale! Dame mi secreto.
—No puedo, es muy complicado.
—¡Entonces me voy!
—¡Vete!

Daniela se levantó, se subió al muro de la rambla, caminó haciendo equilibrio. A los pocos metros se giró y, amenazante, me gritó:

—¡Mirá que me tiro!
—¡No lo hagas, que no sé nadar!

Retrocedió hasta llegar frente a mí y exclamó:

—¡Agárrame!

Extendió los brazos hacia mí, la sujeté con firmeza y la dejé deslizarse sobre mi cuerpo. Antes de que sus pies tocaran el suelo apreté su cintura a la mía y dejé que sus piernas se abrieran y se resbalaran sobre mi rodilla, presionando su sexo. Nuestros ojos se enfrentaron, como si cada uno se quisiera preguntar cuál era el siguiente paso. Subí las manos hacia su espalda y presioné sus pequeños pechos sobre el mío. Nos besamos casi con miedo, como no atreviéndonos a descubrir que ninguno de los dos era inocente en las vicisitudes pasionales a estas alturas de nuestras vivencias.

Daniela sonrió. Pendiente de mi revelación, con fingida furia, preguntó:

—¡Decime de quién! ¿De quién te enamoraste? ¡Dale!
—¡De vos! ¿A qué ya lo sabías?

—Claro que lo sabía, lo supe desde el primer día que nos vimos.
—Ese era mi secreto.
—Es el secreto más manifiesto y más lindo que me hayan confirmado. Dale, vamos a celebrarlo junto con los exámenes aprobados.

Atravesamos la playa hasta el bar de la otra punta. Buscamos una mesa a la sombra y nos sentamos uno al lado del otro mirando al mar.

—Me alegro mucho de que hayas salvado las dos materias, quiere decir que podés empezar a estudiar.

—Sí, mañana mismo voy a inscribirme en el Instituto Alfredo Vásquez Acevedo, quiero comenzar preparatorios en el curso nocturno. Si todo sale bien, a finales de marzo me incorporo. Silvia está de acuerdo en que vaya al nocturno, así dispongo de más tiempo durante el día; tanto ella como mi padre piensan que mientras no me meta mucho en política podré hacer los dos años sin contratiempos. Me gustaría estudiar periodismo.

—¿Qué Silvia?

—Mi madre.

—¡Ah!, tu madre. Yo también me inscribí el año pasado en el instituto IAVA, en ingeniería: fracaso total, no duré ni tres meses. Fue imposible para mí. Empezaron con matemáticas y química y yo no entendía nada de nada. Seguí yendo porque conocí a unos pibes del grupo maoísta y estuve asistiendo a encuentros en un local que está cerca de tu casa. Pero ya ves, cuando uno no tiene un sitio fijo donde vivir, cuando estás un poco acá, otro poco por allá, poca cosa podés llegar a concretar.

Daniela agarró mi mano y dijo:

—Me gustaría que un día me contaras de tus padres y también de tu existencia actual. Aún desconozco mucho de vos.

—No tengo mucho que decir de mi niñez en Paso de los Toros —comencé a decirle con poco entusiasmo—, y de mis padres, menos. Tan solo podría ser capaz de contar del presente, creo que esta temprana juventud ha dejado huellas más profundas que todavía no han caído en el olvido.

—¡Cómo podés decir que no tenés memoria de tu infancia! ¡Ni que tuvieras cuarenta años!

—No es que no la tenga, solo que ahora me afano en vivir el día de hoy, pues es lo único que tengo y porque también siento un poco de miedo por el futuro. Vos podés contar con un apoyo familiar que yo no tengo. No sé, ahora no quiero pensar en el futuro…

—Entonces… ¿sos un tipo sin esperanzas?

—No, no es eso; más bien quise decir que prefiero vivir la actual realidad, la mía, que no tiene por qué ser la tuya. También yo soy consciente de las desigualdades sociales, de las masacres en Vietnam…, no solo vos. También yo quiero vivir mi mundo de sueños, mientras pueda.

—¡Ah! ¡Sí! ¡Mientras otros estudiantes y obreros caen presos vos vivís tus sentimentales quimeras!

—Mis esperanzas no son quimeras, quizás son utopías. Y las utopías, a veces, pueden convertirse en realidades. Y ahí radica mi esperanza aunque me falte la radicalidad que vos tenés no soy indiferente a quienes luchan por nosotros… Y no soy un cobarde, dame un arma y lo verás.

—Perdoname, no estoy enojada contigo, es un poco conmigo misma. A veces exijo a los demás virtudes que no tengo y eso no es justo. Además, desde el primer día que te vi, te conté cosas tan íntimas que luego estuve días y noches pensando si no había sido demasiado indiscreta. Vos me escuchaste como si fueras desde siempre mi mejor amigo y ahí me di cuenta de que sos un buen pibe.

—Aquel día yo también…

—Daniel —me interrumpió—, pero ¿cómo se les ocurrió a tus padres ponerte Edison?

—No sé, una vez oí decir que fue mi hermana quien lo eligió. La verdad, te digo que me hubiera gustado tener un nombre más normal.

—Te podría llamar «Edi»; sin embargo, me gusta más Daniel. Quizás en algún otro lugar y en otra etapa de tu vida te llamen por otro nombre. Desde el primer día que te vi había algo en vos que me era familiar, como si te conociera de otro tiempo, de otra adolescencia; como un recuerdo de haberte conocido en algún momento vivido o soñado de mi pasado y hoy volvés a aparecer. Fue el segundo día que viniste a casa, ahí me di cuenta de que te esperaba, que seré, de una forma u otra, la eterna compañera de tu viaje.

—¿De qué viaje hablás?

—No me refiero a un viaje en concreto, con una fecha y un lugar determinado; sino, más bien, de una marcha o una separación que muchos de nosotros por diferentes razones, y a veces hasta obligados, tenemos que afrontar.

—Cuando estuve en Buenos Aires tu «compañía» brilló por su ausencia.

—Ahí fuiste a ver a tu hermana y ya sos bastante grandecito para cruzar el charco. Y si vas a Paso de los Toros tampoco te alejás mucho —dijo, y un momento más tarde, como disculpándose, agregó—: Creo que solo te he creado confusión y no me he explicado bien. Me es difícil entender lo que me pasa por la cabeza; a veces ni yo misma comprendo mi visión de la vida. Qué digo, qué hago, qué albedríos gobiernan mi mente para predecir o adelantar hechos que primero los sueño y luego se hacen realidades.

—¿No será que por estudiar tanta química se te cruzaron los cables y...

—¡No digas bobadas!

—... y te pasa como a don Quijote, que de tanto leer libros perdés la sensatez.

—¡Ah! ¿A mí?, ¡claro! Y a vos te ha afectado tanto sol. Te propongo que nos demos un baño y después te invito a un helado.

Eché un vistazo a mis vaqueros y, pudoroso, le dije:

—¿Así? ¡Si no tengo bañador!

—Yo tampoco tengo, me meto al agua en bragas, nadie nos mira. A no ser que tengas puestas ropas de mujer.

Colorado por una mezcla de vergüenza y bronca ante el sarcasmo me quité el pantalón y me metí con calzoncillos, arremetiendo torpemente contra las olas. La buena temperatura del agua favoreció a ahuyentar la timidez y a recuperar mis cualidades de seducción, recordando las humedecidas escapadas con Lisa a la playa un año antes, pero sin llegar tan lejos.

Ya sin sal y sin arena en nuestros cuerpos nos sentamos sobre el murallón a dejar que el sol y el aire secara nuestra piel, para luego, con nuestra ropa puesta, ir a comprar el ofrecido helado.

Caminamos hasta el final de la playa Ramírez. En las rocas, casi frente al Parque Rodó, nos sentamos. Aún faltaban un par de horas para el anochecer, horas que ocupamos en estar juntos y hablar de cosas que estaban pendientes entre nosotros. Daniela me contó un poco sobre su estadía en Buenos Aires, sobre su actual convivencia con su madre y con Marcel, y de lo rápido que se había ido borrando el recuerdo de Enrique, su primer noviazgo.

—Los primeros amores son recuerdos —dijo—, lindos recuerdos. Sin embargo no son, ni serán los únicos, ni los últimos, ni son eternos; son tan solo los primeros, son la puerta a los demás amores que, por suerte, experimentarás. No podemos vivir un único amor, deberíamos de vivirlos todos, claro que eso es imposible…, aunque deberíamos intentarlo.

Ya casi al oscurecer Daniela miró el reloj y dijo que se le hacía tarde y debería irse, que a la mañana siguiente iría a inscribirse en el IAVA. Me pidió que la llamara a la noche.

El martes en la noche la llamé. Me atendió Marcel, y antes de pasarle el teléfono a su hermana me dijo que cuando yo quisiera fuera a verlo. Le prometí salir con él a tomar algo. Daniela se puso al teléfono y me contó que había logrado hacer todas las gestiones en el mismo día. Solo le quedaban una o dos cosas por resolver. Aun así, se iría unos días con su madre a Solymar y que le gustaría verme antes de irse, que pasara a verla la tarde siguiente.

Con los Lee limpios y una camisa entallada y estampada con aquellos diseños, al estilo de aplanados protozoarios, de las que me mandaba a confeccionar Lisa —modernas y psicodélicas— me presenté a buscar a Daniela. Me recibió contenta, proponiendo ir al Parque Rodó o al bar de la calle Gardel o, si lo prefería, irnos a caminar por la rambla.

Hasta si hubiera dicho a la Antártida me hubiera parecido bien. Su sola presencia me cautivaba de tal modo que yo no podía ni quería ocultarlo. Recordaba consejos de otros pibes mayores que sugerían no mostrar el más leve indicio de debilidad, entrega o enamoramiento.

Daniela me intuía, me descubría sin siquiera explorarme, era para ella tierra conquistada y dominada sin librar batalla. Bajo esa favorable posición siempre me llevaba ventaja buscando en mí conductas o ideas no muy convencionales, y yo me prestaba de un modo espontáneo y sin rodeos a complacerla en tales indagaciones. Un punto de su interés, entre muchos, era conocer más de cerca qué tipo de relación tuve con Marcel y si había más pibes con quienes hubiera mantenido un vínculo similar; esperando, de ese modo, averiguar mi tendencia sexual. Incertidumbre que hería sus sentimientos desde el segundo día en que nos vimos.

Le confesé los dos sucesos eróticos con Marcel.

—¡Eróticos! ¡No te parece que fue más que erótico el haber estado con mi hermano en la cama! ¡Yo diría carnal!

—Por favor, no me pidas detalles. No viene al caso que te cuente con pormenores lo que hicimos tu hermano y yo. Además, no quiero hablar de esas cosas. Sé que te molestan.

—¡Está bien! Te vuelvo a perdonar. ¿Y a cuántos más te tengo que perdonar?

—No sé. Hay cosas que no son fáciles de explicar. Pienso que, poco a poco, de una forma natural, nos iremos conociendo.

Daniela dejó de lado su turbación. Como disculpándose ante mí por sus impertinencias, fundadas, aunque quizás no del todo justificadas, me tendió la mano y dijo:

—Vamos a la rambla. Te prometo que hoy no te amenazo con tirarme al mar.

Caminamos por la rambla. Cada tanto ella se subía al murallón, me miraba, y sus ojos me pedían: «Bájame igual que la otra vez».

5

> ...y si antes mudo estuve en la respuesta,
> hazle saber que fue porque pensaba ya
> en esa duda que me habéis resuelto.
>
> D. Alighieri, *La Divina Comedia*, Infierno, Canto X

El sábado llamé a Marcel y pasé a verlo por la peluquería. Le propuse salir a tomar algo y él me invitó a ir a su casa para estar más tranquilos.

—Mi madre y mi hermana están en Solymar —me dijo—. Se fueron ayer, quieren pasar unos días en la playa, alejadas de la incertidumbre política que estamos viviendo. Dale, vamos a casa...—y poniendo su mano en mi hombro, agregó—: A estas alturas no tendrás miedo de estar a solas conmigo.

No es que hubiera dudado, pero cierto hormigueo me recorrió la piel. Caminamos por calle Paraguay hasta Durazno contándonos los recientes sucesos que ambos estábamos viviendo. Tanto él como yo reconocíamos nuestras nuevas circunstancias. El encuentro resultó fraternal y amistoso.

—Sentate que voy a poner a Serrat. Y no te asustes, las cosas pasan y se transforman en gratos recuerdos, siempre y cuando haya consenso de las dos partes; y si no, queda un recuerdo amargo o la total indiferencia. Yo apuesto por los primeros. Ahora contame cómo van tus aventuras.

—Tu hermana…

—Dale, no te dé vergüenza.

—Somos amigos…

—Más que amigos, diría.

—Es que… me he enamorado de Daniela —le revelé, no sin cierta inquietud, como esperando su reproche.

—Mi hermana aunque no lo demuestre, también se está interesando por vos.

Lo miré con cierta mezcla de deslealtad e ingenuidad:

—¿Qué piensan tus padres de mí?

—De vos no hemos hablado mucho. Mi madre, que siempre acepta todas nuestras amistades, se ha limitado a decir que sos un pibe simpático. Y mi padre, no sé. Estuvo acá cuando las elecciones y entre una cosa y otra no tuvimos mucho tiempo para hablar.

—A tu madre la vi una sola vez el día que vine a tu casa. Me pregunto qué pensará, que el primer día que me ve vos y yo nos vamos derecho a tu habitación. ¡Y era clarísimo que nos meteríamos a la cama! Ella tenía que sospecharlo. Y después resulta que me hago amigo de tu hermana…

—Ya te conté que mi madre se acostumbró a nuestras diferentes maneras de ser y creo que te aceptará como sos.

—¿Y cómo soy para tu madre?

—Entre otras cosas, sos un buen pibe. ¿Por qué querés saber más? Esperá que te siga conociendo. Los adultos precisan más tiempo para familiarizarse con los jóvenes. ¿Sabés?, cuando entré en la pubertad ya mi madre se había dado cuenta de mi orientación sexual. Siendo profesora de secundaria ha tratado con todo tipo de adolescentes. Te quiero decir que desde que yo tenía siete u ocho años ella veía en mí un comportamiento diferente a los otros pibes. Y ya en la pubertad, te puedo asegurar, estaba definida mi identidad sexual, mi atracción por los hombres. ¿Cómo explicarte?, es algo que va formándose dentro de vos. Que ves una piba y querés ser como ella, y ves un pibe y te atrae de otra manera porque hay algo masculino que te agrada.

—¿Y tu padre sabe que salís con otros hombres? Quiero decir, si…

—¡Déjame explicarte! Es una historia difícil de contar y aún más difícil de entender. Te preguntarás qué piensa mi padre de mí, peluquero y encima maricón. Mirá, Edison… ¡Che! —exclamó—, te voy a seguir llamando Daniel, decirte Edison me cuesta, no sos el mismo. —Hizo una pausa y continuó—: El hecho que mi padre no viva con nosotros facilita las cosas. Él tiene una relación con otra mujer y vive con ella en Buenos Aires. Se conocieron en Bellas Artes, era una alumna de mi padre, y hace más de cinco años se fueron para allá. Mi madre también se adaptó a la nueva realidad y acepta que él, digamos, «comparta» su amor con ella. Viene cada tres o cuatro meses y se queda un tiempo en casa; duermen juntos, o eso nos quieren hacer creer, como que todo sigue igual que antes. Pensarás cómo ella aguanta eso. Mi madre siempre fue algo rara, quiero decir que tiene una aptitud bastante tolerante, ya lo ves con respecto a mí. Además, sé que tiene un amante; y pienso que si no se ha ido a vivir con él es porque no quiere sentirse atada a otra persona más. Tiene cuarenta y cuatro años y es todavía muy linda. ¡Y no se va a quedar con las ganas! Y así los cuatro nos hemos adaptado el uno al otro. El problema lo tenemos con nuestro abuelo paterno, don Máximo. Así lo llaman allá, en la estancia de Salto. Es viejo y conservador. A mí a duras penas me reconoce como su nieto y a mi madre la trata poco porque no viene de una familia con guita. También tenemos dos tíos, Maurice, el mayor de los tres hermanos, casado con Colette, que vive en Francia, e Yves, casado con «Babette», hija de franceses. Mi tío Yves es, a pesar de la autoridad del abuelo, quien maneja la estancia. Es el preferido del abuelo; en cambio, mi padre es la oveja negra de la familia.

—¿Y ese rechazo es porque tu padre se fue a vivir con otra?

—No, eso no lo sabe, es por muchas otras cosas que él considera pecaminosas; por ejemplo, a mi padre desde siempre le gustó pintar, viajar, tocar la guitarra… Y eso para él es de gente despreocupada, todo lo contrario a mi tío Yves que es el prototipo del hombre trabajador, buen padre de familia, ejemplo a seguir para todos los Sergent.

—¿Tu abuelo sabe de tus relaciones con…?

—No. Pero le desagrada que sea peluquero de mujeres. «Eso es de afeminados», dice.

—Y vos… ¿naciste normal y después te hiciste homosexual? ¿O cómo es eso?

—No, no es que nos trasformemos, no es que cambiemos de orientación sexual de un día para otro; eso lo llevamos latente desde que nacemos, en nuestros cuerpos y en nuestras cabezas, y a veces no te das cuenta a qué lado pertenecés porque la sociedad te obliga a mantener las apariencias de que tenés que ser un pibe normal.

—Si sos homosexual. Digo, si ya naciste así, no sé, eso…, eso ¿se puede transmitir?

—¡No seas *boludo*! Las orientaciones sexuales no se heredan, nacemos diferentes. ¡Entonces vas a pensar que mi hermana también será lesbiana! ¡Che! ¡Dejame hablar! Te quiero decir que mi madre aceptó mi forma de ser sin intentar cambiarme y ese consentimiento facilitó mi vida y la suya. Claro que ella hubiera deseado que yo fuese «normal», no porque mi homosexualidad vaya contra sus principios morales, sino para que yo no sufriera el desprecio y la burla por no ser igual a los demás pibes. Por eso, cuando me preguntás qué piensa mi madre que un día estuviste conmigo y luego cambiás a Daniela, puedo asegurarte que no te desprecia ni te critica, aunque en el fondo esté deseando que quien tenga una relación con Daniela no tome el mismo camino que su hijo, que no se repita la historia.

—Y de niño… ¿cómo fue tu vida? ¿Sabés?, en mi escuela teníamos un pibito que era afeminado y los otros chiquilines más grandes se reían de él. Me acuerdo que lo llamaban «arbolito de Navidad», porque decían que tenía las «bolas» solo de adorno. Y en los recreos lloraba, escondido en los rincones del patio, como un perro apedreado.

—En mi niñez no tuve mayores problemas, no soy de gestos afeminados, me guardaba muy bien de mantener en secreto mi inclinación por los varones. No fui, ni soy, como Alfredo. Empecé a tener problemas al despertar en mí los deseos sexuales de la adolescencia. En el liceo fui intimando con otros pibes, pero con cautela; de tal modo que me dejaba ver y besar por algunas ocasionales novias que tuve. Y te tengo que decir que la primera vez… fue con una piba, ¡y encima se enamoró de mí! ¡Ves! Yo empecé por un lado y terminé en el contrario. A vos te pasó al revés.

—¿Y tu futuro? ¿Vos no tenés un novio fijo? —pregunté, incauto— ¿Podrías apasionarte por otra persona? Porque el caso de Alfredo es distinto, él quiere vivir como una mujer, como cualquier mujer con un hombre. Hasta sueña con cambiarse de sexo. Creo que lo comprendo mejor a él que a vos…

—Decís vivir con un hombre como cualquier mujer quiere. Sin embargo, muchas mujeres quieren vivir con una mujer, así como yo quisiera vivir con un hombre. ¡Y claro que puedo enamorarme al igual que vos de Daniela…o Alfredo de vos! —Acercó la fuente con *cañoncitos* y prosiguió—: Ser maricón es duro. La mayoría de las veces se te hace muy difícil vivir, casi todos los tipos se quieren aprovechar y, peor aún, muchos quieren humillarte. Es jodido vivir reprimido y reprimiéndote, que te hagan la vida imposible vayas donde vayas. Al final tenés que encerrarte en tu mundo, no te digo resignarte, pero la gente te hace sentir, o quiere que te sientas, que sos una basura. Por eso busco mi mundo en los que son igual que yo. En la peluquería me siento más protegido por el ambiente femenino que impera. Y aun así el camino es jodido.

—Las veces que estuve con vos en la cama creo que fui egoísta y solo pensé en mí. No sé, quizás vos hubieras deseado que yo…

—No te voy a reprochar nada; la vida es así. A veces se gana, a veces se pierde; y a veces se llega a una compensación. Yo gané un amigo. ¿Y a qué vienen tantas preguntas? ¿Es que no sabés de qué lado estás? Para mí sos bisexual.

—No lo sé —respondí, contrariado—, yo no vivo con otro pibe. Creo que hay una diferencia…

—¡Ah! Querés decir que sos neutral. Entonces ¿qué sos?, ¿medio maricón? ¿O qué querés decirme?

—Que no soy como tus amigos.

—¡Claro! ¡Vos sos mejor! ¡Los demás somos solo maricas!

—Perdoname. No quise ofenderte.

—Lo sé, y sé que vos intentás comprenderme; aunque es difícil ponerse en el lugar del otro. Y te repito, a veces pienso que vivir como un heterosexual sería más fácil. Así, de la manera que vivo, reprimiéndome a mí mismo, es como que vivís a medias, que no podés vivir tu vida en plenitud, mejor dicho, en libertad que es lo más importante. Mirá en el revolucionario mundo de hoy, lo ves acá entre los obreros y también entre los estudiantes, cuantos hay que enarbolan la bandera del Che y después son tan machistas como los de derecha, y ni qué decir del odio hacia nosotros. Para muchos de ellos, que no logran consentir que no es el mero hecho de ser macho o ser hembra; que leen a Lenin sin saber que, en los primeros años de la revolución bolchevique, el propio Lenin introdujo una ley permitiendo la libertad de identidad sexual, ley que poco más tarde Stalin, el muy «machote», derogó diciendo que eso de la homosexualidad es antirrevolucionario. Muchos de estos izquierdistas, si te ven por la calle, te insultan diciéndote que la revolución no se hace por el culo.

Lo miré con un poco de desconsuelo desde mi posición de heterosexual, pensando si yo sería lo que él dijo. Qué confusión me había creado. Se lo tendría que preguntar a Lisa.

Marcel me abrazó con afecto:

—Contigo gané un amigo.

—Y yo un cuñado... —agregué, bromeando.

—Ojalá se haga realidad. Creo que mi madre se llevaría bien contigo, y yo también. ¡Eso sí!, que no te vea sin pantalón por la casa porque... ¡Que es un juego! ¡Che!

6

Tronché una ramita de un endrino y el tronco gritó: ¿Por qué me hieres?
Bañado en oscura sangre volvió a gritar: ¿Por qué me estás rompiendo?
¿No hay piedad en tu espíritu mezquino?

D. ALIGHIERI, *La Divina Comedia*, Infierno, Canto XIII

Más que turbado, melancólico por la ausencia de Daniela, decidí pasar a ver al «Flaco» Eduardo y conversar con él. Recorrí las pocas cuadras que me separaban de su casa y toqué el timbre. Esperé que se cambiara y salimos a dar una vuelta. Caminamos por calle Colonia hasta Ejido y subimos hacia la avenida 18 de Julio. Buscamos una mesa en la terraza de La Pasiva y pedimos dos *chops*. Sentados y alertas al paso de las pibas comenzamos a charlar acerca de los acontecimientos de los meses que estuvimos sin vernos. Mi amigo me preguntó sobre la estadía en Buenos Aires, sobre las idas a Paso de los Toros y también de mis últimos enredos con Lisa.

Recordando los sucesos del año anterior lo miré con molestia:

—Flaco, que no fue buena tu idea de llamar a los padres de la gallega y decirles «su hija es una tortillera». ¡Qué no! No sirvió de nada; creo que ellos ni se enteraron de lo que les querías decir. Y ha sido peor, porque pensaron que eran intrigas de la propia Lisa para intimidarlos y hasta insultarlos, y volvieron a la carga con más saña. No solo llamaban sus propios padres con la Isabel a la cabeza —estoy seguro que era ella quien dirigía la batuta—, sino que llamaban a casa otras personas y ponían al teléfono la canción *Amada amante*. Lisa lo ha pasado muy mal porque siempre esperaban a la noche o a los fines de semana para llamar. Al final logró convencer a Raúl que era una historia inventada por mí para dármelas de tipo *canchero* delante de las pibas. Y con el propósito de dar más credibilidad a mi infantil estupidez agregó que soy un tarambana; que se nota que vengo del campo, que por haberme dejado crecer la barba pienso que soy un *cafisho*; que todavía no me sé lavar el culo, que si no tendría razón aquel médico que le dijo a mi hermana que yo tenía un retraso mental. Y así se salvó ella, me salvó a mí, se restauró el orden conyugal y yo pasé a ser el «Pelusita» que anda hablando estupideces por ahí.

—¡Qué *boludo*! ¡Cómo vas a ir contando esas cosas por ahí! ¡Che! Eso no se hace.

—Sí, tenés razón, me pasó de puro tarambana que soy. Y claro que quedé como la mierda con Lisa. Menos mal que no le jodí el matrimonio.

—No lo entiendo, ¿cómo esa *mina*, que está buenísima y que te lleva más de quince años, empezó a salir contigo? ¿Y qué pasa con el marido?

—No sé, aunque a mí me dijo mi primo Hugo que a las *minas*, a partir de los treinta, es cuando más les gusta.

—Salir con un pibe sin experiencia no creo que las atraiga mucho.

—¡Pará, Flaco!, que ya he estado con otras mujeres.

—¡No digas pavadas! Claro que habrás estado con alguna mujer; sin embargo, a vos te falta mucho por aprender. Acordate de la piba de Las Piedras, que no la supiste ni «calentar». Por algo te dijo que no le gustaba salir con tipos jóvenes. ¿Y por qué? Porque no sos capaz de ganarte una *mina*, de prepararla... seducirla, ¡esa es la palabra, che! ¡Seducirla! Y con esa técnica no se nace, se aprende. Y a vos te falta mucho.

«¿Tendrá razón?», me preguntaba; mientras por la cabeza se me presentaban, en forma de imágenes, las mujeres que, de un modo u otro —quiero decir libre y de mil amores o a cambio de unos pocos billetes—, se habían entregado a mis deseos y a mis caprichos. Hice un breve recuento y solo llegué a la cifra de tres féminas que me vendieron su sexo, y eso fue poco después de mi primera práctica carnal con la mujer del panadero —allá a mediados de 1967—. Y para volver a probar y salir de mi ignorancia sexual fui algunas veces al burdel en Paso de los Toros. Recuerdo el bar Gardel, con la puerta de entrada siempre abierta y flanqueada por dos frondosos paraísos, a cuya sombra, recostado al tronco, algún paisano que otro fumaba su *pucho* de Río Novo, descansando —o meditando— de su periódico desahogo sexual, hipotecando su mísero jornal, aún no cobrado, y realizando el casi ancestral anhelo de fumarse un cigarro, como le corresponde a cada hombre luego de eyacular, certificando su maestría. Algunos de los peones más pobres se cuestionaban si no le salía más barato aliviarse con las ovejas del patrón que venir al Gardel.

La primera visita a un burdel la hice acompañado de mi amigo Daniel Liber, conocedor precoz del ambiente de alcohol, tabaco y salacidades. Nos acercamos a la barra y pedimos dos *grappamiel*. Daniel se hizo un cigarro y, antes de metérselo entre los labios, se nos acercaron desde la otra punta del mostrador dos mujeres de edad indeterminada que, aunque no fueran mucho mayores que nosotros, aparentaban ser casi de la edad de nuestras madres. Mirándonos con un poco de desgano y hastío, nos dijeron:

—Cincuenta pesos y el trago.

Daniel prendió el *pucho*, miró al tipo que estaba detrás del mostrador y le levantó dos dedos. Dos vasitos fueron empujados hacia las manos de las dos mujeres, cerrando de esa forma el trato. Ellas y mi amigo apuraron el trago de un solo golpe, yo lo dejé en la boca y poco a poco lo fui tragando. Ni ellas eligieron quién iba con quién, ni nosotros tuvimos la oportunidad —y menos el coraje— de buscar la pareja. Daniel desapareció con su acompañante tras la primera puerta y yo caminé detrás de la otra mujer hasta la siguiente habitación. Apenas cerró la puerta detrás de mí, me soltó:

—Si es la primera vez te cobro diez pesos más. No me gustan los tipos que se ponen miedosos y empiezan a llorar porque no se les «empina». No estoy para perder el tiempo. ¡¿Está claro?!

Intimidado por la posibilidad de comportarme como la clientela que paga el recargo empecé a ponerme nervioso. A medida que la mujer se iba sacando la ropa yo trataba de recordar las fotos del librito pornográfico que escondía debajo del colchón, pensando que ante mis ojos se desarrollaban aquellas orgías por mí tan deseadas de ser el protagonista, y así poder superar la turbación y dirigir todo el potencial masculino hacia mi órgano y ponerlo en estado operativo. Cuando me bajé el pantalón y por debajo del calzoncillo asomó, medroso, mi pene, sonó un:

—Primero la plata, ¡chiquilín!

Realizar el imperioso e instructivo antojo me salió a cinco pesos el minuto, incluidos el ratito en que mi anfitriona dedicó a lavar mi viril miembro en una palangana con jabón BAO, para luego secarlo con una toalla que, sin dudas, ya había cumplido varias sesiones esa tarde. Esperé a mi amigo bajo la sombra de los paraísos, cavilando sobre mi segunda experiencia sexual. Llegué a la misma conclusión que la primera vez, preguntándome: «¿Por qué en las fotos de las revistas pornográficas tanto ellas como ellos tienen caras de placer?; y además, ¿por qué siempre son rubias, de pelo largo, y ellos tan musculosos?».

—¿Te gustó, «Pelusa»? —preguntó Daniel al verme recostado al árbol, con cara de meditabundo.

—No sé qué decirte, me hubiera gustado que me hubiese dicho cosas.

—¿Qué cosas?

—Esas que dicen que las mujeres dicen cuando estás dentro de ellas.

—¡Ah! Esas acá no las encontrás. Se comenta que las hay por Punta del Este, y solo para los turistas.

Punta del Este estaba fuera de mis límites geográficos, mi conocimiento se restringía a haber visto una postal en la pared del bar La Picada. Así que teniendo aún esperanzas de llegar a practicar sexo sonoro sin tener que practicar turismo «puntaesteño» volví una segunda vez al Gardel.

En esta ocasión, por ser de noche, el local estaba más concurrido. Me arrimé al mostrador y pedí un trago. El ambiente nocturno contaba con un plantel lúbrico más numeroso y diverso, tanto en las fisonomías como en las edades. A esas horas la clientela era más nutrida y también más similar, casi todos los tipos rondaban los treinta o los cuarenta años; muchos eran casados, y, por supuesto, no faltaba algún jubilado que otro, los habituales clientes de la cotidiana copita de *grappa*, que recostados al mostrador pasaban revista, no a las mujeres, sino a la clientela, murmurando: «¡Mirá quién viene ahí! El hijo de don…, recién casado y ya arrimándose al *quilombo*, será que su flamante esposa…».

Sin mi amigo Daniel me sentía bastante inseguro, no tanto por las posibles mujeres que se me acercaran, sino más bien por las miradas de los tipos a mi alrededor, caras burlonas que se hacían señas entre ellos e intercambiaban estupideces como: «A este *guachito* no se le empina ni pa' mear».

Recostado a la barra sostenía el vasito de *grappa*, simulando que bebía, tratando de diluir con mucha saliva el masculino brebaje. Comencé a sentirme cada vez más desamparado y fuera de lugar. A falta de tabaco para alardear masculinidad, me resigné a sacar a escondidas la cajita de chicles y meterme una pastilla en la boca que, junto con el gusto a alcohol, me produjo una picazón que me encendió las mejillas y virilizó mi mirada. Ya con el ánimo recuperado observé a las mujeres que estaban en juego. Detuve los ojos en una *mina* de pelo largo, pechos que resaltaban a través de una ligera y muy ceñida blusa, y unos labios carnosos, acentuados por el rojo del maquillaje. Su cuerpo ofrecía marcadas curvas que mis dedos imaginaban recorrer y mis pupilas casi la tocaban. Retuve por un momento su imagen y la convertí de inmediato en una de las divinidades de mi librito pornográfico. La sicalíptica beldad registró la mirada y, moviéndose con descaro, avanzó hacia donde yo estaba. Se posicionó a mi lado y, esbozando un lúbrico beso, me dijo:

—Setenta y el trago.

—¡¿Setenta?!

—A partir de las ocho, setenta… y el trago. Si no, vení a la matiné de la tarde, a esas horas están solo las dos *conchudas* de siempre y te perdés de probar esto que estás viendo.

Dejé el casi intocado vasito de *grappa* sobre el mostrador y metí la mano en el bolsillo para sacar mis arrugados billetes y algunos *mangos* sueltos. Eran cincuenta y nueve pesos: tres *mangos* de la primera *grappa*, más otros tres del obligatorio trago de invitación me quedaban cincuenta y tres pesos. Miré a la mujer que se me ofrecía, miré la plata que tenía frente a mí y se notó mi cara de desolación. La *mina* me ojeó con indiferencia y soltó un desdeñoso:

—No me doy a pagar con libreta.

Y meneando su trasero se volvió a la otra punta de la barra, dejándome con las ganas.

Alguien me tocó el hombro y me preguntó:

—¿Cuánto te falta, flaco?

Lo avisté con rapidez. Era un milico del cuartel. Quedé pensando de dónde lo conocía.

—Tomá, te dejo treinta pesos. Soy amigo de tu primo, el Hugo.

Le di las gracias de todo corazón. Él me deseó que lo pasara bien y se fue. Agregué sobre los casi sesenta pesos los treinta. Me sobraban más de diez. Los junté y los guardé en el bolsillo. A continuación, oí detrás de mí que alguien me decía:

—Te he estado viendo desde que llegaste. Sos muy joven aún y hay algo en vos que me gusta.

«¡Sí! ¡La guita! Otra cosa no puede ser», mascullé para mis adentros.

Qué mal pensado fui.

Dejé de lado mi desconfianza y me sentí atraído por su forma de observarme como si me conociera.

—Por ser vos te cobro sesenta.

La volví a mirar. Era bastante mayor que la otra y no lucía apretadas curvas. Aun así, su cuerpo se veía firme y bien moldeado. Sus labios, muy pintados, contrastaban con una aún no olvidada dulzura en la voz y en su rostro. Le sonreí y contesté:

—Y yo te invito con un trago.

Dejé a medio acabar la *grappa*, pagué la suya y atravesé, entre el humo y las impertinencias de los parroquianos, los pocos metros hasta una de las habitaciones caminando acoplado a mi nueva acompañante, quien cerró la puerta detrás de mí y me indicó una silla para poner la ropa.

Apresurado saqué los sesenta pesos y se los puse en las manos, como respetando un obligatorio acuerdo entre usuario y servidora. Ella me miró, apretó mi mano junto con los billetes, y dijo:

—No te apures. Sé que no te vas a ir sin pagar. Además, aunque a nosotras no nos permite el patrón, vos sí estarías en tu derecho de reclamar precio y oferta, por no decir las cuatro *chirolas* que me pagan y el dejar que me uses.

Intenté entender lo que me quería decir con esa protesta. Recordé habladurías de la gente mayor, incluidos también los prejuicios de una parte de las propias mujeres: «Son putas. Van con todos los hombres porque les gusta esa vida y prefieren ganar la plata de una manera fácil, y arriba son sucias». Pensé en mi tío Aguerre, que trabajaba en el ferrocarril, que se levantaba a las tres de la mañana para ir con el tren de carga hasta Rivera y volver en la tarde, o los domingos en que llevaba el tren de pasajeros hasta Montevideo y regresaba al pueblo a la medianoche, pero podía descansar dos días seguidos y lo que ganaba alcanzaba para mantener una familia. Y en Semana de Turismo tenía vacaciones y, además de hacer algunos trabajos y arreglos en la casa, podía disponer de otra semana y salir a cazar *carpinchos* con el «Flaco» Cabél, el «Petiso» Rodríguez y el «Mono» Iglesias.

Ella se acercó a mí y, casi sin querer incomodarme, dijo:

—¿No te importa que no me saque el reloj ni la blusa?

Me limité a un ligero movimiento de cabeza.

Estiró la muñeca y agregó:

—¡Mirá qué reloj más lindo! Me lo compré hace tiempo, me costó más de un año entero ahorrar la plata. ¿A que es lindísimo? Siempre soñé con un reloj, es el compañero de mis horas libres cuando sueño que vivo otra vida, como la de las mujeres que aparecen en las películas argentinas. No esas que andan en auto y viven en casas grandísimas, esas son las mujeres ricas, a mí me gustaría ser la cocinera de esas señoras. Claro que tendría que aprender a cocinar primero. ¡Ay!, qué pavadas digo.

La mujer ojeó el reloj, y exclamó:

—¡Dale! ¡Dale! Que se nos va la media hora.

Me saqué el pantalón y me arrimé a la cama, como esperando que me consintiera llegar a su cuerpo. Ante mi visible titubeo estiró un brazo y me atrajo hacia ella.

—¿No será la primera vez?

—Estuve el otro día con un amigo… Igual no me viste —le respondí, con fingida seguridad.

La tercera experiencia sexual no fue diferente a las dos anteriores. Pero esta vez notaba que mi cuerpo comenzaba a dejar la adolescente candidez para inclinarse a otro tipo de pasiones más fuertes. Sentí en mi piel el contacto de otra piel, de una piel de mujer vendida y comprada, de mujer despreciada e injuriada por puro prejuicio.

La media hora transcurrió pesada, en tanto yo buscaba con afán el ritmo de llegar a mi meta cuanto antes. Si no, ¿qué otro sentido tendría el acto tan solicitado? Según los pibes ya más creciditos se trataba de un agujero que había que penetrarlo rápido y sin contemplaciones: «Con toda el alma, como en el fútbol, y si se queja, mejor».

Mis escasas sapiencias deportivas no alcanzaban a interferir en los aprendizajes carnales, a pesar de que imaginaba a la *mina*, con las piernas abiertas, tratando de tragarse un balón de cuero. Y seguía cavilando, sin hallar mucha semejanza, entre una práctica u otra.

Se repitió el habitual acto de desinfección de mi viril sexo y su secado a mano.

—Ahora sí podés pagar. ¿Te gustó?

—Sí, me gustó, pero...

—Pero ¿qué?

—Es que... en un librito que tengo hay una mujer que está «así» y el tipo la agarra «así» y...

—¡Ufa! No me pidas cosas raras que ya no estoy para esos trotes. Además, el patrón nos pone límite de tiempo.

—A mí me gustaría que vos...

—¡Me gustaría! ¡Me gustaría! A todos ustedes les gustaría. ¡Como no son ustedes los que tienen que aguantar! —Esbozó una ligera sonrisa, como pensado si debería complacer mis fantasías, y agregó—: Los lunes está cerrado y no está el patrón y algunas de nosotras nos ganamos unos pesos atendiendo algún cliente en nuestro día libre. Vení el próximo lunes. Preguntá por Celeste y podemos charlar un rato juntos. ¿Te animás?

Asentí con una sonrisa contenida y nos despedimos.

Al atardecer del siguiente lunes atravesé el pueblo, bajando la calle que pasa por la usina de UTE rumbo al cuartel. Al llegar al Gardel eché un vistazo por la entreabierta puerta del local, pasé a su interior y pregunté por Celeste.

A los pocos minutos entró la mujer con quien yo había compartido mi tercer acto carnal. Se presentó ante mí como cualquier vecina de barrio, sin labios pintados, sin ajustada pollera, en alpargatas, con el pelo suelto, con ojos y cejas al natural, con olor a jabón, y, ante la mirada cansada de otras mujeres, que sentadas a una mesa fumaban y tomaban mate, me agarró de la mano y me llevó hasta una pieza al final del patio.

—Pensé que no ibas a venir—me dijo—. Entrá, acá vivo las horas que estoy libre.

Ante mí, una habitación con encaladas paredes que olía a pobreza. En un costado, una pequeña mesa redonda con dos taburetes; sobre la mesita un PRIMUS calentando la caldera del agua. En la otra pared, un viejo armario con un paquete de yerba, un frasco con azúcar —¿o con sal?—, un tarro con tapa y unas galletas de campaña. A un lado de la puerta, sujeto con un clavo, un almanaque luciendo el mes de octubre y un cigarrillo impreso bajo un Río Novo en letras mayúsculas. A su lado la infaltable foto de Gardel.

Pasados unos minutos, después de ojearme discretamente, me ofreció un mate.

Le respondí que, la verdad, no tomaba mate. Me senté al borde de la cama y agregué:

—No tengo apuro. Si estás ocupada vengo más tarde.

—Quedate, como algo y te atiendo.

La observé partir una galleta, comer un poco de la miga, y meter una rodaja de mortadela entre las dos mitades. Luego se cebó un mate.

—¿Lo tomás amargo?

—Siempre, desde *gurisa* lo he tomado amargo. Allá en el campo, mi madre nos daba el mate amargo, pero a mí me gustaba *la* azúcar y en cuanto podía agarraba un cacho de pan, le ponía un puñadito de azúcar y me lo comía de postre.

—¿De dónde sos? —le pregunté ya con más de confianza.

—Nací cerca de Piedra Sola, mi vieja trabajaba de sirvienta en la estancia de los Nunes. Soy la mayor de tres hermanas. Mi padre es otro, creo que un novio o algo así que tuvo mi madre de muy joven, después se juntó con el Tabaré, un peón de campo, que es el padre de mis hermanas.

—¿Vos vivís acá?

—Más que vivir, trabajo. ¡Si a esto se le puede llamar trabajo!

Me miró con curiosidad, y preguntó cuántos años tenía.

—¡A fin de año cumplo los diecisiete! —dije, casi engreído, como queriendo ocultar mi puericia.

—¡Eh! ¡Sos muy menor de edad!

Dejó el mate sobre la mesita, se levantó y puso una mano sobre mis hombros.

—¿Cómo te llamás?

—Edison.

—¿Edison qué?

—Acosta. Pero me dicen Aguerre. Aguerre era mi tío, el que me crio. Mi padre era Acosta.

—¿Y tu madre?

—Zulma Acosta.

—¿Y dónde están?

—Murieron hace tiempo.

—Mi hijo, el Lorenzo, se parece a vos —dijo, pensativa—. Ahora va a cumplir los quince años. Lo veo muy poco, dos o tres veces al año, cuando puedo comprar un pasaje a Tacuarembó. Está allá con una tía mía. Es como si él tampoco tuviera padres.

—¿Hace mucho que trabajás acá?

—Más de cinco años, por lo menos.

—¿Cuántos años tenés?

—Tengo… muchos, podría ser tu madre. Vos sos muy *guachito*, todavía te faltan cuatro años para la mayoría. Dicen que allá en Montevideo la policía controla estos sitios y te llevan presa si estás con menores de edad. Por acá no vienen. Y si vienen se aprovechan y no te pagan. Y no les podés decir que no porque el patrón te echa la bronca. Como él hace muchas cosas que la ley no permite, en vez de darles la coima en plata, deja a los milicos que nos usen. Y eso a mí no me gusta, no es justo, ya que con nosotras él gana mucho. Yo tengo que aguantar a ocho o diez tipos al día. ¡¿Y qué me da?! Veinticinco pesos por cada asqueroso que me manosea y «todo eso», ya sabés lo que te quiero decir. —Su cara se puso seria; en un tono irritado, me espetó—: ¡Qué vas a saber! Vos no entendés lo que es este trabajo. ¡Ustedes pagan y yo tengo que abrir mis piernas y dejar que me hagan de todo!

La miré confuso.

—Perdoná. No lo digo por vos, vos todavía no sos como ellos. Ojalá nunca seas igual que esos tipos. ¡Qué querés que te diga! Vienen, una tiene que entregarse igual que oveja pa´l matadero, y te llenan toda por dentro con esa asquerosidad que le sale de esas mugrientas vergas. Te dejan toda chorreada, por dentro y por fuera, y hasta se las tengo que limpiar. ¡Como si la sucia fuera yo! Y algunos te la quieren meter por la boca… ¡Y que no, que no quiero! Que tampoco quiero que me besen aunque me paguen el doble. Claro que muchas veces tenés que hacerlo porque el que viene es el dueño de la Cooperativa, o el de la fábrica, o algún capataz de estancia, y no podés decir que no, ya que te amenaza el patrón con echarte a la calle. Son asquerosos, te apestan a sudor y *grappa*. ¡Y después dicen eso! ¡Sí, eso! ¡Que a nosotras nos gusta y por eso queremos ser putas!

Vi rabia en sus ojos. Me levanté apenado y la abracé. Ella se tranquilizó y se cebó otro mate. Lo tomó haciendo sonar la bombilla y, frunciendo el ceño, continuó:

—¿Sabés por qué estoy acá? ¿Por qué tengo que vivir así? Porque ya de muy *gurisa*, allá en la estancia, me hicieron mujer a la fuerza. Yo no tenía ni los quince años. Un día me llevó el hijo del patrón en la camioneta a buscar leña y dentro del monte me violó hasta que se cansó, me dejó tirada junto al arroyo y me dijo: «Quedate ahí, putita, que ya mando un peón que te venga a buscar y te arree un poco por *conchuda* que sos. ¡Y no te aparezcas por la casa, que no te quiero ni ver!».

»Mientras quería lavar mi cuerpo, borrar con agua aquel dolor, limpiarme esa «cosa» que me desparramó el hijo del patrón, oí un caballo al galope y saltó a tierra aquel otro hombre que se tiró sobre mí, me levantó la pollera, mojada y con sangre, y me violó. Otra vez mi sangre de niña se mezcló con el vómito lechoso que me metió el peón. Sí, dejé de ser niña. Me hicieron mujer a la fuerza. ¿Te imaginás qué puedo sentir ahora cuando tengo que abrir, pa' ganar unos pocos *mangos*, mi cuerpo a estos brutos?

»Después de la violación mi madre me llevó a casa de una hermana en Tacuarembó. Allá viví hasta los dieciocho años. Conocí a un tipo, que tenía como treinta años, que se empecinó conmigo. Al principio venía a verme y traía de regalo una gallina, yerba, azúcar, hasta trajo un paquete de café y *ticholos*, nunca los había comido. ¡Y cómo me gustaron! Y me siguen gustando, creo que es lo único que a veces me hace olvidar la amarga vida de mujer olvidada, porque te manosea mucha gente, pero siempre estás sola. ¡Siempre! —exclamó, mirándome no con rabia, sino con desasosiego, y continuó—: Aquel tipo se acercó a mi tía para agarrarme a mí. Y eso que ella me cuidaba mucho, no quería que yo saliera con hombres. «Bastante ha tenido ya», decía. Con cuatro hijos pequeños y sin marido pasaba necesidades. El Tito sabía que paliando el hambre de esa familia —si a «eso» se le podía llamar familia— me tendría a mí. Y así fue que tantos regalos aflojaron la guardia de mi tía, hasta que un día tuve que irme a vivir con él. Me fui acompañada por aquel miedo de mi infancia agarrado a mí como una garrapata. No puedo olvidar lo que esos tipos hicieron conmigo siendo aún una niña. Cuando el Tito me desnudó a la fuerza y me tiró sobre la cama volví a sentir aquel dolor en el cuerpo y en la cabeza. Yo quería gritar y defenderme. No podía ni una cosa ni otra, solo me quedaba apretar las manos y cerrar los ojos. Me dijo que si lo obedecía y me quedaba a vivir con él me compraría la ropa que quisiera y podría comer todos los días lo que a mí me gustara. Y así empecé a comer cosas que nunca había comido, me traía latas de Toddy y galletitas María. Hasta me prometió regalarme un reloj. Ya desde muy chiquita soñaba con tener un reloj. Creo que tan solo por eso no ponía resistencia y dejaba que el Tito se saciara conmigo.

»A los pocos meses empecé a notar cosas en mí. Las tetas se me hinchaban, sentía rara mi panza y hacía varias semanas que no sangraba como antes. No tenía a nadie a quien preguntar. El Tito no me dejaba ir a ver a mi tía. Pasaron los meses y yo ya no podía esconder la panza. Me di cuenta que iba a tener un hijo, que iba a ser madre con dieciocho años. No sabía qué hacer. No podía hablar con nadie porque él no me dejaba salir de la casa. Me miraba en el espejo del ropero y veía mi cuerpo cambiado, la comida me caía mal y a ratos me mareaba. Le preguntaba al Tito y él como que no quería hablar. A medida que me iba creciendo la panza ya no podía abrirme de piernas y él amenazaba con pegarme, con que me iba a arrancar esa «cosa» que tenía dentro, que adrede buscaba quedar preñada. Llegó el invierno y el frío lo tuve que soportar yo sola con ese hijo que llevaba en mis entrañas. A duras penas ponía un PRIMUS en la pieza para aguantar un poco el frío. Un tres de julio nació mi Lorenzo. El Tito ni me preguntó cómo estaba, de mala gana habló con la partera para saber si era un *gurí*. «¡Menos mal!, porque si arriba hubiera sido una hembra, capaz que ni siquiera soy el padre», decía. La partera me recomendó que me alimentara un poco más para no quedarme sin leche y que no pasara frío. Los primeros meses los pasé sola, el Tito ni me prestaba atención, y a mi hijo menos. Creo que si hubiera podido lo hubiera matado.

»Cuando Lorenzo ya tenía cerca de medio año me dijo que él no iba a alimentar a un hijo que ni siquiera sabía si era de él porque yo era una puta, y que si quería comer y alimentar a «ese» me lo tendría que ganar. Que dejara a mi hijo en un catre en la cocina, porque la cama tenía que quedar libre para aprender a ganarme la vida con lo que a mí me «gustaba» hacer. Y ahí comenzó mi tormento. El Tito empezó por obligarme a probar cosas que yo no las había hecho antes. A mí no me gustaban esas cosas y él me obligaba. Ya de entrada me había perpetrado todas las groserías que se le antojaron, hasta metérmela en la boca y obligarme a tragar su porquería o echármelas en las tetas. ¡Qué asco! ¡Eran mis tetas, mis tetas para amamantar a mi Lorenzo! Lo odiaba, quería matarlo, pero esa *gurisa* que yo era no podía, no tenía fuerza. Buscaba una salida de ese infierno y pensaba cómo escaparme con mi hijo. No había forma, el Tito me tenía presa en su casa.

»Una tarde se apareció con un tipo, y dijo que era su amigo y que tenía que portarme bien y dejarme hacer todas las cosas que él me hacía. Quise negarme y no pude, el primer piñazo me tiró al suelo, me levantó de los pelos y me dijo que me daría otro en las tetas, que me iba a quedar sin leche para ese *gurí* de mierda. Con la cara hinchada por la trompada me empujó hasta la cama, me obligó a desnudarme, dejó entrar al tipo aquel y cerró la puerta con llave. Otra vez fui violada para que él ganara unos pesos vendiendo mi cuerpo. Y a partir de ahí fui usada cada vez por más hombres, hasta tres y cinco por día, la mayoría por la noche, justo cuando mi hijo dormía o berreaba de hambre. Yo lloraba de rabia. ¿Qué podía hacer sola contra ese hombre? ¡Maldito asqueroso!

»Al cumplir Lorenzo el año pude escaparme una mañana y llegar a la casa de mi tía. No pasaron ni tres días y el Tito se presentó con un policía a buscarme, diciendo que yo le había robado un montón de plata y que si no se la devolvía me llevarían presa. Me obligó a volver a su casa, aunque pude dejar a Lorenzo con mi tía. Ese martirio duró casi dos años, hasta que cumplí los veinte.

»Cada día que pasaba me sentía más desesperada. Quería salir de ese encierro a cualquier precio. Una tarde atendí a un hombre bastante más mayor que yo que me dijo que me fuera con él, que se casaría conmigo. Y así me escapé del Tito.

»Aquel viejo me llevó a vivir con él a la ciudad de Durazno. Pasó el tiempo y me di cuenta que lo del casamiento era puro cuento, solo me quería de hembra y de sirvienta. Por lo menos comía, pero no soltaba un mísero *mango*, no tenía ni para ir a ver a mi hijo. Yo ya no aguantaba más vivir así. Un día que fui al almacén a buscar la damajuana de vino me paró un tipo, que no debía de ser del barrio porque nunca lo había visto, y me dijo que largara a ese viejo roñoso, que si me iba con él me ayudaría a ganar mucha plata y salir de esa miseria. A esas alturas sabía que no tenía otra cosa que seguir vendiendo mi cuerpo. Ya sospechaba por donde venía la promesa, me lo dejó muy claro. Me metió a trabajar en un *quilombo* en Durazno. Ahí aguanté cerca de siete años, mi cuerpo ya no sufría. Ya no sentís nada de lo que te meten entre las piernas, cerrás los ojos o mirás al techo o mirás a la pared. No ves nada porque nada querés ver. Así hubiera una maceta con flores o una foto linda, tus ojos no quieren ver nada ni sentir nada. No esperás otra cosa que el tipo se desmonte de vos, lavarle la verga y que te pague, para ir corriendo al baño y con un tubo de manguera meterte agua adentro, para que se te caiga un poco de esa inmundicia que te dejan dentro. Si ya cuando me violaron por primera vez era una puta, ¿qué soy hoy, con treinta y pico de años?

Yo la observaba apenado y no sabía qué decir, me acerqué otra vez a ella y la acaricié. Sus ojos me miraron con tristeza, como si quisieran dejar salir aquellas lágrimas prisioneras que, aún guardadas en Celeste, en la niña que fue y la mujer que era ahora, no querían o no podían salir. ¿Para qué y por quién llorar? Eso que no podían conseguir sus ojos —que se rebelaban contra los hombres—, intentaban, quizás por primera vez, hacer sus manos. Me acarició, besándome con cautela.

—Nunca besé a alguien sin sentir tirria, sin sentir miedo —me dijo—. No creo que lo pueda lograr, nunca he conocido eso que dicen de que los novios se besan con amor. Salvo a mi hijo, nunca he besado otros labios.

En ese momento sentí que a pesar que ella me trataba casi como a un niño, no lo era. Noté que mi cuerpo presentía un cuerpo de mujer y se alteraba, que mi sexo quería actuar por sí mismo. Celeste me agarró de la mano, corrió la cortina que separaba su cama de la entrada de la pieza, y me llevó con ella.

—¿Si querés me quito la blusa? —preguntó, casi con ingenuidad.

Asentí con un gesto de aprobación.

Ella se sacó la blusa y vi sus pechos. ¿Cómo eran? No sabría decirlo porque salvo «la panadera» y la otra mujer del Gardel no tenía con quien hacer una comparación. No podría decir si eran pequeños o grandes, firmes o caídos, si sus pezones eran reducidos o grandes como una uva. Tampoco podía compararlos con los de mi madre, aun habiendo sido amamantado hasta los cinco años, debido a que esa etapa lúdico-alimentaria no despertaba en mí deseos sexuales.

Se reclinó sobre la cama y estiró los brazos hacia mí.

—Sacate la camisa también —me pidió, mientras por debajo de su pollera se quitaba la bombacha y me decía—: Este es el calzón de los domingos, ya sé que hoy no es domingo, pero es como si lo fuera porque es el día que tengo algo de tiempo para cambiarme un poco la facha y ponerme la cara de la mujer que quisiera haber sido. Además me la puse por vos, para que me vieras un poco linda. ¿Si me saco la pollera me prometés que no me mirás las cicatrices? Gorda no estoy, pero tengo marcas de la vida en el cuerpo y dentro de mí. Las que tengo dentro ya te las conté; las de afuera, si cerrás la ventana no las ves y podés pensar que estás con la mujer más linda del pueblo —sonrió y agregó—: No te voy a cobrar más caro porque te imagines que en la oscuridad estás con unas de las mujeres de tu librito.

Me arrimé al borde del colchón y me eché sobre ella. Con la mano traté de dirigir y meter mi ávido miembro entre sus piernas, empujando como un burro. Celeste me frenó y exclamó:

—¡Pará, no seas así! Así lo hacen todos los tipos que solo nos usan. No lo hagas así. Yo te toco y te acaricio un poco, y vos hacés lo mismo conmigo.

Me acarició la espalda y besó mi cuello. Le correspondí la caricia y le di un beso, sin saber besar y con muy escaso interés.

Me escudriñó, un poco desolada, y me dijo:

—¡Dale! Ya veo que no podés esperar.

La penetré y, con escasos movimientos, eyaculé en aquella usada y explotada parte de mujer que ese día se ponía de gala para mí.

—Qué te voy a pedir si es casi la primera vez que estás con una mujer —dijo, resignada—. Ojalá aprendas un poco, tenés mucho tiempo. Algún día tendrás una novia y lo harás con más gusto.

Me sentí un poco ofendido. En mi haber contaban dos mujeres y me creía ya un hombrecito aunque no fumase, jugara a la timba o bebiera *grappa*.

—Vení que te la lavo un poco, y por ser vos hasta con agua caliente —me dijo—. ¿Te gustó?

—Sí..., pero te acordás que la otra vez te conté que me gustaría poder hacerlo de otra manera.

—¿De qué manera querés decir?

Con un poco de vergüenza saqué del pantalón aquel librito que tanto perturbaba mi lujuriosa fantasía. Lo abrí por la mitad. Impaciente, le mostré la foto de la página central.

—No sé porque no puedo parar de mirar esto —le dije.

Giré la foto a doble página y se la mostré:

—Y así, ¿es muy caro? —pregunté, ruborizado.

—¡Ay, chiquilín! ¡Con razón estás tan ojeroso! —exclamó, quitándome el librito— ¡Si te harás cuarenta pajas al día mirando estas fotos! ¡Mirá cómo las tenés de manchadas! Además ese tipo de mujeres acá no las encontrás, no son uruguayas. Con esas caras y esas ropas...

—Son como vos.

—¿Putas, quisiste decir?

—No, como vos.

—¡No! No son como yo. Yo no puedo lucir esas ropas y esos collares y esos zapatos.

—Vos también la chupás igual que ellas en las fotos.

—¡No! ¡No chupo vergas! ¡Y menos de esta gentuza que viene al Gardel! —Dejó el librito abierto sobre la mesa, me miró con severidad y agregó—: ¡¿Sabés lo que es esto?! ¿Lo que hace ese tipo con esa mujer?

— Sí, se la mete por detrás...

—¡¿Y eso querés?!

—Sí. Decime cuánto cuesta.

—Todavía no has aprendido a *coger* con una mujer y ya querés probar cosas raras. ¿Por qué pensás que eso te va a gustar?

—No sé. Los pibes del barrio dicen que a las mujeres les gusta que les den por detrás. Y mi amigo, el Daniel, me contó que si a las mujeres las «cogen» por detrás nacen hijos varones y si las cogen por...

—¡¿De qué me estás hablando?! Tu amigo le habrá oído decir esa *guarangada* a su hermano o no sé a qué otro *guarango*. Lo que querés es sexo anal, así se llama cuando te la meten por detrás. También hay hombres que se la meten a otros. ¿No te parece que estás un poco apresurado?

Contrariada se recostó al marco de la puerta, como si pensara qué decirme. Me miró con cariño, cariño que le salía de la profundidad de su ser, oculto en su gran corazón y que, por una vez en la vida, lo podía manifestar. Se levantó y vino hacia mí. Noté la caricia, casi maternal, que me recorría las mejillas para luego ir abarcando todo mi cuerpo. Cuando sus dedos notaron que mi sexo empezaba a erguirse abrió el cierre del pantalón, metió la mano, lo sacó y comenzó a frotarlo hasta ponerlo firme. Me llevó a la cama y me empujó sobre el colchón. Me bajó el vaquero hasta sacarlo por los pies y sus dedos volvieron a frotarme. Cerré los ojos y esperé, hasta sentir húmedos besos en mi miembro que a la vez se iba introduciendo en su boca. Celeste lo chupaba, no sabría decir con qué encanto o maestría lo hacía porque era la primera vez que yo experimentaba aquello. Pasado un rato y al no haber por mi parte ni suspiros ni jadeos, ni mostrar ninguna cara de alegría, sino más bien de incomodidad, me dijo:

—¿Parece que no te gusta?

—Es que me da cosquillas y siento como dentera...

—Ya veo que es la primera vez que te la chupan. No te entiendo por qué no te gusta si a todos les gusta. Entonces no te la chupo. Era un regalo que quería hacerte..., pero no te voy a dejar así con esa «calentura» que tenés.

Me monté sobre ella y sin tardanza ninguna la penetré. En pocos minutos se me pasó la incomodidad y la dentera.

—Sos muy chiquilín aún. En tanto que no tengas novia vení a verme y te enseñaré algunas cosas, cosas que cuanto antes aprendas, mejor.

—Tengo una novia —le respondí con aire de presumido.

—¡Ah! ¿Sí? ¿Y desde cuándo?, si se puede saber.

—La conocí en junio. Y es de Montevideo.

—Viviendo en la capital la verás muy poco.

—La vi en las vacaciones. Nos escribimos cartas dos veces al mes.

—¡Ah! ¿Y cómo se llama?

—Ana Laura, y vive en Malvín.

—¿Y cómo es de linda?

—Es rubia, el pelo le llega hasta «acá» y tiene ojos azules y...

—¡Te has ennoviado con una princesa! ¿Y cuántos años tiene?

—Los mismos que tengo yo.

—¡Ah! Es una chiquilina. ¿Y vos la besás? ¿Y «eso»... también?

—Sí..., la beso.

—¿Cómo a mí?

—Ya te dije que la beso —contesté, molesto.

—¿Y qué más le hacés?

—La he visto tres veces y hemos ido a caminar por la playa...

—¿De noche?

—No, por la tarde.

—¿Y la tocás y «eso»...?

—Sí...

—¡Ah! No te animás. Si no la besás se te va a ir.

—No digas esas cosas. Es una buena chiquilina y sus padres...

—¡Ah, claro! Los padres y tu santísima novia que no es igual que nosotras. ¡Claro! Es rubia y de ojos azules. De seguro que le planchan la ropa, y todos los días, cuando viene de la escuela, tiene la comida hecha y...

—¡Pará, que a mí me cocinan todos los días y no por eso soy tu enemigo!

Celeste movió la cabeza, como queriendo disculparse, y dijo:

—Se me salió la rabia por pura envidia. Ella no tiene la culpa de vivir mejor que nosotras, de que nosotras suframos tanto. Son otros los culpables. —Se acercó a mí y agregó—: Dame un beso de esos que les das a tu novia.

Aquel lunes nos despedimos con un cariñoso abrazo. Le entregué los cincuenta pesos, prometiéndole que la próxima vez le pagaría el servicio extra adeudado.

—El último fue de regalo, volvé cuando quieras.

Al comenzar las vacaciones del liceo disponía de más tiempo. Además, como me quedaban materias no aprobadas y hasta febrero no podía dar los exámenes, no iría a la casa de mis tíos, en Guichón, por lo menos hasta mediados de febrero. Quedándome en el pueblo podría tener varios lunes libres para ir al Gardel.

Dos semanas después, pidiéndole unas propinas a mi tía Beba, más algún *mango* que busqué y encontré en las profundidades de los cajones de la cocina, tenía los cincuenta pesos, más los seis para el trago de rigor, por las dudas. A modo de agradecimiento por la cordialidad otorgada por Celeste robé un paquete de yerba de los dos que estaban en el armario de la cocina. Hurto que fue notado por Hugo: «¡Che!, Mami, si anteayer había dos paquetes enteros. Y vos, Clementina, ¿no los viste?». Ninguna sospecha cayó sobre mí, porque el «Pelusita»: ni mate ni Gardel.

Al mediodía, a pleno sol, bajé hacia el local habitual. Empujé la puerta y entré.

A los pocos minutos apareció Celeste, la Celeste de entrecasa, la maternal, la mujer que deseaba sentirse, aunque fuera por una vez, mujer y no puta.

—¡Hola, chiquilín!, me alegro de que hayas vuelto. Pasá que estoy tomando unos mates. ¿A vos no te gustan?, parece que sos un poco mimado. ¿Querés un refuerzo de mortadela?

Acepté, estirando mi mano.

—Tomá, no te vendrá mal comer un poco, porque ya veo que tu librito te sigue sacando ojeras.

Agarré la media galleta de campaña con las rodajas de mortadela un poco avergonzado, no por quitarle su comida, sino más bien porque ella parecía leerme en los ojos lo enviciado que me tenían las imágenes de mi apreciado manual erótico.

—Hoy no traje el librito —aclaré, queriendo ocultar lo inocultable.

—Mejor, así chupás directo de la fuente. Las fotos esas engañan. Las ves siempre desde el mismo lado, no se mueven ni dicen cosas, ni huelen ni nada.

—Pero las tengo siempre conmigo, y además no las tengo que pagar y…

—¡Y así estás! ¡Si te van a salir callos en las manos! Dentro de poco se te van a romper.

—¡¿Las manos?!

—¡No, chiquilín! ¡Las fotos! ¡Las fotos! Ahora sentate ahí y esperá hasta que tome unos mates y te atiendo.

—No te preocupes, tengo toda la tarde libre. Y mirá lo que te traje. ¡Un paquete de yerba!

—¡¿Por qué me trajiste yerba?!

—No sé. Porque sos muy buena.

—¿La robaste o la compraste?

—Ninguna de las dos cosas. Te traje el paquete porque vos tomás mate todo el día y porque la última vez me regalaste algo vos a mí.

—¡Dale! Dame un beso.

Me acerqué a ella y le di un beso con gusto a mortadela. Se alegró, me abrazó y se quedó un rato agarrada a mí. Le acaricié el rostro y noté las lágrimas que corrían por sus mejillas. Me afligía verla sollozar en un absoluto silencio. Con el cuerpo inmóvil, pegado al mío, lloraba el recuerdo de su infancia, el olvidado calor de la piel de su hijo. Celeste lloraba al sentir un abrazo, aun cuando fuera tan solo de un adolescente. Quizás el primero desde que la obligaron a comenzar esa vida de mujer que duele tanto vivirla.

—Perdoname que llore. Con tu abrazo sentí a mi hijo, sentí a mi madre…, pobre vieja. Vos me apretaste «así» y sentí como dicen que se sienten los novios al besarse. Es que con vos… es como si fueras un poco mi novio, si bien me cuesta tanto verte como un hombre. En algunos momentos me porto igual que una madre, pero ya ves que, llegado el caso, aunque no quiero que lo seas, vos sos el cliente y yo la...

La interrumpí bajando mi mano por su entrepierna. Ella dejó caer los brazos sin ofrecer resistencia y empezó a llorar:

—¡Ves!, al final me hacés ver que yo tengo que ser la puta.

Me separé de ella sin poder ocultar mi endurecido miembro que empujaba el pantalón hacia fuera. Dándome la espalda, Celeste comenzó a desnudarse. Me acerqué y la abracé. No pude evitar cierto forcejeo como queriendo librarse de mis brazos para luego echarse bocarriba sobre el colchón. Sus ojos, cerrados aún, tenían rastros de las primeras lágrimas de un dolor sentimental, que también duelen como las vertidas por las penetraciones pagadas. Recordé sus palabras del otro día: «cerrás los ojos y no querés ver nada, ni siquiera una linda flor». Yo veía ese cuerpo de mujer, ofrecido por cincuenta pesos, pero ella estaba ausente.

—Ahí tenés lo que querés —me dijo—. No me pagues nada, no quiero tus cincuenta pesos. Quiero un poco de cariño. ¿Es mucho lo que pido?

Me sentí conmovido. Sin embargo, mi corazón todavía no sabía lo que era derramar lágrimas por tristeza... o por amor.

—Voy a empezar a juntar plata para que puedas ir a ver a tu hijo. Dártela sin que tengas que darme nada a cambio.

Con la nariz tapada y entre sollozos, me dijo:

—Perdoná que llore, es que se me aflojó el corazón. Nunca quiero llorar delante de los hombres, no puedo permitirme eso, sería presa fácil de esos tipos. Delante de vos no tengo miedo.

Se giró, me apretó entre los brazos y escondió, como protegiéndose, la cabeza entre mi cuello y mi pecho. Sus ojos se humedecieron dejando salir aquel amargor que, a través de sus lágrimas, le salía del corazón. Luego de casi adormecerse en mis brazos se pasó los dedos por la cara, como queriendo borrar las lágrimas, para despertar en otro mundo muy alejado de su cotidiano mundo.

—Debe de ser lindo vivir así. Me gustó este rato entre tus brazos. Ahora te toca a vos. Dame ese librito que tenés y pedime lo que quieras.

—Te dije que no lo traje. Creo que las cosas te pido no te gustan.

—¿De qué voy a escandalizarme? ¿De tus caprichos? Es normal que los tengas, todos los hombres los tienen. El asunto es cómo lo hagan, de qué manera; si te obligan, si te humillan. La mayoría quiere que se la chupe y que me ponga de rodillas. ¡Para que me arrastre ante ellos, pa' tenerme a sus pies, a sus mugrientos pies! Las cosas que me pedís me traen malos recuerdos, no porque sean cosas prohibidas o malas, son ellos los malos. Si hubiera tenido un novio que me hubiese querido pienso que hasta con gusto hubiera complacido todas sus ganas, un poco como me pasó el otro día estando con vos.

»Ahora tenés que irte, se me pasa la tarde y tengo que lavar la ropa y cocinar algo; sin embargo, por otro lado, no quiero dejarte ir así con tus ganas… —pasó la mano por su pelo, pensando qué hacer, qué hacer conmigo, y continuó—: Como te dije, cuando antes empecés mejor. Querés probar sexo anal y no te voy a decir que eso no se hace. Y veo que no vas a rendirte hasta probarlo.

»¡Está bien! Vení, te voy a presentar a Olga. Es la muchacha que vive en la pieza de enfrente, tiene apenas veinticuatro años y es muy linda, lástima que… ¿cómo decírtelo?, que ella ha sufrido más que yo. Nuestras historias, así como nuestras esperanzas o destinos, no son las mismas pero son iguales. Ella cayó también en manos de los hombres, y lo peor es que el primero que la violó fue su padre o su padrastro —en nosotras es difícil saber quién es el padre de nuestras preñeces—. Olga no llora, no se queja. Resiste. Quiere olvidar, aunque olvidar esa brutalidad no se puede. No puede, ni ella ni nadie. Y como ese dicho de «ruido más ruido tapa el ruido» entrega su cuerpo; que los hombres le hagan lo que quieran. Ella misma dice «soy tres agujeros, tres agujeros forrados de carne y piel, y quiero que me salgan callos durísimos para dejar de sentir dolor me metan lo que me metan». Sufro mucho de verla así. ¿Cómo ayudarla? Hago algo pa'comer y, muy en las madrugadas, me voy a su pieza y le llevo alguna cosa. Me lo agradece sin decir nada, come algo y después se adormece acurrucada a mí. Al mediodía le preparo un mate y una galleta, por lo menos que empiece el día comiendo algo. Yo la quiero mucho y, ¿sabés?, encima tiene una hija de siete años que vive con una parienta de ella en el campo. La *gurisita* es muy rara, apenas habla y le tiene miedo a la gente, ni siquiera mira a la madre las pocas veces que va a verla. ¿No te parece muy raro eso? Creo que cuando nos violan y nos preñan los hijos salen raros.

—¿Cómo es que vos tenés un solo hijo si estás con tantos hombres? —pregunté extrañado.

—¡Ay, chiquilín! Nosotras no somos como las madres de ustedes. A nosotras nos revientan de entrada; y claro que nos dejan preñadas, mirá a la Olga y a mí. A nuestros patrones no les gusta que tengamos hijos. Cuando estás con una panza «así» ya casi no podés atender a ningún cliente, por eso nos hacen abortar apenas se dan cuenta. Y abortás una vez, tres veces, siete veces, hasta que te morís o te revientan. Y quedás inservible pa' toda la vida.

—Allá en la calle donde vivo, el año pasado murió la María, la hija de la lavandera, una muchacha casi de mi edad. Dicen que a escondidas de la madre ella misma se metió una GILLETTE y se cortó «ahí», «ahí adentro», y esa noche se fue en sangre. No se sabe quién es el que la dejó así. Pobre *gurisa*, era vecina mía.

—La vida es muy injusta —respondió—. Y para muchas mujeres más injusta que para otras. Qué querés que te diga, Edison, tenemos una yeta que no nos la quita nadie.

Luego me miró, pensativa, y agregó:

—Los años pasan rápidos, aun cuando se es tan joven. Vos querés aprender esas cosas que tanto oís hablar a los pibes mayores del barrio. Dale, acompañame.

Me agarró del brazo, cruzamos el pasillo, dio unos golpecitos en la puerta entornada y preguntó:

—¿Estás ahí? Vengo con un amigo.

Olga echó un vistazo y nos hizo señas para que entráramos. Le pasó el mate a Celeste.

—Y este chiquilín, ¿quién es? —preguntó, apenas verme.

Antes de darme tiempo a decir mi nombre, Celeste contestó que yo era su novio.

Me puse colorado y retrocedí. El intento de fuga fue detenido con un abrazo acompañado de un beso.

Olga se rio y exclamó:

—¡Che! ¡Qué bien andamos! ¿Pero no te parece que es demasiado *gurí*?

—¡Estás loca! Así como lo ves es todo un hombrecito.

Me avergoncé aún más. Metí las manos en los bolsillos y traté de erguirme y sacar pecho.

—¡Dale!, dale un beso, no tengas miedo —insistió Celeste.

Di un paso adelante y la besé en la mejilla.

—¿Solo uno me vas a dar?

Me arrimé a ella y besé sus labios.

—Así me gusta más. Ahora dejá que te bese yo.

Sonó un ruidoso beso, y otro, y otro.

—¡Che! Paren, que me voy a poner celosa —exclamó Celeste y, acercándose a Olga, le dijo algo al oído para luego agregar—: Tratamelo bien que este *gurí* es buenazo. —Y, guiñándome un ojo, añadió—: Te dejo en buenas manos.

Miedo no tenía, diría que si no lo contrario por lo menos una creciente atracción por esa joven mujer que ante mis ojos enseñaba sin decencia sus curvas.

Olga recogió las ropas que estaban sobre la cama y me dijo que me sentara a su lado.

—¿Cómo te llamás? —me preguntó— ¡Ah!… No se usa mucho ese nombre por acá.

—Allá, pasando el Tropezón hay un vecino que se llama igual que yo —señalé, como queriendo naturalizar mi timidez.

—No lo conozco.

—¿De dónde sos? —me atreví a preguntarle.

—Nací cerca de Tres Árboles.

—Por ahí pasa el tren que va a Rivera —agregué.

Creo que no llegó a oírme.

—¿Es la primera vez?

—No.

—¿La segunda?

—¡Que no!

—¿Entonces?

Respirando hondo, al oído le susurré:

—Cua…

—¿Cuatro veces?

—Sí. He venido varias veces, pero a vos no te vi.

—Ni yo a vos. ¡No sabés lo que te has perdido!

Cruzó un brazo por detrás de mi espalda y me apretujó. Me abrió la braguera y metió su mano entre mis entrepiernas.

—¿Tenés miedo? —me preguntó con ironía—. ¡Como está tan chiquita!

La inesperada broma retrasó mi deseada erección, aunque al momento me di cuenta de que ella estaba habituada a todo tipo de situaciones. Con habilidad provocó la tiesura de mi inexperto sexo. Lo frotó con los dedos y sus labios lo besaron hasta yo sentirlo caliente dentro de su boca y otra vez me vino la sensación de cosquilleo y dentera. Apreté los labios y cerré los ojos, intentando superar el incómodo y húmedo acto.

—Veo que tendré que ayudarte otro poco —dijo Olga, mientras me bajaba el pantalón y volvía a excitarme.

Y resultó, experimenté nuevas formas de excitación que ella consideró imprescindibles para continuar con su enseñanza.

—Ya que querés probar cosas que no has hecho, y hay muchas que no conocés y que tampoco te podés imaginar a la edad que tenés, decime qué sabés.

Otra vez me sentí avergonzado, vergüenza que se tradujo en el estado de mi órgano.

—Con la Celeste lo hice «así» y…

—¿Y qué más hiciste?

—… eso. Cuatro veces la he metido… por adelante.

—Para empezar, no está mal. Ahora me la vas a meter a mí. Yo me subo arriba tuyo, pongo mis rodillas a tus costados, y vos me abrís con tus dedos.

Presuroso ante el goce esperado comencé con la tarea asignada. Ubiqué el sitio concordado, pero…

—¡Si ya se te aflojó! ¡Así no me la podés meter! ¡Ay!, los niños que me trae la Celeste. ¡Y encima dice que ya sos todo un hombrecito!

Me sentí desconcertado.

Olga presionó mi boca contra su pecho y me dijo:

—Chupame. ¡Pero no me muerdas!

Mis labios se presionaron en su pecho y ella, agarrándome de la cintura, me refregó contra su pubis.

—¡Ves qué rápido se te empina!

Se posicionó otra vez sobre mí. Con la mano sujeté mi desmañado miembro hasta que se dejó caer sobre mí y la fui penetrando.

—¡Dale! ¡Movete! —me ordenó.

Más que confuso, un poco fuera de mí ante tanto goce experimentado por primera vez, me agarré a sus caderas y potencié aquellos meneos que ya empezaban a crear un componente sonoro de quejidos y suspiros por ambas partes; los míos tan reales como la mujer que tenía encima, los suyos quizás fingidos a fuerza de la costumbre, pero gemidos al fin que me volvían loco.

Olga notó mi exaltación, se frenó, me tapó la boca, me miró entre pícara y dominante:

—¡Si te corrés te pego!

Me detuve a medio camino, cerré los ojos y me entregué a ella.

—Ves que ya te empezó a gustar con ganas. Si dejo que te corras no podés seguir con las clases, por lo menos de forma práctica. Ahora, relajate. Ponete en cuatro patas y levantá el culito.

Un poco turbado, y con cierto recelo, la obedecí. Olga apretó mi cintura, me abrió las nalgas, palpó la entrada de mi culo con el dedo y presionó su pubis en él.

—Ves, así me vas a agarrar a mí y probar lo que querés probar. ¿Está claro?

Afirmé subiendo y bajando la cabeza sin siquiera despegar los labios. No era por miedo, era de júbilo ante la iniciación a la nueva disciplina sexual.

Quedé sorprendido ante el placer experimentado. Olga limpió el semen derramado en la entrada de su trasero y se giró hacia mí.

—¿Te gustó? —me preguntó.

—¡Sí! ¡Mucho!

—¿Solo mucho?

Me sonrojé.

Olga me tumbó de espaldas y me sujetó las manos:

—Si no me decís que soy la mejor, te muerdo. ¡No! Mejor te como a besos. Te como… la oreja. ¡Uy! ¡Qué rica…! Y ahora la otra oreja. Y ahora… te como… eso que tenés ahí escondidito… ¡Y quedo con hambre porque es muy chiquita!

—¡Está bien, Olga! No me hagas cosquillas. ¡Cosquillas no! ¡Me gustó mucho!

—Si me mentís te ato a la cama y… te pego, te pego con la alpargata.

—¡Claro que me gustó muchísimo!

—¿Y quién es la más linda?

—¡Vos sos la más linda!

—Ahora vení, que te doy un beso y te limpio un poco. Me gustó tenerte conmigo, creo que es la primera vez que juego con alguien. Si los hombres fueran menos hombres y más como los chiquilines, te aseguro que nosotras no sufriríamos tantas penas.

No entendí muy bien lo que me quiso decir. Ya me sentía yo todo un hombrecito.

—Olga… —murmuré—, me gustaría que vivieras cerca de mi casa y poder verte todos los días.

—¡Eh!, que yo trabajo. ¿O cómo vas a pagarme lo que gano a diario?

Me puse rojo de vergüenza al darme cuenta de que no tenía plata para pagarle, pero mi corazón anteponía eróticas pasiones a contraídas deudas materiales.

—Me gustaría ser tu novio… —volví a murmurar.

—¡¿Y de qué voy a vivir?! —me dijo, seria. Luego sonrió—: Es la primera vez que se me declaran así, con tanta inocencia. Sería lindo tener un novio que me quisiera. Qué lástima que yo no sea una de las *gurisitas* de tu barrio. ¿Te imaginás? Poder correr por la calle jugando con las cometas, saltar a la rayuela, jugar al escondite, ir al cine… —su cara perdió la espontánea euforia para tornarse en desconsuelo, y exclamó—: ¡Ahora andate! ¡Dale! ¡Andate! No me hagas llorar.

Acaricié su rostro y me di cuenta de que me estaba enamorando. Sonrojado de vergüenza, le revelé que no tenía con que pagarle. Olga me dio un beso y acercó la boca a mis oídos…

Cerré detrás de mí la puerta de la pieza, atravesé el pasillo y toqué a la de Celeste.

—¿Ya estás de vuelta?

La abracé e intenté aplacar mi alegría:

—¡Olga es fenomenal! Quiero verla de nuevo, aunque tengo solo los cincuenta pesos que te los debo a vos y no tengo para pagarle a ella.

—¿Y por qué no se los distes a Olga?

—No los quiso y, ¿sabés?, me dio un beso y al oído me dijo que a los novios de sus amigas no les cobra.

—¡Qué loca! Dale, dámelos a mí, que mañana le compro algo para comer.

—¿Y te los quedo debiendo a vos?
—Ya me los pagarás otro día. ¿Hiciste lo que tanto querías?
—¡Sí! ¡Y más todavía!
—¡¿Qué más hiciste?!
—Te lo cuento cuando venga el próximo lunes a verte.
—¿A verme a mí… o a ver a la Olga?
—A vos y a ella.
—¿Qué te pasa?, ¿no tenés ya bastante?
—Es que me gustaría vivir con ella, es una *gurisa* igual que yo.
—¡No! ¡No es como vos! Olga es madre y tiene una hija que ni siquiera sabe si vive y cómo vive, y eso es muy diferente. ¿Qué es linda? ¡Sí que es linda!, porque apenas tiene veinte años. ¡Esperá que tenga mi edad! También yo fui linda con esos años, pero los años de las putas se sufren dobles. ¡¿O cómo pensás que va a ser dentro de unos añitos más?! Para vos es todo nuevo, todo es lindo, porque aún seguís pegado a la pollera de tu madre. No sabés lo que es sufrir. Ya veo que te gustó Olga y está bien que la quieras, pero como a una amiga nomás.

—En mi barrio, el hijo de don Camacho se casó con la Rosa. La gente dice que se enamoró de una puta y que va a ser un cornudo, porque si la Rosa fue puta seguirá siendo puta; pero ella a nosotros, a los chiquilines del barrio, nos quiere muchísimo; y también es de lo más trabajadora. Además, vos y Olga son iguales a las otras mujeres. ¿Por qué va a ser mejor mi profesora de Historia, o la de Música, o la de Idioma Español?

—¡Las cosas que decís! Esas son mujeres casadas, no son como nosotras. —Celeste me miró aturdida y exclamó—: ¡¿Saben tus padres que estás viniendo al *quilombo*?! ¡Andate para tu casa! Tengo que descansar y a vos te estarán esperando.

Alegando tener que comprar tinta y unos cuadernos le pedí cien pesos a mi tía Beba. Con aquellos billetitos, no recaudados de forma ilícita, pero desviados a otras quizás no tan morales enseñanzas, bajé la calle del Club 25 hacia el Gardel. Empujé la puerta entreabierta y penetré en la penumbra del bar.

—¿Está la…?

—¡Che! ¡Otra vez! Si seguís así te vas a casar con la Celeste sin haber probado a ninguna de nosotras —exclamaron entre risas y gestos las musas de turno.

Celeste me recibió con cara cansada, fastidiada. Se estiró la pollera y me dijo:

—Entrá, me lavo un poco y tomo un mate. —Se cebó un mate, se sentó en la cama, y continuó—: Tuve que atender a un cliente. Un peón de una estancia, uno que ata un bayo al poste de la luz y ahí lo deja a pleno sol. ¡Pobre bicho! Me gané cincuenta pesos para mí sola. Aunque preferiría que me montase el caballo a ese bruto. Siempre igual, me empuja de espaldas sobre el colchón, se abre la braguea, saca esa grandísima verga y, sin siquiera quitarse el *pucho* de la boca, me la mete a lo bruto, como siempre. Y porque estoy acostumbrada, porque si agarra a alguna de las *gurisas* que recién empiezan… mejor ni pensarlo.

No con envidia, sino más bien con cierta desazón, introduje la mano en el bolsillo del pantalón e intenté comparar el tamaño de la mía y… me decepcioné.

—¿Celeste…?

—¿Qué?

—¿Es la mía muy chiquita? Es que Olga se ríe de mí…

—Olga no se ríe de vos, te lo dice para entrar en confianza porque es buena y te quiere. La otra noche vino a verme y me contó que jugó con vos. Que sos un poco tímido, que cuando vengas de nuevo te va a enseñar más cosas.

—Sí, pero siete dedos, «así», ¿es muy poco?

—Y de que te sirve que sea ¡«así»! de grande si después sos un bruto como el peón ese. No te preocupes, que entre el librito que tenés y nosotras, en poco tiempo se te pone «así».

Contento, le di un beso.

—Parece que hoy es lunes de nuevo y has madrugado. ¿Ya comiste?

—Sí, a la una, costillitas de cordero, budín de huevos y…

—¡Qué bien te tratan!

—Sí, mi tía me quiere mucho, desde que murieron mis padres me ha criado ella.

—¿Y tu tío?

—Murió el año pasado a los pocos meses de jubilarse de AFE. Era maquinista del tren. Tenía como sesenta años, se jubiló y murió al poco tiempo de un ataque al corazón. ¿Y vos, Celeste? Ustedes no se jubilan, ¿qué vas a hacer cuando…?

—Cuando no aguante más mi cuerpo querrás decir. Cuando tenga cincuenta años. ¿Para quién voy a trabajar? A nosotras nos usan, nos revientan, y después nos echan a la calle; y a traer carne fresca otra vez, mujeres no faltan. Somos igual que vacas y peor que a las vacas nos tratan. A algunas les puede ir bien —como la que se casó con tu vecino—, o quien tiene una madre o una tía… Si tenés suerte y podés volver con unos *mangos*, igual podés empezar a lavar ropa o a zurcir camisas. Eso sí, donde se enteren que trabajabas en un *quilombo* te hacen la vida imposible. Lo mejor sería irse para Montevideo y buscar un trabajo… ¿pero de qué?, si no sabemos hacer nada. Sin embargo, mirá a tu tío, con derecho a la jubilación y hasta tenía todos los años vacaciones, ¡y arriba pagadas! ¡Claro, es un hombre! Lo tienen más fácil que nosotras. No me hagas pensar en eso porque me da pánico. ¿Y mi hijo? ¿Quién lo va a ayudar? ¡Qué suerte tenés vos! Hasta te das el lujo de venir a usarnos. ¡Con una plata que ni siquiera te la tenés que trabajar para ganarla! ¡No puede ser! ¡¿Por qué tenemos que sufrir siempre nosotras?! ¿No tenemos ya bastante con que de niñas nos hayan destrozado? ¡Sí! ¡Ustedes! ¡Ay!, y encima se me cae el paquete de yerba. ¡Con lo que cuesta!

Ante la desesperación de Celeste me agaché y empecé a juntar la yerba caída al suelo. Sus ojos se humedecieron, yo me giré hacia ella y la abracé con la ternura con que hubiera podido abrazar a mi madre.

—Ya te dije que no puedo llorar —masculló, consternada.

Saqué del bolsillo los cien pesos y los puse sobre la mesita.

—Son para vos y para Olga. Vengo otro día a verte.

Celeste limpió su cara con el brazo, acarició mi pelo y me besó.

A mediados de diciembre empecé a ayudar a mi primo Hugo en los remates de ganado. Pude juntar unos *mangos*, suficientes para los ocho lunes de los siguientes dos meses. Calculé cincuenta pesos por ida, sin tener que pagar las obligatorias *grappas*. Me propuse medir en cuantos centímetros se potenciaría mi adorado miembro tras las siguientes ocho visitas al Gardel, más las noches en que podría ejercitarme con las beldades de mi librito pornográfico.

Al día siguiente de Navidad, con una botella de sidra envuelta entre unas hojas de diario, me presenté en el bar. Fui recibido afectuosamente por las cortesanas del tabernáculo.

—¡Feliz Navidad! —dijeron, alegres—. Llegás un poco temprano, la Celeste está ocupada y tiene para rato. Sentate con nosotras mientras tanto.

Acepté la cordial acogida y me arrimé al grupo.

—Hoy no es lunes—añadieron—, pero es como si lo fuera porque no tenemos clientes. Todos están con sus santísimas esposas y sus sagradas familias, comiendo hasta hartarse, yendo a la playa y después al Club 25 a tomarse sus Martini con hielo y fumarse sus Republicana con filtro… Y nosotras acá, aguantando el día, que será igual que el de ayer y el mismo que mañana.

—Y ahora —dijo otra— estamos esperando que venga el contrabandista de Rivera, ese sí nos da alegría. Es la única vez que podemos mirar algo y comprarnos alguna ropa o tabaco, o algún paquete de *rapadura*, y ya nos empeñamos la plata del mes. Si tengo suerte y el *bagayero* quiere que le haga el favor me gano un paquete de tabaco a cambio. El mes pasado le tocó a la Gladys y se lo pagó con un montón de *ticholos*, que comimos todas. Ya es fin de mes, estará por llegar.

Me sentía observado por las tres mujeres. Recelaba que me veían, no como bicho raro, sino, más bien, con un poco de envidia, aunque sin antipatías. Las miré con cariño, saqué la botella de sidra de su envoltorio y, levantándola con una mano en el aire, la ofrecí como un campeón. Ellas aplaudieron, se levantaron a la vez y me abrazaron.

—¡Traigan vasos! ¡Y que alguien vaya a buscar a la Olga!

El corazón se me encendió ante la esperada alegría de volver a verla. A los pocos minutos apareció Olga. Echó un rápido vistazo sobre la mesa y exclamó:

—¡¿Quién la trajo?!

—¡Tu novio! —respondió el trío.

Se colgó de mi cuello, me dio un sonoro beso y, agarrándome de la mano, me dijo:

—Dale, sentate sobre mis piernas.

La miré con un poco de cortedad.

—¡Dale! No te dé vergüenza —insistió—. Si todas saben que vos me «montás».

El resto del grupo se carcajeó. Perdí el miedo, les sonreí y dejé que Olga me apretara entre los brazos. Destapé la sidra y la repartí en los vasos, dejando un resto en la botella.

—Lo que queda es para la Celeste —indiqué, señalando con el dedo.

—¡Está riquísima! Podrías haber traído otra —manifestaron, contentas.

—¡¿Y por qué no robaste unos turrones también?! —gritó Olga.

Me acerqué a su oído:

—La sidra la traje pensando en vos, pero…

—No te preocupes, ya hallaré un consuelo que me guste más; y ahora que soy tu novia puedo elegir lo que a mí más me guste.

Me levanté, agarré la botella y pregunté cuándo iba a terminar Celeste.

—La pobre está con el bestia *ese* de la estancia de don…

—¿El del bayo atado al poste? —pregunté, contrariado.

—Sí, el mismo —me respondieron mis anfitrionas, con cara de solidario desconsuelo.

—¡Con *ese*, ni que me pague el doble! —agregó una de ellas.

—¡Ni yo! —contestó otra—. Se la tiene jurada a la Celeste. Dice que es la única mujer «de verdad» en el Gardel, que las demás no quejamos solo de vérsela. Y arriba el mugriento dice que las mujeres tienen que aguantar sin relinchar, como las yeguas. ¡Será mal parido el hijo de rata! Lo colgaría del poste de la luz…

—¡Y sin agua, hasta que reviente! —añadió otra.

Olga notó mi apenada expresión y me dijo de ir a ver a Celeste. Nos levantamos y fuimos despedidos por un:

—Qué lo pasen lindo. Después nos contás.

Al momento, otra agregó:

—Si querés me lo podés prestar un rato, ya sabés que con cuatro tetas se aprende más rápido.

—Pero dos son más abarcables —respondió Olga—. Además, ahora es mi novio y la que manda es la Celeste.

Ya más decidido esta vez, y envalentonado luego de la entretenida tertulia, agarré a Olga por la cintura y caminé hacia su pieza apretándola contra mí, queriendo demostrar a sus amigas que ya era «todo un hombrecito».

—Sentate en la cama mientras me lavo un poco. Desde antes de Navidad que no he tenido ningún cliente. Y mejor así, porque hace unos días que estoy menstruando y sigo fuera de circulación. Hoy puse sábanas limpias. Son las mías, para cuando duermo sola… o con mi novio —dijo, guiñando un ojo—. Y ahora, en tanto que preparo un mate, contame de vos.

Me levanté. Desde su espalda, por detrás, la abracé.

—¡Eh! No te pongas pegajoso que estoy calentando el agua y me puedo quemar —protestó.

La solté, regresé a mi sitio, y la observé.

Olga se giró hacia donde yo estaba, y me dijo:

—Han pasado dos semanas desde que te trajo la Celeste… Y en los mediodías, cuando me despierto, me quedo un rato pensando en la tarde que viniste.

—¿Y qué pensás?

—… cosas.

—¿Qué cosas?

—No sé, vos me hiciste soñar con un mundo que no conozco, aun existiendo ese mundo a pocas cuadras de esta madriguera. No tengo amigos, a nadie conozco...

—¿Por qué? Si al Gardel viene mucha gente.

—¡No, no viene gente, vienen esos brutos! Los veo, los oigo, los soporto encima de mí, y peor aún: ¡dentro de mí!; pero no los conozco. Para ellos soy igual que una yegua que se deja montar por cualquier potro. Ninguna de las que estamos acá somos del pueblo, estamos solas, nadie nos conoce. ¿Por qué pensás que me entrego a vos?; y lo haría aun sin que me pagaras. Yo quiero estar un rato con alguien, como estoy contigo aunque seas un chiquilín sin experiencia de nada. Necesitamos un poco de cariño, no importa de quién sea. ¿Ves esos perros que duermen debajo de los paraísos?, están ahí porque cada una de nosotras comparte un poco de pan con ellos para poder acariciarlos y sentir, por lo menos, que no nos desprecian. Cuántas veces pensé traerme un cachorrito a la cama y quererlo... si no estuvieran los pobres llenos de pulgas y mataduras. Los tipos que vienen al Gardel los patean y los putean. Por un lado, hasta nos resguardan a nosotras, porque son ellos los primeros que se llevan las puteadas y los golpes. —Olga se cebó un mate, se sentó a mi lado, y continuó—: Sé que no entendés las cosas que te cuento. No tengo muchos más años que vos, aun así, mi vida es muchísimo más jodida que la tuya. —Se colgó de mi cuello y exclamó—: ¡Ay! Si yo pudiera tener una familia... jugar y correr... ¡Te imaginás que fuera tu hermana! ¡Hasta tendría un novio!, un novio de verdad. O si no, si vos fueses mayor me casaría contigo... con un vestido blanco, pero no por la iglesia, a mí los curas no me gustan.

—¿Aunque fueras mi hermana?

—No, si fuera tu hermana no me podría casar con vos. ¿O en qué mundo vivís?

—No sé, a mí me gustaría vivir con vos. ¿Y si fueses mi hermana, me tocarías y… «eso»?

—¡Qué pavadas decís! Calmate un poco y contame qué te pasa. Te veo nervioso

—Quería verte.

—Sí, ya veo que no te has olvidado de mí. Soy la mejor de todas, ¿o vas a decir otra cosa?

—¡No! Sos la *gurisa* más linda que conozco y además…

—¿Además qué?

—Que pensé mucho en vos estas dos últimas semanas. Me gustaría que me enseñaras cosas, como la primera vez. Además, soñé que…

—¿Qué soñaste?

—Soñé que vos… te ponías «así».

—¿Así cómo?

—Como la otra vez…

—¡Estás muy loco! Dame un beso, primero que nada, y despacio que venís «a ochenta y en bajada».

Olga me abrazó con una caricia casi maternal, caricia que se fue tornando en sensual apretón, a la vez que iba calmando mi vital apetito en vísperas de poder realizarlo.

—Serenate un poco y seguí contándome cómo andás.

—… estoy enamorado.

—Sí, ya lo sé. Me contó la Celeste que tenés una novia y que es montevideana. ¡Y que es rubia! Por acá hay pocas rubias. ¡Miralo, al *guachito*!, enamorado de una «oxigenada».

—No, Olga. Estoy enamorado de vos.

—El otro día me ofreciste casamiento y hoy volvés aún más loco por mí. Mirá que sos zalamero. Te merecés un beso

Olga me besó, me acarició, me apretó. Sus manos recorrieron mi cuerpo como repasando mis ocultas fantasías bajo la ducha.

Me empujó sobre la cama y comenzó a desnudarme.

—¿Te gusta el rojo? —preguntó, arrodillándose a mi lado.

—Creo que sí, ¿por qué lo preguntás?

—Ya verás. Cerrá los ojos, que me voy a cambiar la pollera.

Me tapé los ojos y los volví a abrir cuando ella me lo ordenó. Vi sus caderas y su apretado trasero resaltando bajo una minifalda roja.

—¿A qué querés comerme?

—¡Sí!

—Esperá, que todavía falta algo —me dijo, mientras sacaba un lápiz de labios y se repintaba la boca—. Ahora, donde te bese te dejo marcado de rojo y no podés limpiarte... y después te cobro cincuenta pesos por cada beso. ¡No me mirés así! ¡Que es un juego! Me gusta jugar con vos, sos tan chiquilín que me dan ganas de comerte.

Sus labios recorrieron mi cuerpo dejando curvadas huellas carmesí en mi cuello, en mis pezones, en mi ombligo... y siguió bajando.

—Ya me debés... dos..., tres..., cinco besos...; me debés un montón de plata. ¡Y ahora cerrá los ojos otra vez!

Sin más tardar, me giró boca abajo y dejó resbalar su lengua por mi espalda; luego mordisqueó mis nalgas, varias veces una y otras tantas la otra. A continuación, introdujo un dedo en mi boca y me dijo que se lo chupara. Obedecí. Lo mojé con saliva hasta que ella lo retiró, para acto seguido abrirme las piernas y meterme un dedo en mi agujero.

—¡Ah! No te quejás. ¿No serás maricón?

—¡Estás loca! ¡No digas pavadas!

—¡Eh! Te lo tomaste en serio. Sé que no lo sos, aunque de pelo largo y una pollerita como esta ¡estarías preciosa!

—¡Pará, que si no me voy!

—¡Te vas cuando yo lo diga! —exclamó. Luego me abrazó—. Solo juego un poco con vos porque me gusta que me tengas algo de miedo; así, por lo menos una vez en la vida, no soy yo la maltratada.

Me dio una palmada en el trasero y agregó:

—Ahora te toca a vos.

Ya repuesto de mi desazón me volqué sobre ella. Mis esfuerzos se concentraron en deslizar la apretada minifalda abriendo el camino hacia mi obsesión. Cuando la ajustada prenda cedió y mis dedos se introdujeron entre sus piernas, Olga me detuvo y me dijo:

—¡Pará!, hoy estoy rojo en rojo. Hoy estoy sangrando.

—¡¿Te has cortado?!

—¡No! ¡Que tengo la regla!

—¿Qué te ha pasado? —volví a preguntar.

Se arrodilló sobre el colchón, puso las manos sobre mis hombros, y dijo:

—Me ha bajado la regla. ¿No sabés lo que es eso? Todas las mujeres la tenemos una vez al mes y sangramos por «ahí», por donde me la querés meter. ¡Por qué tengo que explicártelo yo! Se lo preguntás a la Celeste y que se ocupe ella de tu pavada. ¡Mirá que sos burro! Pero, ¡bien que me la querés meter! Para eso son ustedes todos iguales: agujero que ven… Así que hoy rojo en rojo por lo menos hasta el jueves o el viernes. Menos mal, porque los sábados y domingos es cuando más tengo que trabajar, claro que muchos clientes al estar fuera de juego la delantera me la meten por la retaguardia. Ya ves, estoy acostumbrada a todo. De alguna forma tengo que ganarme el pan.

—¿Y eso… te duele?

—¿La regla? ¡Qué va a doler! Te molesta un poco y ensuciás los calzones. Nosotras estamos acostumbradas a todo. Son ustedes los que no están acostumbrados, acostumbrados a nada bueno. La mayoría de los tipos me ven así y esto les da asco. ¡Más asco debería de darles sus resucias vergas! Se van y te dicen que volverán cuando estés limpia. ¡Serán mierda!

Noté el enojo en su mirada, me acerqué a ella y la abracé.

Me lo agradeció en silencio, estiró los brazos y me apretó a su cuerpo.

—¿Te doy asco?

—No..., no te veo sangre.

—Si me la metés te saldría manchada de mi sangre, y eso no te gustaría.

—Te va a doler, así como estás.

—No, no me va a doler. Eso no duele, duele cuando nos tratan como putas y no como personas. Si me lo hacés vos, seguro que me va a gustar. La gente dice que si estamos con la regla estamos enfermas y sucias. Eso dicen hasta de sus propias esposas, te imaginás entonces lo que piensan de nosotras.

—Y nosotros... ¿nos podemos enfermar si te la metemos estando vos así?

—¡Ah! ¡Sí! ¡Ustedes tienen miedo de enfermarse! ¡No te parece que nosotras estamos más en peligro de que ustedes no contagien con sífilis y otras podredumbres! ¡Ustedes! ¡Sí, ustedes!

—¿No usás condón?

—Casi nunca. Los tipos no lo quieren, dicen que ponerse un condón es igual que hacerse una paja y no les gusta. Que si pagan es para que roce carne con carne como ha sido toda la vida. Que usar condón es igual chupar una teta con el corpiño puesto.

La miré un poco confundido: eso de la sangre que les sale a las mujeres, y además justo por ahí, me hizo pensar si debería hacerlo o no hacerlo. Ante tan sanguinolenta preocupación de qué pasaría, Olga me preguntó:

—¿Te doy asco? Si querés te ponés un preservativo, los tengo guardados bajo el colchón.

Había visto muchas veces condones usados tirado por las calles. Me parecían unas cosas sucias y no podía imaginarme meter mi apreciado miembro en esa goma, que después vaya a saber dónde y cuándo sería encontrado por otros pibes que, con cara de asco, lo alejarían con la punta del zapato.

—Dejame probar así, sin condón —le propuse, ocultando mi inseguridad.

Creo recordar que no noté diferencia alguna en realizar el carnal acto, solo que el pene y la pelvis se me empaparon de sangre.

—Vení que te lavo bien con agua caliente y jabón.

Le agradecí su cuidado dándole un beso. Saqué los dos billetes de cincuenta pesos y se los puse en la mano.

—Me estás dando de más.

—No. Te merecés mucho más que eso. Con vos aprendo cosas que de otra manera no llegaría a saberlas —le dije—. Ahora paso a ver a la Celeste y me voy.

Pasado el fin de año me encontré con Raúl S., un compañero del liceo que trabajaba en una farmacia. Le comenté que tenía ladillas y que me estaba poniendo Gamesán en polvo sin sentir alivio, sino todo lo contrario. Mi compañero me dijo que no fuera tan bruto, que eso era contra la garrapata del ganado y que me cuidara de andar con ese tipo de mujeres, que por lo menos me pusiera un preservativo.

Me despedí de mi compañero de clase. Camino a casa no dejé de pensar en sus consejos. Luego, en intimidad, observé con muchísimo cuidado y con un julepe bárbaro, la potencial puesta en riesgo de mi idolatrado miembro.

Unas semanas más tarde volví a visitar a Olga, quien me recibió con alegría.

—¡¿Qué te trajeron los Reyes?! —me preguntó.

—¡Ladillas! —le respondí con disgusto, aunque mi corazón ya la había perdonado.

—¿Vos también? —preguntó con desazón—. Será mejor que no me toques más, no quiero traerte problemas. Vos tenés una novia y la podés contagiar... Y eso no me lo perdonaría. —Me miró con tristeza y continuó—: ¡Con lo que te quiero! No sé si me entenderás, sos tan chiquilín. Hasta que no te conocí no tenía ánimo ni fuerzas para buscar una salida de este maldito mundo. He estado igual que un árbol, un árbol al que le rompen las ramas, que le chupan la savia, que lo secan a golpe de sufrimientos y maltratos, pero a mis raíces no han llegado... Todavía puedo rebrotar. ¡Malditos! ¡Los odio! ¡Los odio! ¡Que se mueran todos! ¡Todos juntos! ¡Cómo me gustaría dejar esta vida! Irme lejos de esta pocilga y empezar al igual que cualquier mujer, en un lugar en el que nadie me conozca. ¡Ya no aguanto más esta condena! ¿Qué puedo hacer? ¿A dónde puedo ir? Si tuviera un revólver los mataría a todos.

La imaginaba con su bello cuerpo, encadenada con profundas raíces a ese infierno. Pensaba que un árbol nunca es libre de ir adonde quiere, por más fuerte o más grande que sea. En mi desolación preferí verla como una cometa de caña y papel que rompe la cuerda y se escapa, y no atrapada igual que una planta a la tierra.

Ella se limpió las lágrimas con el borde de la blusa. Como recapacitando sobre su vida, continuó:

—Ahora pienso que todavía no soy vieja, que podría trabajar en algún lugar. No sé hacer nada, aunque podría aprender muchas cosas.

—Olga..., tengo una pistola, la que era de mi padre —le propuse, no sin cierto titubeo.

—¡Estás loco! ¿Querés que acabe en la cárcel? ¿O querés que me pegue yo el tiro?

—Te lo dije así, sin pensarlo. No quiero que te mates, sino que la uses para defenderte.

—No, eso no me ayudaría en nada, no podría matarlos a todos. ¿Un arma?, sí; pero... mirá cómo está el país, todos los días matan a alguien. El gobierno dice que los culpables son los sediciosos, y los *tupamaros* dicen que son los milicos. Ya no entiendo nada. Se comenta que ahora la policía tiene mano libre para todo y hablan mucho de la picana eléctrica, que los milicos la usan con los sediciosos que caen presos y que los mojan y les meten corriente a los tipos, ahí, entre las piernas; y a las mujeres también. ¡Te imaginás!, pobres, eso es una tortura. Claro que si ellos matan entonces la policía mata también, no se van a quedar de brazos cruzados, ¿no te parece? A mí me gustó el día que los *tupamaros* robaron el camión de la cadena Manzanares, justo el día de Navidad, y repartieron toda la comida en un barrio pobre. Hasta las botellas de sidra y los turrones, ¡qué lindo! Deberían repetir todas las Navidades esos asaltos. Ayer dijeron en la radio que la semana pasada los sediciosos robaron quinientos kilos de dinamita de una fábrica. No sé si será cierto; porque si no, imaginate cuánta gente pueden matar con una bomba...

Afirmé con un movimiento de cabeza:

—Parece que son muchos y toda gente joven, la mayoría estudiantes. Son casi todos de Montevideo, en la capital se pueden esconder. Oí que la policía encontró en poder de los *tupamaros* planos del alcantarillado de las calles, y dicen que por ahí se esconden y tienen en jaque a los milicos.

Olga me miró. Y ya más repuesta, limpiándose la nariz con el dorso de la mano, con una sonrisa, dijo:

—¡Cómo olerán los pobres cuando salen de esos pozos negros!

7

> Me sentía tan enamorado con aquello,
> que hasta entonces no hubo cosa alguna
> que me atrapase con tan dulces vínculos.
>
> D. ALIGHIERI, *La Divina Comedia*, Paraíso, Canto XIV

Me llenó de alegría la inesperada llamada de Daniela, no esperaba su vuelta de Solymar hasta una semana más tarde. Para mi dicha, a su madre la habían llamado por una oferta de trabajo y debería estar cuanto antes en Montevideo.

Ese domingo, al atardecer, sonó el teléfono.

—¡¿Sabés?! —exclamó Daniela—, a mi madre le ofrecieron dar clases de Filosofía y Literatura en el Liceo José Pedro Varela. ¡Te imaginás qué bien!

—¡Sí! Y le queda cerca de donde yo vivo, bajando por Juan Paullier.

—Muy cerca. Al lado del Liceo Zorrilla —agregó—. Y ahora decime, ¿por qué no venís a verme mañana en la tarde?, si podés, claro. Y si no podés…, vení igual.

—Lo siento por tu madre, que no haya podido disfrutar un poco más de lo que resta del verano, y por vos también. Aunque Montevideo sin vos no es Montevideo y...

—¿Qué es entonces?

—No es lo mismo, ¿te imaginás el Barrio Sur sin la *gurisa* más linda del mundo?

—¡No! Y ahora decime, ¿vas a venir o no vas a venir?

—Mañana lunes, sí; pero...

—Pero ¿qué?

—Si me revelás un secreto tuyo.

—¡¿Un secreto mío?! ¿Qué querés saber?

—Mañana te lo digo.

—Está bien, lo pensaré esta noche mirando a las estrellas.

—¡Si está lloviendo desde la mañana sin parar!

—No importa, si no las veo me las imagino. ¡Están ahí! Ahí detrás.

—¿Detrás de qué?

—¿Has visto el grabado de *Flammarion*?

—No.

—Pasá a buscarme mañana a eso de las cinco y te muestro el cuadro. ¡Pará! No cuelgues. ¿Me regalás una foto tuya?

—... no tengo.

—¿Cómo que no tenés una foto? ¡Todos tienen una!

—Tengo una de cuando empecé la escuela en Paso de los Toros. Es una foto en la que estoy con cara de enojado y...

—¿Y no tenés otra en que no estés con cara de enojado?

—Sí, tengo una en que estoy con el perro, pero era muy pequeño.

—¿Vos o el perro?

—El perro.

—Traeme esa, la del perro. La otra no la quiero. ¡Con cara de alunado! ¡Lo que me faltaba!

En aquella época los teléfonos eran negros y de baquelita, casi irrompibles. Estoy seguro de que al colgarlo sonó como si fuese el golpe del martinete sobre el yunque. No tardó más que el instante en que la operadora de UTE conectó la clavija y sonó de nuevo mi teléfono:

—Perdoname, es que llegué insoportable porque tuve que venirme antes y mi madre también anda agobiada, tendrá que empezar a trabajar en pocas semanas y…

—No te preocupes, seguís siendo la piba más linda del mundo.

Ese lunes me desperté pensando en qué secreto quería pedirle que me revelara. Daniela en sí misma era todo lo desconocido, todo lo inédito, todo lo misterioso de mi laberinto emocional. Mi ser entero estaba dispuesto para oír: «¡Te quiero!»; no obstante, indefenso de tener que escuchar —ya ni digo siquiera lo contrario— tan solo un: «Sos un buen amigo», me habría sido insufrible. Así que entrecerrando los ojos y abrazándome a la almohada decidí ser yo quien le revelaría un secreto. Claro que un secreto ya conocido no es un secreto. La última vez que estuvimos en la playa Ramírez le confesé que estaba enamorado de ella.

Para amarla como pensaba que debería amarla tenía primero que conocerla en intimidad. Me desvivía por estar junto a Daniela, oír su voz, notar su mirada. Me sentía feliz tan solo siendo testigo de su presencia. Me giré sobre la cama y me apreté aún más la almohada. Reviví en la memoria la imagen de Ana Laura. ¿Cuánto duró mi noviazgo con mi primer amor? Nos conocimos en las vacaciones de invierno del año 1967. Con ella viví una relación casta, platónica, casi perdida en la distancia que separa mi pueblo de Montevideo.

Entrada la primavera de ese año fui a verla por segunda vez. Y en las siguientes vacaciones de verano, en la playa de Malvín, me dijo: «Tengo un novio». Ni siquiera dijo: «Tengo otro novio». Además, agregó el evidente porqué: «Me besa y me acaricia». Creo que no añadió más detalles íntimos para que yo no cayera doliente sobre la arena o, en un arrebato de locura, no desapareciera bajo las aguas como la Alfonsina Storni. Ni una cosa ni la otra. Tragué mis amargas lágrimas, respiré profundo y, haciéndome el varonil, le dije: «Yo también puedo besar y ser ardiente». Ella me miró con desdén, también con un poco de compasión, y agregó: «Pero no lo hiciste».

Nuestras cartas de galanteo y de inocente pasión se perdieron con mi marcha de Paso de los Toros. Aún hoy conservo, con nostalgia, una foto de aquel primer amor.

No podía repetir el mismo error con Daniela. Debía ponerme a la altura de mis vitales aprendizajes, no solo de los gentiles, sino también de los que incumben a la sexualidad. Ya no era el inocente «Pelusita» recién llegado a la capital. Debía conquistar a Daniela en todos sus frentes. Hacer valer las experiencias y aprendizajes adquiridos en mis visitas al Gardel, enseñanzas que luego fueron enriquecidas en los sibilinos encuentros con Lisa. Por lo menos intentar prevenir otro «Es que vos ni me tocás».

Todo amor consta de lo físico y de lo sentimental, este último perceptible a cada átomo de nuestro cuerpo, terreno en el cual me he desempeñado con un poco más de intuición. Aunque no debería ser tan casto ni sentirme tan seguro de mi suerte…, no vaya a ser que me pase lo que con Ana Laura.

Al mediodía empecé a arreglarme para volver a ver a Daniela. Me miré al espejo luciendo la camisa violeta, de las que me mandaba a confeccionar Lisa: entallada, con botones forrados de tela y largos y picudos cuellos. Me sequé el pelo con el secador eléctrico y peiné mi bisoña barba. Doblé con esmero el pañuelo, el de color, y lo introduje en el bolsillo trasero, la cajita de chicles en el otro, y salí de casa.

Toqué el timbre. Daniela pulsó el portero automático y me dijo que entrara. De dos en dos, contento y ágil, subí la escalera hasta el primer piso donde me esperaba ella recostada al marco de la puerta entreabierta. En el último escalón me paré —más bien me paró su seductora pose— y me contuvo mi alegría. Su belleza me atrapó y mi deseo se suspendió en el aire. Imité su postura, me apoyé a la pared y crucé, como ella, los brazos. Nos miramos como redescubriéndonos.

—Pasá, estoy sola —dijo—. Perdoná el desorden, llegamos ayer y ¡mirá cómo está todo! Mi querido hermano, una semana solo en la casa y la deja toda revuelta. Si fuera mujer tendría más cuidado.

—O no —le refuté. Y fui merecedor de una áspera mirada y de un irónico:

—¡Viste como salió el sol!

—Sí, pero anoche llovió sin parar.

—No por eso las estrellas desaparecen, siguen ahí. ¿No leíste las teorías de Giordano Bruno?

—No.

—Andá mirando el cuadro que está en esa pared mientras voy a preparar un café. ¿O querés té?

—Si es negro, sí.

—Otro no tengo. ¿Lo querés con limón y miel?

—Sí, con miel y con limón.

Quedé solo en el salón. Esta vez me sentí contento, esperanzado y seguro. Avisté la palmera, vieja compañera de infortunios, cómplice de mis alegrías, y le guiñé un ojo. Cuando ella volvió con el té y los *cañoncitos* me retiré del cuadro y dejé que mi mirada y todo mi ser se sintieran maravillados ante su presencia.

—¿Qué te parece? Es una copia del grabado de *Flammarion* que pintó mi padre.

—¡Ah! creí que era del tal Bruno, como dijiste...

—Giordano Bruno no pintaba, era un astrónomo, y también fue poeta... y terminó en la hoguera por contradecir a la Iglesia.

—¡Pobre tipo!

—¡Eh! No te rías.

—¡No seas así! Lo dije en serio.

—Está bien. Vos no tenés la culpa de que una vez al mes ande un poco melindrosa, cosa de mujeres. Claro que es mi problema y no el tuyo, aunque muchas veces me pregunto por qué esa diferencia. Por qué nosotras y no ustedes. ¿Por qué no una vez yo, una vez vos? Serías igual de hombre si te bajase la regla, ¿no te parece? Perdoname que me ría, te imagino en esos días con un pañal entre las piernas y en el liceo le dirías al profesor de Gimnasia: «Hoy no puedo correr, regla de tres compuesta». Y tu madre te recomendaría que no te lavaras el pelo y que no agarraras frío y...

La miré con una injustificada irritación, exhalé una especie de suspiro y, cambiando de tema, señalé hacia la pared:

—Me gusta lo que pinta tu padre.

Daniela se acercó, tocó con la punta de la nariz mi mejilla, y al oído me dijo:

—Y a mí me gustás vos. —Para luego, antes que yo reaccionara ante tal declaración, agarrándome del brazo, frente al cuadro, agregar—: ¿Leíste lo que está escrito debajo?

—Sí: «¿Qué es entonces esta bóveda azul, que ciertamente existe y nos impide ver las estrellas durante el día?». Me parece interesantísimo, es como si la tierra se juntara con el cielo, como que pasara del día a la noche…

—O de la noche al día. En el grabado original se aprecia mejor. Parece ser un peregrino —un astrónomo diría yo— que traspasa el límite entre la tierra y el espacio, que abre el cielo como si fuera una cortina y te encontrás, así, ante tus ojos, con los colores perdidos del universo.

—El universo no tiene color, y menos colores —le dije, presuntuoso—. ¿No leíste a Julio Verne? Ahí arriba, no muy lejos, es todo negro, la oscuridad total y un frio tremendo.

—Será. ¡Pero en mi universo existen los colores… y existís vos! Y me alegro por los colores y por vos y por mí. Ahora dejá eso y sentate que ya está el té. ¡No, ahí no! Acá, junto a mí.

Estiró el brazo y me atrajo a su lado. Yo giré la silla y quedé frente a ella.

—Estoy contenta porque viniste a verme —dijo—. Me gusta tu forma de tratarme y de afrontar mis rabietas. En realidad no soy así de malcriada, lo hago en cierto modo para ponerte a prueba, ver cómo te comportás ante este tipo de situaciones, ver si te enojás.

—No me gustan los pibes que se enojan—. Juego un poco contigo para, a la vez, juzgarme a mí misma y recapacitar sobre lo que digo y no hago, y lo que hago y no digo.

Lascivo, la miré. Estiré un brazo y la acaricié. Daniela posó una mano sobre la mía, aumentando el roce con su piel, y exclamó:

—¡Dale! Dame un beso.

Ansiosos nos besamos. Beso que se prolongó hasta que ambos fuimos conscientes de que su madre podía llegar en cualquier momento. Me separé, por pura precaución. Sin soltarle la mano la llevé hasta el sofá y, aparentando una calma que no tenía, le pregunté:

—¿Qué pasó con los colores que tu universo esconde a mi vista?

Ella, mirándome sin siquiera pestañar, me respondió con otra pregunta:

—Primero decime, ¿cómo te sentís cuando estás en el cielo y casi llegás a tocar el ardiente astro?

Tuve la sensación de que me estuviera viendo por dentro. Incómodo busqué de qué manera responderle sin llegar a demasiada indiscreción. Porque una cosa es notar cierto acercamiento y alboroto sexual, y otra cosa es decir, sin más, «me has dejado caliente como negro en zafra».

—Tus besos me han llegado muy adentro —le dije, precipitado.

—No estoy preguntando hasta dónde querías llegar. No te estoy hablando de esa «constelación» que te hace arder de deseo. Quiero saber qué se siente cuando estás volando sobre las nubes en tu avioneta.

Me sentí avergonzado de haberla interpretado mal. Tapé mi rostro con la mano y suspiré profundo. Luego le pedí disculpas.

Daniela me miró con malicia, y dijo:

—Te lo pregunté con doble sentido. Veo que sos igual a todos los tipos, siempre pensando en lo mismo. Sin embargo, ¡te... lo... per... do... no! Te perdono porque me besaste de una manera muy linda, no fuiste directo al grano como otros pibes que ya después del tercer beso te quieren llevar a la cama. Me gustó tu beso.

—¡Y a mí! —le contesté, ya más redimido.

—¿Y tus estrellas? —volvió a preguntar.

—No son mías ni son de colores. De día no las veo, y menos si hay nubes. Y no volamos sobre las nubes, sino bajo las nubes. No nos dejan subir a más de novecientos metros, tampoco la «Piper» alcanza mucha más altura. Imaginate, ¡con los años que tiene! Vos la viste el año pasado cuando estaba aterrizando. La armazón es de madera recubierta de lona. No tiene ningún instrumento, ni luces.

—¿Entonces no podés volar de noche? —preguntó, ya sin malicia.

—No. Por eso es que no veo las estrellas.

—¡Están ahí! Siempre están ahí.

—¡Claro que están ahí!, así como vos estás acá.

—Sí, pero yo brillo más —me dijo, presumida.

—Sos la más linda de todas. ¡Y de color!

—¿De qué color?

—Del color de tus ojos cuando te reís.

—Mis ojos son negros. ¿De qué color es mi sonrisa?

—Tu sonrisa es... es... como un faro en los mares de... estrellas.

—¡¿Pero de qué color es?! ¡Dale! ¡De qué color! Además en el universo no hay ni faros ni mares, ni barcos ni aviones, ni desiertos ni caravanas de camellos, ni...

—Si mirás las pinturas de tu padre todo es posible dentro de la imaginación de quien los pinta. Por eso te digo que tu sonrisa es, así, de todos los colores según con la «luna» que te levantes.

Daniela sacó sus uñas y me miró enojada.

—¡Eh! Es broma —exclamé—. Tu sonrisa es la más linda del mundo.

Su mirada se endulzó.

—Me complace mucho que yo te guste —me dijo—. Pero si me decís que el universo es helado tendrás que ponerte una bufanda para volar, aun volando por debajo de las nubes.

—Siempre he volado con buen tiempo y me dejo puesta una chaqueta porque las ventanillas no cierran bien y notás el aire frío. A partir de los ochocientos metros de altura tenés que abrir el paso de aire caliente al carburador, porque se empieza a formar hielo y se te apaga el motor.

—¿¡Se te apaga el motor!?

—Si se te forma hielo, sí. Además, el instructor te enseña a apagar el motor cuando estás muy alto y luego dejarlo caer en picada para, después que descendés cerca cien metros, poner el contacto eléctrico y hacerlo arrancar por la corriente de aire que mueve la hélice. Así como cuando no arranca el motor de un auto y la gente lo empuja. Me contó el instructor que hace años un piloto cayó tanto en picada que no le dio tiempo de salir de la caída libre y quedó incrustado en el suelo.

Daniela, inquieta, me dijo:

—Prometeme que no vas a volar con mal tiempo.

—Te lo prometo si... si me das...

—¿Un beso? Te doy dos, y más... todos lo que yo quiera, pero no ahora. Y decime, ¿no llevás paracaídas?

—A tan poca altura no te sirve de mucho. Tenés más posibilidades de dejarlo planear y aterrizar en cualquier descampado que salir de la cabina en cuatro patas y saltar.

—Aunque la pilotee tu instructor no me subo a ese «pájaro».

—¡Claro! ¡A ese pájaro no! Sin embargo, serías capaz de atravesar el límite del cielo y meterte en las oscuridades del universo, al igual que el tipo ese del cuadro que parece que huyera de la tierra hacia otro mundo.

—Ya te dije que mi universo no es negro. ¿No será que estás ciego?, como subís mucho a las celestiales alturas te habrá encandilado la luminaria de los angelitos y habrás perdido la visión como Dante.

—¡¿Ciego?! No sabía que Dante era ciego. Entonces ¿cómo...?

—Es que lo fue por un momento. La vio y enegueció, volvió a mirarla y explotó en mil colores recuperando la vista.

—¿A quién vio?

—¡A la Beatrice!¡A quién va a ser! No te parece que ya es hora que leas la *Commedia*.

—«La Divina Comedia», querrás decir...

—¡Sí! ¡Esa! Qué culpa tengo yo de que el Boccaccio la haya llamado «Divina». Dante, como poeta que es, escribe versos y no teología.

—No he leído nada de él. Y eso que vivo entre Dante y Colonia, y veo su estatua todas las veces que paso frente a la Biblioteca Nacional.

—Un día de estos le pido el libro a mi madre y te lo presto. Y ahora dale, vamos a la cocina a ver si encontramos algo para comer y seguimos con el tema.

—¿Qué tema?

—¡Ese!, el de los colores y el del oscurantismo de tu universo.

—¡Está bien! Prefiero tus colores, tus estrellas y... tus besos con gusto a miel.

—A miel y limón, dirás.

—Dámelos a probar otra vez.

Ella se giró hacia mí y me besó.

—Así... ¿te gusta? Es sabor natural. También tengo, tengo... —abrió el aparador, recorrió con su dedo las etiquetas de la hilera de frascos, y me indicó—: Acercate y cerrá los ojos.

Me besó.

—¿Qué beso es? —preguntó.

Pasé la lengua sobre mis labios.

—¡Ya sé! ¡Mermelada! de... de... ¿higos?

—Esperá, probalo de nuevo.

—¿Ciruelas?

—¡Sí! ¿Con qué sabor?

—¡Ya sé! —dije, chasqueando los dedos—: ¡Ojos negros, *piel canela...*! Como vos.

—¡Acertaste! Con canela.

—¿Y ahora?

—¡Dulce de leche con *chuño*!

—¡No!, con vainilla.

—¡Ah!, «vainisha»..., no me sonaba para nada.

—Ahora cerrá los ojos de nuevo y abrí la boca.

—¡Eh! ¡Pimienta no! —exclamé, apretando los labios.

—¡No te muevas!

Mojó un dedo en aceite y lo deslizó por mi boca; luego pasó su lengua por mis humedecidos labios. Casi sin creer en la esperada dicha me dejé besar, mientras experimentaba, no la explosión de colores como el Poeta pero sí la explosión de ardiente lascivia que provocó mi excitación. Exaltación que no pasó desapercibida a ninguno de los dos, masculina manifestación que ella aparentó ignorar desviando el apasionado rozamiento.

—¡Pará! Que lo dulce no quita la sed —me dijo—. Tengo ravioles de ayer, los calentamos y comemos algo antes que venga Silvia.

En la cocina Daniela sirvió la humeante pasta. No habíamos acabado de comer cuando oímos abrirse la puerta. Me incomodé, no porque temiese que su madre me dijera: «¡Ah! Antes con Marcel, ahora con mi hija. No perdonás a nadie», sino porque la había visto solo una vez y en un contexto poco lícito. Así que, mientras Daniela se levantaba para recibirla, me limpié la boca con la servilleta y puse cara de bueno —no tuve que esforzarme mucho—.

Silvia entró en la cocina. Me saludó y me dijo que se alegraba de verme.

Me levanté con educación. Dándole la mano, la saludé.

Ella, sonriente, agregó:

—Espero que los ravioles estuviesen ricos. Si venís un domingo los tengo frescos. Ya que están comiendo, me sirvo unos pocos. Después tengo que salir corriendo a hacer unas fotocopias.

Mientras su madre comía el resto de la pasta yo intentaba simular tranquilidad, repasando la boca con la servilleta y mostrando una expresión de aparente serenidad con la mirada perdida en la olla de ravioles. Daniela retiró los platos de la mesa, sacó de la heladera una fuente y nos ofreció buñuelos. Silvia se lo agradeció explicándole que se le hacía tarde y que los comería al regresar del centro.

Otra vez solos, Daniela se sentó a mi lado.

—Son las ocho —dijo—, no quiero que te vayas antes de que regrese mi madre. Cuando más te vea, más rápido se acostumbrará a vos.

—¿Y si viene tu hermano? —pregunté con cierto desasosiego.

—Ahora sos mi amigo y se tendrá que acostumbrar a vernos juntos. ¿O es que aún queda algo entre ustedes dos?

—Somos amigos y nada más. ¡No pensés mal!

—Lo sé. Además, debería aceptarte como sos y no intentar moldearte a mi voluntad. Y ahora vení y te explico lo que me preguntaste del cuadro de mi padre.

—¿El de las tres siluetas?

—Sí. Ese.

—El segundo día que estuve en tu casa lo miré... Me gustó. Eso sí, no entendí nada de su significado.

—Con las pinturas es así, se pueden interpretar según quien las mire y cómo y cuándo y por qué. Y según quién sea el autor: en este caso mi padre. Yo he hecho mi propia interpretación. No tiene título, lo llamo «Los tres secretos».

Me puso una mano en el brazo y nos acercamos al cuadro.

—¿Qué ves ahí? —preguntó.

—Las tres figuras. Una es una mujer por lo que puedo apreciar. Las otras dos siluetas son hombres, eso creo…

—Creés bien: una mujer y dos hombres. ¿Es la mujer codiciada por ambos?, podría ser. También podría ser que la última figura desea a la segunda; la segunda a la primera, quizás también a la tercera; es decir, que la figura atrapada entre la mujer y el hombre del antifaz podría seducir o ser seducida por quien la antecede y también por quien su espalda cubre o…

—… o por algún querubín de los que posan en el cuadro de la izquierda.

—Olvidate de los querubines, son igual que los ángeles, están más allá de Mal y del Diablo, como todos estos milicos torturadores y entreguistas.

Daniela se fijó en la ropa que llevaba puesta, y dijo:

—Veo que tu camisa es a medida, moderna, entallada. Te queda bien. Pero, en otras palabras, me parece un poco burguesa, por no decir demasiado burguesa. No va contigo, me gusta más cuando te ponés la verde oliva del Partido Socialista.

Bajé la vista, vi los botones forrados de la misma tela, el color violeta brillante. Y me sentí ridículo.

—Tenés razón, es… es un poco burguesa. Soy de pueblo, y allá andaba con camisas a cuadros. Acá en la capital, Lisa quiere que ande a la moda.

—¡¿A qué moda?! Parece que la Lisa te mima mucho. Tené cuidado.

—¿Qué querés decir?

—No sé, es como que vivís en dos mundos. Por un lado estás en el Partido Socialista, y por otro, aparentas ser un pequeño burgués. Creo que deberías concientizarte un poco más. Un día de estos me acompañás a las reuniones de la Federación de Estudiantes del IAVA, así vas conociendo un poco más la situación política que se está dando. Hay muchas expectativas de cambio desde el triunfo de Allende en Chile. Muchos creemos que con el surgimiento del Frente Amplio en las pasadas elecciones podría darse un vuelco a la izquierda. Vos votaste al Partido Socialista.

—Creo que es lo más a la izquierda que hay, a pesar que haya una rama de los Demócratas Cristianos en él.

—Es una forma de aglutinar votos. Estoy segura de que más tarde las diferentes tendencias se irán radicalizando, cada una según sus intereses políticos. Ojalá vos y yo militemos por la misma ideología. Creo que me estoy alejando del tema, dejemos ahora la política y sigamos con la historia de «Los tres secretos».

Volví a acercarme al cuadro. Señalando con el índice la pintura, dije:

—Me parece bastante lindo lo que pinta. Contame algo de tu padre.

—¿Qué, por ejemplo?

—¿Cómo es? ¿Cómo te llevás con él? ¿Por qué firma los cuadros con *S&M*?

—Algo sabrás ya. Sé que Marcel te ha contado algunas cosas sobre nosotros.

—Sí, es cierto. Perdoná, no he querido ser indiscreto. No sé..., tu padre me cae simpático.

—¿Por qué lo decís, si no lo conocés?

—Lo digo solo por decir algo. Tu madre está por llegar y me pongo nervioso. Me siento inquieto porque no sé si lo que estoy viviendo es realidad o un sueño nada más.

Me miró, como disculpándose

—Sos mi invitado y creo no tratarte con la deferencia que debería hacerlo. No te vayas, mi madre volverá dentro de un rato y me gusta que nos vea juntos. Sé que te estimará después de todas las cosas lindas que le he contado.

—Me siento avergonzado. Mirá si me pregunta si Marcel no me gusta más o algo así por el estilo.

—No te lo va a preguntar. Los sentimientos cambian... y los gustos también. Sí, estuviste con Marcel y ella lo sabe. Si mi madre me ve contenta no va a interferir en nuestra relación. A mi padre lo conocerás, es muy probable que venga este mes. Estuvo acá en noviembre para las elecciones, ya sabés que el gobierno las puso obligatorias y ahora hasta los milicos pueden votar. ¡Toda la «milicada» votando a Pacheco Areco! —Pasó el dorso de la mano por su frente, esbozó una cierta desazón en su cara, y continuó—: Por un lado, tengo muchas esperanzas de que esto cambie; por otro, tengo miedo, miedo porque están cayendo detenidos muchos estudiantes y obreros y no se sabe qué pasa con ellos. Se habla de desapariciones y torturas por parte de los milicos y por parte de los Escuadrones de la Muerte, que están cada vez más activos. Y cada día el gobierno de Estados Unidos sigue prestando ayuda con nuevas técnicas represivas.

—Menos mal que la guerrilla ajustició a Dan Mitrione...

—Sí y no. El secuestro de Mitrione fue más que justificado; sin embargo, la decisión final fue en extremo difícil, condicionada por el gobierno que no quiso negociar su liberación. Te digo que ha sido una determinación comprometida. Acertada o no, a raíz del secuestro, cayeron muchos *tupamaros*. Y el gobierno lo utilizó en su propio beneficio político, incrementando la represión después de que lo ejecutaran. Había que ejecutarlo, pero el precio que ha tenido que pagar el MLN ha sido muy alto. Y, además, otra vez Medidas Prontas de Seguridad: total libertad para torturar y total impunidad para los torturadores.

Noté cierto nerviosismo en sus palabras, nerviosismo que intenté tranquilizar agarrándole la mano.

Ella esbozó una leve sonrisa, y continuó:

—Me desvío otra vez del tema, me preguntás por mi padre. Vos sabés que mis padres están separados. La verdad es que nos llevamos todos bien, ya ves que él viene cada tanto a vernos. Pronto lo conocerás. ¿Por qué las iniciales *S&M* en los cuadros? Sergent, por mi padre; Mediavilla, por Gregoria, su amiga. Pintan juntos y… viven juntos.

—Algo me contó tu hermano.

—Está bien, el resto te lo contaré yo otro día. A cambio que me revelés cosas que me ocultás.

—¿¡Cosas que te oculto!?

—¡Sí! ¡Cosas que me ocultás!

La llegada de Silvia interrumpió la insistencia de Daniela. Aproveché para levantarme y saludarla, a la vez que ojeé el reloj y les dije que tenía que irme. Daniela me acompañó hasta la puerta, me dio un beso y me pidió que viniera a la tarde siguiente. Le acaricié la mejilla confirmando su deseo. Pausado bajé la escalera, cargado de cierto malestar y confusión por todas las emociones vividas esa larga tarde.

Llegué a casa con un montón de imágenes y excitaciones revoloteando en mi cabeza.

En la cocina Lisa me preguntó por qué traía cara de molestia.
—¿Te peleaste con Daniela?
—No, es que vengo cansado...
—¿Cansado de qué? —me preguntó con burlona mueca.
A lo cual, con fastidio, contesté:
—De nada de lo que estás pensando.
—¡Qué lástima!, porque yo a tu edad no esperaría tanto...
—Soy un poco tímido.
—No te hagas la mosquita muerta, que te conozco muy bien.

La miré como si despertara recuerdos en mí y deseé que ella lo leyera en mis ojos. Interpretó bien la mirada, porque agarrándome de la mano me dijo:
—Vení y te ayudo a ordenar tu cuarto. Hoy te fuiste y dejaste todo patas pa' arriba —mirándome de reojo, agregó—: Hay un partido de fútbol en la tele; ya sabés: el *deporte* preferido del hombre. Ayudame a llevar estas sábanas y las cambiamos.

Subimos la escalera de hierro hacia mi habitación. Una vez dentro, Lisa cerró la puerta presionándola con la espalda, me tapó la cabeza con la funda de la almohada y guio mis manos por debajo de la falda permitiéndoles un ligero roce por sus labios vaginales, para después llevarlas hasta sus pechos por encima de la blusa y dejar que yo los tocara. Con el brazo me separó hasta alcanzar, con los dedos, su húmedo sexo, dedos que luego introdujo por debajo de la funda hasta mi nariz.
—¿Te gusta?
—¡Sí!
—¿A qué huelo?
—A Lisa.
—Qué bien, veo que no te has olvidado de mí.

En tal éxtasis, sin verla, todos mis sentidos recorrieron su cuerpo. Ella, con mucho ingenio, me sacó la funda de la cabeza, me alisó los desordenados pelos y quitó mi mano de su entrepierna.

—¿Te gusta? —volvió a preguntar.

Y sin esperar mi respuesta, me espetó:

—¡Pediselo a tu Daniela!

Notó mi confusión.

—No creas que no te quiero —me dijo—. Nunca había estado con un pibe tan joven. Creo que fui una buena maestra y vos un requetebién alumno. Salvo la cagada imperdonable que me hiciste. No te voy a culpar, fui yo quien lo quiso y soy yo quien ha afrontado las consecuencias. Y te digo que no te llevo ahora a la cama porque no estamos solos, sino...

Me alboroté ante mi deseo e intenté besarla. Ella, con decisión, me rechazó canturreando «El que fue a Sevilla...». Y bajó la escalera.

En la penumbra de la habitación quedé más turbado que antes, pero feliz por su cariño y también por la complicidad, aún latente, de nuestro lúbrico pasado. Abracé la almohada, cerré los ojos e intenté apaciguar mi arrebato, a la vez que en mi cabeza se mezclaban las sensaciones vividas ese día. La lujuria se volvió desmedida, como si los roces con Lisa potenciaran mi avidez por Daniela. Las noches se agitaron y mis amaneceres se humedecieron de excitación.

8

> «El gran deseo que ahora te urge y quema,
> de que te diga qué es esto que ves,
> más me complace cuanto más intento;
> mas de esta agua es preciso que bebas
> antes que tanta sed en ti se sacie».
> De este modo me habló el sol de mis ojos.
>
> D. Alighieri, *La Divina Comedia*, Paraíso, Canto XXX

Tan solo un año antes vivía inmerso en mi desesperación sentimental, sufriendo el desamor de Ana Laura, pensando que nunca se disiparía la oscuridad que me aplastaba el corazón. Daniela, en un mes de verano, había hecho desaparecer huellas de antiguas lágrimas, había borrado por completo el recuerdo de mi primer amor. Más aún, creía —y en aquel entonces no me equivocaba— vivir la más maravillosa juventud.

Unos días antes de Navidad me llamó Daniela para decirme que esa tarde había una reunión con estudiantes del IAVA y no tendría tiempo de verme. Además, estaba preocupada por las noticias difundidas sobre un atentado al Club de Golf de Punta Carretas por un comando *tupamaro*. Se hablaba de varios heridos, aunque todavía no había ningún comunicado oficial al respecto. De paso quería invitarme a ir con ella unos días a Solymar, pasadas las fiestas, para «desintoxicarse» de tanta navidad y de tanta familia. Pensaba viajar el veintiséis por la mañana y le gustaría que la acompañase.

Ni lo dudé. ¡Claro que sí!

Sin responderle de inmediato, y así no demostrarle mi descomunal interés por estar con ella, le dije que lo pensaría.

El domingo en la mañana, después de haberle dicho a Lisa que me iba con unos amigos, dos o tres días a Solymar, preparé una mochila con un par de alpargatas, alguna ropa para cambiarme —dejando de lado las camisas que a Daniela le provocaban aversión ideológica— y un pulóver por si refrescaba en la noche; sin olvidar un birome, una libreta y un libro que me había prestado el «Indio» Curti.

—No te olvides que el viernes se termina el año y es tu «cumple» —me recordó Lisa.

Le di un beso, asegurándole que vendría a mitad de semana y en el año en curso. Ilusionado, agregué:

—Sabés que el fin de año lo pasamos en familia. Sería lindo si viniera «Cocona» también. (Ese año, al igual que el anterior, mi hermana no vendría para las fiestas. Creo recordar que a finales de 1969 fue la última vez que festejamos juntos el Año Nuevo en la casa de Juan Paullier. Desde ese entonces ella ya no regresaría más a Uruguay).

Colgué la mochila al hombro y calculé cuántos días serían «Vuelvo en dos o tres días». El corazón me incitó a medir mi ansiada estadía con Daniela en noches y amaneceres, en despertares y caricias, y que los momentos se volvieran condescendientes infinitudes.

El viaje del verano anterior, sentado entre la ventanilla y la manifestación física y emocional de Marcel, se había perdido en el tiempo, eclipsado por la presencia de Daniela, quien, reposada a mi lado, serenaba su alma como intuyendo mi compañía en los siguientes días… y noches.

Jubilosos bajamos del autobús como si estuviéramos camino al paraíso.

—Bienvenido a Solymar —me dijo, sonriente—. Estoy contenta de que hayas aceptado mi invitación.

La abracé y juntos caminamos las pocas cuadras hasta la casa. Casa que yo muy bien recordaba y que ahora quería olvidar, ocultarme a mí mismo el encuentro con Alfredo. Ella debería también de tener recuerdos de aquel día pasado con él. Era como si se hubieran contrarrestados los intentos de seducción; aunque el mío llegó a desarrollarse en íntimas horas vividas con Alfredo, pero eso ella no lo sabía —y nada iba yo a decirle—, que la verdad misma encontrase su momento y su propio camino.

Daniela abrió puertas y ventanas para airear la vivienda. Pasó revista a los víveres que había en la cocina. Enchufó la heladera y me propuso ir hasta el *boliche* y comprar algunas provisiones para la estadía.

Guardamos la compra, abrimos una botella de pomelo y nos tomamos dos grandes vasos del refresco. Luego nos fuimos, atravesando las dunas, hasta la orilla del mar. Sobre la mojada arena nos tumbamos. Mis ojos se detuvieron en la belleza de su cuerpo, deseándola. Ella, interrumpiendo el acercamiento, se levantó y me propuso ir al agua.

Con un poco de cortedad me quité la camiseta, me ajusté el bañador, y la acompañé a meternos en las cálidas aguas de aquel verano apenas comenzado y ya abrasador. El sol de pleno diciembre y las temperadas olas del Río de la Plata, que en ese punto de la costa comienza a entregarse a las aguas profundas del océano Atlántico perdiendo su dulzura, mojaron nuestros cuerpos e inquietaron nuestra sensualidad. Revivimos las caricias experimentadas el verano anterior en la playa Ramírez, esta vez con más ardor y exaltación. Los dos sabíamos que pasaríamos nuestra primera noche en completa libertad; y eso, en vez de inquietarnos, nos tranquilizaba. Al mismo tiempo nos enardecía, presintiendo el mutuo anhelo de estar juntos. Ambos creíamos leernos el pensamiento, mas actuábamos con cierta cautela como si en el fondo tuviéramos miedo de encontrarnos así, de un momento a otro, con todo el tiempo para entregarnos a nuestros arrebatos y deseos.

Dejamos el juego de olas y juveniles toqueteos y nos echamos sobre la toalla, abrazándonos enardecidos, sin poder evitar que nuestros cuerpos se pegotearan de arena.

Ella pasó la mano por mi rostro, limpiándolo.

—Hace demasiado calor, mejor vamos a la casa. Nos duchamos y hacemos algo para comer —propuso.

Ya en la casa Daniela enchufó el calefón, sacó dos toallas del armario, y me dijo:

—No es que tenga frío; sin embargo, prefiero ducharme con el agua por lo menos tibia.

—Yo también —contesté ante la deseable posibilidad de que fuera nuestra primera ducha en intimidad.

Ella, intuyendo mi intención, agregó:

—Andá poniendo la mesa mientras se calienta el agua. En aquel aparador tenés los platos, allá hay vasos…

Disimulé, por precaución, conocer ya algo de la casa. Y, contento y esperanzado, me entregué a la tarea pre-ducha-merienda.

—¿Te gustan unos tallarines con mantequilla y albahaca fresca?

—Sí. ¡Claro! Los voy haciendo, mientras te duchás —le dije, en tanto iba sondeando el terreno ante la posibilidad de compartir merienda y ducha.

—No; los hacemos juntos, comemos juntos y nos duchamos… —me contestó, interrumpiendo la frase.

Coloqué los platos y los cubiertos frente a frente sobre el mantel de hule. Fui hacia donde estaba Daniela y le serví los tallarines. Le acerqué el ramo de albahaca y la botella ya comenzada de pomelo. Merendamos con premura, no tanto por la incomodidad de la arena pegada a nuestra piel, sino —al menos en mi caso— para avanzar hacia la inminente dicha de abrazarnos y besarnos. Mas, sin perder la galantería le serví, como si de la sobremesa se tratara, del refresco en el vaso. Amabilidad a la que ella me correspondió con una caricia de su pie desnudo sobre mi pierna por debajo de la mesa.

En una esquina del baño, frente a una ventana que se abría al patio y a los árboles, la ducha. A la derecha de la puerta una vieja cómoda sobrellevaba un espejo ovalado con antiguas manchas de humedad. A su costado, sobre una silla de mimbre, un jarrón repleto de flores ya marchitas. Daniela abrió la canilla de la ducha, probó con la mano la temperatura del agua, se metió bajo la lluvia y extendió un brazo hacia mí.

—Vení —me dijo—, pero no te quites la ropa.

Mis ojos no dieron crédito a tanta belleza. El agua, que resbalaba sobre ella, dulcificaba sus pequeños senos a través de la camiseta mojada. El bikini negro —lejos de la infinidad del mar— realzaba aún más sus perfectas curvas. Como soñando mi gloria le agarré la mano y me dejé llevar a su lado, fundiéndonos en un ansiado abrazo. Nuestras extremidades se entrelazaron y nos besamos con ansias. Mis labios le recorrieron el cuello y sus dedos me acariciaron la espalda, como queriendo hincar sus uñas en mí. Deslizó las manos contoneando mi cuerpo y, a la altura de la cintura, las llevó hacia ella y bajó su bikini hasta poder, con la punta del pie, tirarlo fuera de la ducha. Repetí el procedimiento, me quité el bañador y me junté a ella. Daniela me agarró del pelo y dirigió mi boca hacia sus pechos. Con los labios, a través de la camiseta, le apreté su pezón; a continuación, los dejé resbalar hasta detenerlos sobre el vientre, rodeando su pequeño ombligo para seguir luego bajando hacia el *sur*. Levantó una pierna y la apoyó sobre el pretil de la ducha, abriendo su ardiente fruto al mutuo anhelo. Me sentía cautivo de su deseo y lo compartía con total placer, a pesar de que los granos de arena caídos al suelo de la ducha se hincaban en mis rodillas los ignoraba, aceptando ese castigo —aunque fuesen tachuelas de punta—.

Gateando desde sus piernas hacia su boca le fui rozando mi ávido miembro por la piel, buscando complacer aún más nuestras ganas. En el momento sublime, con un gesto dominante, se separó de mí y exclamó:

—¡Se terminó el agua caliente! ¡Y no seas tan impaciente!, todavía es de día. Además, no tenés puesto un preservativo y ni la consideración has tenido de preguntarme si tomo la píldora.

Ante tal aclaración mi convulsionado miembro se apaciguó, sin perder mi corazón la más mínima exaltación. Ella, previendo que el fuego en mí no sería fácil de atenuar estando tan junto el uno del otro, me propuso ir hasta la playa.

—Si vamos hasta las rocas podemos ver el atardecer y las luces de los barcos que pasan en la lejanía —me dijo—, y después venimos a casa y comemos ¡huevos fritos con papas fritas! Te gustan, ¿verdad?

Claro que a su lado me gustaba todo, pero mi apetito estaba muy lejos de los huevos fritos por muy ricos que estuvieran. La quería a ella, así tal cual estaba, con su cabello humedecido, con el *short* ciñendo su figura.

Me aplaqué. Luego de recapacitar sobre las eruditas charlas con el «Flaco» Eduardo, había aprendido a contenerme y a no pensar solo en mí. Así que, con un formidable esfuerzo, asentí a su proposición de ir hasta el mar, diciéndole de salir en seguida y aprovechar la luz del atardecer, calculando que cuanto antes fuéramos antes volveríamos. Faltaba todavía para la noche y ya no podía dilatar más el descubrimiento del anhelado tesoro. Otra vez atravesamos las dunas y continuamos caminando sobre la orilla hasta el final de la playa. Ante nosotros el Río de la Plata, iluminado por los últimos rayos de sol.

—Allá viene un barco, ¿lo ves? —y señalando con la mano agregó—: Y allá, de Montevideo, vienen otros dos, o más bien se van. Creo que se van más barcos de los que vienen, quiero decir que se va la gente, se van todos los días muchísimos uruguayos. ¿Te acordás?, antes Uruguay era un país de inmigrantes, hoy nadie quiere venir a la «Suiza de América». Uruguay se volvió un país de desterrados. ¿Quién se quiere quedar acá? Ya ves, hasta los suizos dicen que ellos no quieren llegar a ser el «Uruguay de Europa». Con tan mal ejemplo está claro que no quieran tener un gobierno de milicos como este.

Ignorando el horizonte y lo que por él podría desplazarse, así fueran naves piratas o ballenas de dos jorobas, me era imposible prestar atención si en aquellos barcos venían inmigrantes o se iban, todos mis sentidos estaban atrapados por esa bellísima mujer recostada a mi lado.

Las yemas de mis dedos acompañaron el ferviente derrotero de mis ojos y Daniela se dejó abrazar, respondiendo a mis caricias con tanto ardor que mi sexo parecía reventar el pantalón. Ella percibió mi jadeo, mi respiración alterada. Y, más por mesura que por piedad, se separó de mí y dijo:

—¡Es la hora de los piratas!, mejor nos vamos a casa y nos escondemos y yo..., yo te cuento un cuento.

Entramos a la casa acalorados. Empujé la puerta con la espalda, cerrándola, y la atraje hacia mí. Daniela metió las manos por debajo de mi camiseta, me refregó el pecho y apretó sus entrepiernas sobre mi pelvis. Como sintiendo mis latidos en la proximidad de su sexo exclamó:

—¡No te muevas! ¡Ya vengo! —Al instante apareció con un pañuelo negro. Con sagacidad vendó mis ojos, me asió por un brazo, me condujo a una habitación contigua y me empujó dentro—. ¡No mirés! —casi me ordenó, mientras abrazada a mí me hizo caminar marcha atrás.

—¡Si no puedo ver nada!

—Claro, ahora tenés miedo porque te llevo a mis imperios y caerás en los brazos de... ¡«Sandokana la Pirata»!

Pegados, cuerpo a cuerpo, caminamos torpemente hasta el borde de la cama que frenó nuestro andar.

—¡No mirés! —volvió a decirme, y yo a repetirle que no podía ver nada—. Mejor así. Y ahora mirá, me quito la camiseta y te saco la tuya, y ahora me saco el pantalón y... y te hago desear. ¡Eh! ¡No mirés!

—¡Que no puedo ver! Y no digas «mirá», si después me decís que no mire —le repliqué, siguiéndole el juego.

Daniela me quitó el pañuelo de los ojos. Agarró mi mano y se la llevó a sus pechos.

—¿Te gustan? —me dijo, y sin esperar repuesta agregó—: Ahora te voy a quitar tu vaquero. Te desabrocho el botón, te bajo el cierre y... ¡Ah! Vos tampoco tenés el calzoncillo puesto —exclamó divertida, y continuó desvistiéndome.

Sobre mi desnudez se esparció su desnudez. Giré de posición. Mi pecho se posicionó sobre sus senos, en tanto mi miembro se iba abriendo camino entre sus piernas y, justo a las puertas del cielo, me separó con los brazos para decirme:

—Primero quiero que me beses como lo hiciste bajo la ducha. Besás muy lindo, casi... como una mujer.

Mi deseo, a esas alturas, seguía incontrolable. Era irresistible soportar la inmediación de su sexo casi tocándose con el mío. Con esfuerzo volví a recapacitar en los consejos del «Flaco» Eduardo. Me contuve. Emprendí una retirada táctica, sabiendo que desandando el camino volvería otra vez a las puertas del paraíso.

Una vez en el regazo de Daniela me deleité con su frescura de veinte años.

Ese primer encuentro con tanta intimidad profundizó nuestra confianza y ambos nos entregamos, contentos y sin reparos, a experimentar nuevas pasiones en aquellas horas que transcurrían como minutos.

En la noche calurosa, nuestros cuerpos se sofocaban, se apartaban un instante y volvían a juntarse. Daniela pasó el dorso de la mano por mi rostro, me refregó la sábana sobre la piel mojada secando mi sudor. Me arrimé a ella, separé con los dedos sus cabellos y soplé sobre su traspirado pelo, refrescándola. Me volqué sobre la espalda y ella se giró hacia mí, reposó un brazo sobre mi pecho y sus ojos se detuvieron en los míos. La contemplación se tornó caricia, caricia que le recorrió la espalda por la sinuosidad de su columna bajando hasta su torneado trasero. Me asaltaron deseos de recorrerlo con los labios, de posar sobre él mis mejillas como si fuera una almohada de la más finísima seda, más suave aún que la piel de una aceituna madura. Daniela entornó los párpados y se entregó a la ensoñación de nuestra primera noche. Con la sábana le cubrí el dorso, como protegiendo su sueño y el mío.

Tal cual el viaje que se vuelve a disfrutar cuando lo rememoramos, reviví cada instante vivido con ella. Se repitió, sobre mis labios cautivos, el recuerdo de los húmedos roces de sus besos. Su sonrisa se apoderó del silencio y, tranquilizado mi corazón, me dormí a junto a ella.

Un leve soplo sobre la frente, que movió mis cabellos, y una caricia de sus dedos por mis labios me despertaron al nuevo día ya bastante entrada la mañana. Sin llegar a abrir del todo los ojos descubrí su rostro, cerré los párpados otra vez y ansioso esperé que se repitiera la caricia y el despertar. Daniela se sentó al borde de la cama.

—Daniel —me dijo—, tengo hecho el café… y ganas de verte. Te espero en el patio.

Desentorné los ojos. Contento, la observé caminar. Me levanté ágil, me puse el vaquero y la camiseta. En el cuarto de baño me lavé la cara y ordené mi pelo. Salí al patio. Ella sonrió, se acercó a mí y me dio un beso. Sirvió el café y me arrimó el azucarero a la mano, acariciándola. Caricia sobre la piel que percibí con enorme agrado.

Mientras traspasaba el azúcar a mi taza revivieron en mí los recuerdos del desayuno del verano anterior, cuando Alfredo, con mirada provocativa, chupó la cucharita del café y me la entregó rozando mis dedos. Por un instante intercambié la presencia de Daniela por la de Alfredo. Me pregunté, o más bien, comparé los dos escenarios vividos. ¿Fueron los seductores roces de una igual o parecida intensidad, atracción, o goce? Sí y no. Los percibía diferentes.

La belleza de Daniela era otra, era la belleza de una mujer. Belleza que me cautivaba, me seducía, me enamoraba. Sus besos eran besos de mujer. Su cuerpo tenía, ¿cómo decirlo?, otras sinuosidades; por ejemplo, me seducía verla con los ajustados vaqueros cuando de pie frente a mí dejaba traslucir, entre la conjunción de sus piernas, esa tenue rendija casi ovalada —como un pequeño túnel con forma de una gota que cae en sentido inverso— y divisaba la luz que estaba detrás de ella, sintiéndome el pibe más afortunado del mundo. Sus caricias las sentía más completas, como que me llegaban más profundo, que estaban más próximas a la naturaleza de mi romántica manera de enamorarme. Las caricias de Alfredo parecían ir directo a mi avidez, provocando que solo imperasen las ganas de saciar mi apetito. Cerré los ojos y traje ante mí su imagen, desnudo en la cama. A su lado proyecté el cuerpo de Daniela. ¿Cuál me gustaba más? Innecesaria pregunta: todo mi ser caía cautivado ante ella, pero... la conciencia, la inoportuna voz de la conciencia:

«Imaginate que Daniela se va a la playa y vos te quedarás esas horas con Alfredo. ¿No te atraía tanto? ¿O ya lo olvidaste?».

—¡Pará! Son cosas diferentes.

«Serán. Pero aun así él te acaricia con las mismas ganas que ella, y tendrás que reconocer que eso te seduce. No podés ir contra tu obsesión sexual».

—Sos vos que me estás provocando...

«Sos vos que no podés cambiar. Ya tenés una erección tan solo de pensarlo».

—¡Claro que no puedo contener mi deseo! Pero no me pidas ahora que me acueste con Alfredo. Quizás hace un mes atrás...

«O en un futuro próximo...».

—¡Callate!

«¿Y por qué no una relación a tres? Podés acostarte con ella y con él a la vez. No tiene nada de malo. ¿No te parece?».

—¡Dejame tranquilo! Ya tengo bastante con llevarte conmigo igual que a mi sombra. ¡No entendés que estoy enamorado!

El recuerdo de Alfredo se fue diluyendo, se fue tornando en un recuerdo de un pibe a quien hoy lo estimo como a un amigo y como tal quiero conservarlo y respetarlo.

La presencia de Daniela junto a mí tranquilizó mi imaginación. Me levanté, arranqué una flor y se la dejé al lado de la taza preguntándole si quería otro café. Me lo agradeció y me pidió que me sentara a su lado.

—¿Sabés? —comenzó—, me siento contenta; bueno, no es esa la palabra. Dejame buscarla. ¿Qué palabra hay que exprese todo lo que en este momento siento por vos? ¿Decir que soy feliz? Sí, lo soy. Aunque es mucho más que eso… —tras una pausa, agregó—: No es la primera vez que me voy a la cama con un hombre; sin embargo, contigo ha sido distinto. ¿Será que cada vez que hacemos el amor lo vamos apreciando mejor? ¿Que perdemos miedos y ganamos confianza, confianza en nosotras mismas y en los demás? ¿Será que cada pibe sabe hacerlo de otra manera? Sí. Vos lo hacés diferente a los otros pibes que he conocido, porque sos distinto. Me ha gustado tu forma de conquistarme, la paciencia que has tenido; porque recuerdo nuestros primeros encuentros. La verdad que muchas veces te hice soportar mi mal humor y vos te mostraste comprensivo y tolerante. Y por otro lado, ¡qué sorpresa! Cuando te conocí pensaba otra cosa de vos, no podía imaginar que con tus «antecedentes»… Una vez te dije que no sabía cómo tratarte, si como a un amigo o como a una amiga. Me gusta tu delicadeza, tiene un toque femenino y a la vez una sensualidad masculina. Me gusta tu empatía, sos sincero y me irradiás confianza. Me alegro de que seas mi amigo.

—Se levantó, me rodeó el cuello, y agregó—: Ya te declaré mi amor. Ahora vamos un rato a la playa, pero primero quiero escuchar si hay alguna noticia nueva… Igual que siempre —dijo después de sintonizar la radio—, todas las noticias censuradas. Del ataque al Club de Golf me enteré el otro día que fueron seis *tupamaros*, entre ellos una mujer, que prendieron fuego a la sede y dinamitaron el campo con sus agujeritos y banderitas. Así que el personal de la embajada gringa no podrá ir a divertirse con ese idiotismo de meter una bola en un hoyo, pegándole con ese barrote retorcido. Además, tienen que tener un peón que cargue con sus implementos. Allá en Estados Unidos son los negros que, como esclavos, los acompañan llevando el carrito. ¡Porque hay que ser imbécil para jugar al golf!

La miré con un gesto de afirmación:

—La verdad que sí. A mí todo eso de correr detrás de una pelota qué querés que te diga. Además, cada vez que el gobierno quiere ocultar algo se inventan los eventos deportivos y la gente llena el estadio y no les importa que aparezcan gente torturada flotando en el mar o tirada por el arroyo Miguelete…

—O se inventan eso del patriotismo y de que los milicos argentinos nos quieren quitar la islita de Martín García, y mirá «si entre fantasmas se van a pisar la sábana» —secundó Daniela.

A pleno sol del mediodía no aguantamos mucho en la playa y nos metimos al agua, aprovechando para jugar y toquetearnos entre las olas. Con la piel mojada corrimos hacia la casa, donde sabíamos que podíamos refugiarnos del calor y de miradas indiscretas, teniendo la libertad de dejar a nuestros cuerpos obrar por sí mismos.

Su brazo recogido sobre el pecho, como conteniendo los latidos ya aliviados de su orgasmo; la mano izquierda reposando entre los labios de su húmedo sexo plasmaban el armonioso contorno de sus formas. Con la luz de la tarde iluminando la habitación la observaba maravillado de su belleza.

Pasaba el segundo día con Daniela vivido a tiempo completo. A pesar de la profunda intimidad con que nuestros cuerpos y mentes se entregaban, se amaban y se compenetraban, no había timidez ni desconfianza en nuestros acercamientos; todo lo contrario, era el fruto de un romance comenzado casi un año antes que, poco a poco, con sus alegrías y sus sinsabores, se había ido trasformando en un amor pasional. Pasión que nos enardecía y nos liaba como a locos amantes, siendo nuestros corazones casi adolescentes. Su mirada me arrebataba toda la incertidumbre existencial, serenaba mi ser, exaltaba mi corazón y me abría las puertas a la felicidad.

Al anochecer, después de comer un huevo frito sobre tallarines esparcidos con hojas de albahaca y mucho queso rallado —menú por mí sugerido, y por mi bella amiga, un poco a regañadientes, aceptado—, le ofrecí de postre un *Martín Fierro*.

—No tenemos queso —me indicó.

—Entonces… solo dulce de membrillo —le propuse, con gesto de autosuficiencia.

—Si te ponés guantes blancos y gorro de cocinero y me lo servís en una bandeja, y con una genuflexión te inclinás ante mí y me tratás como a una emperatriz, lo consentiría. ¡Ah!, y no te olvides que al retirarte no podés darme la espalda, tenés que alejarte agachándote y caminando para atrás, como los sirvientes del Shah de Persia.

—Vuestros deseos son una orden, Majestad.

—¡Mi Majestad! —corrigió con autoridad.

—Mi Majestad —le respondí.

—¡Mejor así! Inclinate un poco más, igual que un obediente lacayo.

—¡Eh! ¡No te pases! Además, no tengo guantes blancos, ni gorro, ni…

—Un poco de imaginación tendrás.

—Enseguida vuelvo «mi» Majestad —contesté y, haciendo una exagerada reverencia, caminé marcha atrás y entré en la casa.

Busqué el pañuelo negro —prenda que ya había cumplido íntimos usos— y me lo sujeté sobre la cabeza, luego corté tres cachos de dulce de membrillo, los puse sobre la tapa de una olla, metí las manos en el tarro de la harina y regresé al patio.

—Te merecés un beso —me dijo, risueña.

—¿Solo uno?

—No; todos lo que yo quiera, por algo soy el Shah. Y ahora dame el postre, sin tocarlo con tus manos enharinadas.

Metí un trocito de membrillo en la boca, me incliné hacia ella y se lo entregué con un beso.

—Falta algo —dijo con amembrillados labios—, falta el vino francés que el «semidiós», vasallo de Estados Unidos, ofreció a sus amos occidentales por la friolera —dicen— de cien dólares por botella y el pueblo que tome agua, como los camellos. Sobre alguien, sobre los pobres, por supuesto, tenía que repercutir el costo de la degenerada y fachosa celebración de los dos mil quinientos años de «su» imperio. Ya vas a ver, un día no muy lejano, ese tirano va a caer, lo van a hacer caer a la fuerza. ¿No te parece que una dinastía de veinticinco siglos es un disparate?, y más teniendo en cuenta que fue Estados Unidos quien lo llevó al trono tras el golpe de Estado. Mirá cómo cayó el rey Idris, también vasallo de los norteamericanos, cuando hace apenas dos años Gadafi, siguiendo la línea panarabista de Nasser, encabezó la revuelta militar y abolió la monarquía impuesta por Occidente.

—Mejor sería que cayeran primero los gorilas que han dado el golpe de Estado en Brasil, a esos los tenemos más cerca. Y ya ves lo afín a la dictadura brasileña que es Bordaberry, al que en apenas dos meses lo tendremos de presidente.

—No me hagas ni pensarlo, este va a seguir la misma línea represora, o peor aún, que Pacheco Areco. Aunque el Frente Amplio se presente como tercera fuerza política creo que estamos todavía muy lejos de la Unidad Popular de Allende. No obstante, por otro lado, dentro de la propia Unidad Popular surgen las diferencias entre quienes consideran la vía democrática para instaurar una república socialista en Chile y los que están por una radicalización de las medidas a tomar por el gobierno: no nacionalizar pagando indemnizaciones, sino expropiar sin rodeos constitucionalistas. Claro que ya se percibe el riesgo de marchar hacia una sociedad socialista y a Estados Unidos no le ha gustado nada perder las minas de cobre, y estos yanquis no se van a quedar con las manos cruzadas. Así que contrastando el desarrollo de las elecciones no sé si va a ser una alternativa a nuestros ideales revolucionarios. Hasta el MLN ha tenido sus reservas a la hora de apoyar, sin más, al Frente Amplio por el objetivo inmediato, de este, de presentarse como partido político en las elecciones.

—Aun así, no podemos olvidar que han logrado movilizar más gente que cualquier otro partido político. Y lo más importante: que ha unido a gente de izquierdas.

—Es cierto —dijo Daniela—, pero aun así el Frente Amplio debería ser capaz de movilizar a las corrientes populares por la libertad de los presos políticos, por la eliminación de las Medidas Prontas de Seguridad y el cese de la represión; quiero decirte que no debería quedarse solo con la esperanza de ganar el poder por las elecciones.

—Sí, ya te dije que me «jode» que dentro de la coalición haya socialdemócratas. Tengo esperanzas de que en el futuro se decante por una línea socialista.

—Yo también la tengo, pero los ricos y los dueños del país no van a entregar sus privilegios por las buenas. Y sin una reforma agraria —pero una de verdad— seguirán los latifundios en manos de pocas familias y la pobreza será, igual que siempre, compañera de la gente del campo. En un futuro no muy lejano sabremos si la lucha armada está equivocada o si serán los socialdemócratas quienes tienen razón. Un día alguien dirá, casi como una profecía: «A la política se sube por la izquierda y se baja por la derecha».

—¿Y quién lo dirá?

—No me hagas caso, lo comento por si alguna vez alguien lo dijera (¡y lo dirá!, sé que lo dirá), para que veas las contradicciones de quienes sostienen defender una causa y luego hacen lo contrario afirmando que están haciendo lo opuesto.

—No entendí nada, Daniela.

—Mejor así. No te hagas mala sangre ahora. ¿Venís un rato al patio?, todavía hace calor.

Encantado asentí a su proposición y me senté junto a ella sobre el banco de madera.

—Voy a buscar un «espiral» —me dijo— que nos van a comer los mosquitos. —Y agregó, traviesa —: ¿Querés un vaso con pomelo?, «vino de cien dólares» no tengo.

Se sonrió. Prendió el espiral y lo puso sobre la mesa.

—¿Nunca fumaste? —me preguntó, mientras sus dedos sacudían la llama del fósforo hasta apagarla.

—Una vez, de chiquilín, agarré un *pucho* de la calle y me lo metí en la boca y mi tío dijo que eso es cosa de mayores, que los *gurises* que juegan con fuego se orinan en la cama. Y una que otra vez probé alguna pitada de los cigarros que fumaba el Daniel y…

—¡¿Tenés un amigo que se llama igual que vos… y que yo?!

—Sí, el Daniel Liber. De ahí saqué mi falso nombre, el que le dije a tu hermano y a tu madre.

—Y a mí.

—Sí. Aunque vos sabías desde un principio que no era mi nombre verdadero.

Ella me miró con un poco de compasión y agregó un apagado:

—Sí. Lástima que no es tu nombre verdadero. Por lo menos te inventaste un lindo nombre, porque llamarte Edison, qué querés que te diga…

La observé un poco confuso. En qué momento le había dicho mi verdadero nombre. No recordaba cuándo ni dónde se lo podría haber dicho. A veces me era un poco rara esta *gurisa* que siempre iba anticipada en el tiempo, dando la sensación de que se adelantaba a los hechos y además era una sabelotodo. ¿Sería la intuición femenina?

Al amparo de las estrellas y del «espiral» espanta mosquitos me recliné sobre el banco de madera. Daniela se acostó a mi lado, reposando su cabeza en mis piernas. Levantó los ojos hacia mí y dijo:

—¡Mirá!, la emperatriz a tus pies. Ahora soy yo quien tiene que mirar hacia arriba, pero no te pongas engreído desde esas celestiales alturas y contame de tu amigo Daniel.

—Con el «Lagarto», como le dicen allá en el barrio, nos conocemos desde que teníamos nueve años. Llegó con sus padres a Paso de los Toros, justo después de las inundaciones de 1959, y vinieron a vivir enfrente de mi casa. Nos hicimos amigos desde el primer día.

—¿Y qué hace Daniel?

—Trabaja en UTE. El año pasado vino a Montevideo a hacer rehabilitación porque se desgarró los tendones de un brazo. Se quedó todo un mes en mi casa. Al estar mi hermano todavía en Australia compartimos la habitación. Como lo trasladaron a Paysandú me dijo que si voy a verlo puedo quedarme en su casa.

—¿Pensás irte a Paysandú?

—Me gustaría verlo de nuevo. Hemos sido muy buenos compañeros, si bien ya en la adolescencia nuestros caminos se fueron separando. Él dejó el liceo y comenzó a trabajar, y yo empecé a tener más amistad con el Pedro Callaba Píriz.

—¿Y quién es el Pedro Callaba Pi...?

—Píriz. Un amigo de la infancia que vivía a la vuelta de mi casa. Fuimos juntos al liceo. Es un pibe fenomenal. Lástima que a su padre lo mataron igual que al mío, le pegaron un tiro. Tenían el mejor taller mecánico de Paso de los Toros. Al morir el padre vendieron todo y se vinieron para acá, a finales de 1968, como yo...

—Un día de estos me tenés que contar de tu familia. Y al Pedro, ¿lo seguís viendo?

—Sí, hemos salido muchas veces a dar una vuelta por el centro. Aunque ya hace meses que no lo veo. Estuvo yendo al Liceo Zorrilla y ahora trabaja en FUNSA. La última vez que lo vi me presentó a su novia. Me dijo que se llama Griselda, pero estoy seguro que no es su verdadero nombre. Él anda muy metido en el sindicato y en la militancia política...

—¿Está en el grupo de los maoístas?

—No lo sé. El Pedro es muy reservado en ciertos temas... ¿Y vos?

—¿Yo?; siempre seré marxista.

—Quiero decir si tenés muchos amigos.

—Muchos, no. Más bien pocos. Tengo una amiga que se llama Gabi, nos conocemos desde que teníamos diez años. Una amistad por ciclos, estuvimos juntas en quinto y sexto de la escuela. Después ella fue al Liceo Dámaso Larrañaga y los dos últimos años estuvimos otra vez compartiendo clase en el Miranda y ahora nos veremos en el IAVA. Comenzó preparatorio el año pasado, quiere hacer Periodismo como yo. Nos vemos todas las semanas en las reuniones de la Federación de Estudiantes. Hace poco le hablé de vos. Un día de estos nos encontramos con ella, así la conocés. ¿Te parece?

—Sí. Me gustaría.

—Y ahora decime, ¿sabés bailar? Alguna virtud tendrás. Digo yo.

—En Paso de los Toros iba a los bailes. Si bien, la verdad sea dicha, soy un poco patadura para bailar. Y acá, he ido a algún bailable en casa de unas amigas en Malvín. Que me invitan, ponen el tocadiscos en el patio y... ¡y en qué apuro que me ponen!, porque yo eso del twist, nada de nada.

—¿Bailable?, decís, se nota que sos paisano. Un día de estos vamos juntos a algún «bailable», y si no sabés, aprendés conmigo. Mañana probamos con Roberto Carlos, no te va a ser difícil. —Hizo una pausa y prosiguió—: Y ya que estamos con el brasileño nos llevamos ahora el radiocasete a la habitación y vos elegís qué canción te gustaría aprender a bailar, porque ya se consumió el espiral y los mosquitos se están poniendo insoportables. ¡Dale!, vámonos a la casa.

La propuesta me pareció la más indicada para meternos en nuestra segunda noche, noche que nos prometía envolvernos en nuestra deseada intimidad.

Me despertó el cosquilleo de su pelo en mi cara, fruncí el entrecejo y, aún adormecido, atiné a rozar mi nariz por su cara. Daniela entreabrió los párpados y estiró con pesadez una mano hasta tocarme.

—Dale, levantate… que ya debe de ser tardísimo —murmuró—. Quiero que hagas un café y algo de comer.

Refregué los ojos, sacudí mi pelambre, y me quedé pensando, sin decir nada, hasta que ella repitió la demanda. Me recosté en el cabecero de la cama. Más somnoliento que distraído le propuse traerle café y, de almuerzo, hacer tallarines con albahaca. Sugerencia que fue rechazada con una mirada de censura e incomodidad.

—¡Si ayer comimos lo mismo! —protestó, empujándome con los brazos.

—Entonces con orégano o… con perejil —volví a sugerir, no muy convencido de su aceptación.

—¿Me lo decís en serio? ¿No sabés cocinar?

—La verdad que no. Tampoco he tenido la necesidad de comer mucho.

—No te justifiques, eso no es un argumento. Lo que pasa es que sos como mi hermano, igual que todos los hombres: ¡que cocine tu madre y ya está!

—No tengo madre…

—¡No seas infantil! Eso no es una respuesta ni una excusa. No sabés cocinar porque sos pibe y como pibe pertenecés al club de los hombres y, ¡claro!, ¡que las mujeres lo hagan todo! Y después decís que querés cambiar el mundo.

—De verdad que no soy así. No sé cocinar y te soy sincero; pero qué puedo hacer si hasta los diecisiete años he comido nada más que chuletitas de cordero fritas, huevos fritos, papas fritas… y pará de contar.

—Menos mal que te fuiste del pueblo, porque si no… —dijo, frunciendo la frente—. Vení, levantate. Ayudame y cocinamos juntos, así aprendés algo.

Ese mediodía almorzamos arroz con verduras hervidas, elaboración que ella me fue explicando paso a paso, rematándola con un: «mañana cocinás vos».

—Ahora hace mucho calor para ir a la playa, mejor nos quedamos bajo los árboles. Aquel es mi sitio —me indicó con fingida autoridad—. Traje dos libros, si querés te dejo uno.

—Yo también traje uno.

—¿Qué libro trajiste?

Saqué de la mochila el libro que me había prestado el «Indio» y se lo mostré: *Teoría de la guerra de guerrillas*, de Mao.

—¿Y por qué leés eso?

—Me lo recomendó un amigo; dice que es necesario informarme de qué va la cosa, porque los tiempos que se nos vienen van a ser de lucha y…

—No me parece mal; sin embargo, creo que el librito del Che: *La guerra de guerrillas* se adapta mejor a las condiciones sudamericanas; además, es más fácil de leer. ¿Es tu amigo maoísta?

—Sí. Lo conozco del local donde nos reunimos, está cerca de tu casa.

—Deberías tener cuidado, no te comprometas mucho. Cuanto menos sepas de los militantes, mejor.

Noté un poco de intranquilidad en su gesto.

—No te preocupes —dije—, estoy en el Partido Socialista y no milito en ningún grupo.

Apartándome del tema le pregunté qué libros había traído.

Daniela entró a la casa y volvió con dos ejemplares, indicándome: *Los condenados de la tierra* y *La tregua*.

—Este es para entender mejor la causa revolucionaria —me dijo—, y con este otro enriquezco mis pasiones.

—El de Benedetti lo conozco, aunque no lo he leído. El otro libro no me suena para nada.

—Tomá, te presto a Benedetti, va más con tu manera de ser. A Frantz Fanon ya tendrás tiempo de leerlo.

La calurosa tarde la pasamos a la sombra, descansando en las hamacas. Me introduje en la lectura de *La tregua*. Pero ¿cómo esa *gurisa*, tan jovencita, se enamora de este tipo que ya va a cumplir los cincuenta?, era la incertidumbre que revoloteaba en mi cabeza. ¿No me dijo el verano pasado aquella piba de Las Piedras que le gustaban los tipos maduros? ¿Pensará Daniela igual que Avellaneda? Miré a mi atractiva amante, cerré los ojos y reflexioné. Me levanté y me acerqué a su lado. Apoyando los brazos sobre el borde de la hamaca le propuse pasar por el *boliche* para comprar un helado e ir hasta la playa. Ella, como oyéndome antes de que hablase, respondió:

—A mí de chocolate.

En la terracita del bar nos sentamos sobre el muro, frente al mar. El calor de la tarde nos hizo chupar apresurados nuestros cambiantes contenidos de sólidos a chorreantes líquidos. Daniela tocó mis labios con pegajosos dedos y me dijo:

—Si te doy un beso con gusto a chocolate me prometés que te quedás hasta el jueves.

—El jueves se termina el año y...

—No. Se termina el viernes, que es treinta y uno y...

—... y es mi cumpleaños.

—¡Tu cumpleaños! ¿Cómo se te ocurre nacer justo el último día?

—Parece ser que el otoño de aquel año fue muy lluvioso...

—¡Ah!... Entiendo...

Atravesamos las dunas, tiramos nuestras ropas sobre la toalla y corrimos al agua. Refrescados, salimos a caminar por la orilla pisando la arena y jugando a quién dejaba la huella más profunda. Al llegar a las rocas nos sentamos muy juntos contemplando el horizonte, ignorantes de lo que había más allá de la curvatura del mar.

—¿Sabés, Daniela?, pienso que un día me iré...

—¿A dónde?

—Todavía no lo sé.

—¿Cuándo?

—Tampoco lo sé.

—¿Y por qué querés irte? Si nos vamos todos los uruguayos se quedará el país lleno de milicos y sus dueños estarán a sus anchas. ¿Te imaginás?, no habrá nadie que intente cambiar al gobierno y los ricos se harán más poderosos, porque quienes se van son en su mayoría gente joven y capacitada. Quedarán los pobres para sirvientes de los ricos, como siempre.

—¿Qué puedo hacer? Intenté irme a vivir a Buenos Aires y no resultó.

—Pero vos tenés un trabajo con tu hermano.

—El taller no da para más. La gente ya no arregla los televisores, sino que se compran uno nuevo, de esos que vienen del Japón. Hasta el año pasado el negocio fue bien. Ahora ya no tenemos clientes. Ya ves que tuve que dejar las prácticas de vuelo. Además, la relación con mis padres adoptivos se me hace cada vez más difícil; no por ella, sino por él. No le gusta que yo sea tan consentido. Dice que no hago nada útil por mí mismo. Desde que se compró una casa en Malvín y la está reformando me lleva a mí para que lo ayude y me tiene todo el día cargando carretillas de arena y cemento. No sé hasta cuando…

—Sí, tu situación es un poco incierta en cuanto a que no tenés un sitio fijo, quiero decir que deberías independizarte. Claro que sin un trabajo es más complicado. ¿Tenés más familia en Montevideo?

—No. En Paso de los Toros, sí; y una tía en Guichón. Pero ellos también tienen sus familias y, la verdad, no me queda otra alternativa que seguir acá. Aunque tengo unas primas que están en Paysandú vendiendo libros…

—¿Tienen una librería?

—No. Venden libros a plazos, por las casas. Me propusieron la idea de vender con ellas…

—¿Querés decir que te vas para Paysandú? —preguntó, con cierta decepción en la mirada.

—He pensado que después del verano podría ir y ver qué pasa. Una tía, por parte de mi madre, es estanciera y tiene campos en Guichón. Sus hijos, ya adultos, no han sido capaces de conservar el patrimonio. Solo el mayor de ellos mantiene los campos que heredó al morir el primer marido de mi tía; los otros dos no han sabido qué hacer con esa fortuna caída del cielo. Y mi tía… sí que me quiere, pero no se va a encargar de mí. Y cuando ella muera no me va a tocar ni un *mango* de herencia. Así que nada de nada. Y en mi pueblo tampoco tengo posibilidades de buscarme la vida. Hace dos años pensábamos irnos a Australia…

—¿Quiénes pensaban irse?

—Mis hermanos y yo. Al final Luis sí se fue a Australia. No aguantó ni un año y se volvió para Montevideo. Mi hermana, la «Cocona», se casó y se quedó en Buenos Aires.

Daniela se giró hacia mí.

—Me gustaría ayudarte. ¿De qué forma? —me dijo, pensativa. Luego sonrió y agregó—: Cuando me reciba de periodista y trabaje para los diarios más importantes del mundo te venís conmigo, voy a necesitar un ayudante que me cambie el carrete de la máquina de escribir. —Disipada su sonrisa, añadió—: Quiero ayudarte. Si estás en apuros, quiero decir si necesitás plata, podría preguntarle a mi hermano, quizás en la peluquería...

—¿Qué voy a hacer en una peluquería? Gracias, prefiero preguntarle al judío Boris, con quien trabajé unos meses el invierno pasado armando televisores. Es un tipo macanudo.

—Mientras no sea un sionista.

—No, no creo que sea un sionista. Es polaco, habla de «che y vos» y vive solo con su hermana en una casa grandísima. En el taller nos pone música de jazz para trabajar y...

—¿Y a Zitarrosa y a Viglietti? No estaría mal que los pusieses. Y ahora, en serio, pienso que preguntarle a él es la mejor alternativa. Dale, andá la próxima semana. No esperés.

—¿El próximo año querrás decir?

—Sí. Además, ya podés ir con tu mayoría de edad recién estrenada. Y hablando de cumpleaños me gustaría hacerte un regalo. Creo que ya sé qué puedo regalarte.

La miré impaciente.

—Es una sorpresa —me dijo—, tenés que esperar hasta fin de año. ¡Ah!, mi padre viene el jueves y se queda unos días con nosotras. Me gustaría que vos y él se conocieran. Le vas a caer bien. Y ahora, dale, vamos a bañarnos.

A mí me encantaba ver a Daniela salir del agua con la camiseta pegada al torso, marcando los pequeños y firmes senos y aplaudía su determinación de no ponerse sujetador. «Para qué ponerse esa incomodísima prenda —decía—. Si tuviera unos pechos como la Isabelita Sarli. ¡Te imaginás! Pero así, mirame. ¿Lo necesito? Quizás cuando tenga cuarenta años».

—Dicen que en Europa hay cantidad de playas nudistas. Vos… ¿te meterías desnuda al agua? A mí creo que me daría vergüenza, no sé.

—Creo que depende de qué gente haya en la playa, si son todos tipos mayores y además feos, creo que no. Si fueran… —dudó un instante—, creo que tampoco. Aunque no me desagrada que me miren y me digan piropos; pero, por lo general, se les va la mano y acaban diciéndote una grosería. Podría ser al revés. Una vez, en la playa de Malvín, una piba le dijo a otro pibe que pasaba a su lado: «¡Sos una bomba, flaco!». El pibe —que estaba rebueno— se sonrió, giró la cara hacia ella y siguió caminando de espaldas hasta que se llevó una sombrilla por delante. Estoy segura de que jamás se va a olvidar de piropo tan inusual.

—A mí me han dicho algunos…

—No me extraña. ¿Y quién te lo ha dicho? ¡¿No sería un pibe?!

—No, era una piba. Cuando estuve yendo a la Academia Aguirre, en Pocitos…

—¿Y a qué ibas a una academia? —me interrumpió.

—A aprender matemáticas para el examen de ingreso a la Escuela Militar. Como te conté antes, no lo aprobé, sin embargo, seguí yendo al instituto.

—¿Y para qué?, si ya te habían eliminado.

—Para aprender mecanografía.

—¡¿Cómo que mecanografía?!

—Mejor no preguntes. La cuestión que en el curso había solo muchachas. Yo era el único pibe. Y una de ellas no me quitaba el ojo de encima y siempre quería sentarse muy apretada a mí. Una tarde, al finalizar la clase, bajando las escaleras, se acercó y me dijo: «¡Te comería a besos!».

—¡¿Y vos?!

—Dejé que me diera un beso delante de los alumnos y le pregunté si la podía acompañar. Vivía lejísimo, por Piedras Blancas. Así que la acompañé hasta cerca de su casa, andando muy despacio para alargar el camino y estirar el tiempo. Y cuando le quise retribuir el beso con creces, dijo que se le hacía tarde y tenía que irse. A partir de ahí ya no quiso compartir pupitre conmigo. Creo que yo no cumplía sus expectativas; quiero decir que no fui lo bastante osado, y al final me pasó lo que me pasó con Ana Laura.

—¡¿Y quién es Ana Laura?! —exclamó—. ¡Está bien! ¡No me cuentes nada! Mirá, allá viene un helicóptero hacia la costa y a mí esos aparatos no me gustan nada. Son de los milicos. Acordate del mes pasado cuando se estrellaron en la playa de Pocitos.

—Sí. Chocaron en el aire. Vi las fotos en el diario. Un helicóptero levantó un Jeep y al instante se vino abajo, justo donde estaba la gente.

—Sí. Esa es la chatarra militar que nos da Estados Unidos en el marco de la Alianza para el Progreso. Será para el «progreso» de ellos. Además, el gobierno los pagó como si fueran nuevos y eran de la guerra de Corea. ¡A qué vienen a hacer exhibiciones —protestó— si después los usan para reprimir al pueblo! Mejor nos vamos a la casa que ya es tarde.

La noche nos concedía su intimidad, creando para nuestros enardecidos corazones una isla de placeres, rodeada de mil deseos, que ella y yo queríamos experimentar hasta el infinito.

Daniela, desnuda en todo su encanto, tendida a mi lado, alzó los ojos y me dijo:

—Creo que tengo hambre...

—Pienso que la pirata se merece un festín.

Ató el pañuelo negro sobre su frente, levantó el puño en alto y, con traviesa mirada, gritó—: ¡Al abordaje! Le hacemos un asalto a la cocina y nos apoderamos de todo lo que caiga en nuestro poder. ¡Sin clemencia, bucanero!

Mesa por medio nos sentamos. Estiré mi pie desnudo y la acaricié. Señal a la cual respondió bajando la mano hacia la entrepierna. Luego la subió hacia los labios y dijo:

—Tengo tu sabor en mí. —Llevando la yema de su dedo a mi boca, agregó—: Probalo.

Lo relamí. Entrecerré los párpados y me dejé llevar por un lujurioso ensueño.

—¡Daniel! —exclamó de pronto—. Soy la princesa secuestrada por los malvados piratas. ¡Liberame! y mis nobles y poderosos padres pagarán en oro mi rescate. Además, si vos lo exigieras, podría ser tu esclava y... ¡Pará! No te lo tomés en serio que es una broma, ni mis padres son acaudalados ni yo soy tan fácil de entregarme; claro que vos podrías conquistarme si...

Atravesé por debajo de la mesa, llegué a su lado y la besé.

—¡Me vas a dejar sin labios! —protestó, para luego, tras un instante, desdecirse —: ¡No! ¡No me hagas caso!

Repleto de júbilo la besé otra vez. Y ella, como abrumada, volvió a aplacarme:

—¡Déjame respirar! Vení, vamos a lavar los platos.

Abrió la canilla y dejó correr el agua. Me guiñó un ojo y la volvió a cerrar. Se secó las manos dejándolas resbalar por las caderas. Con la mirada puesta en mí vaciló un instante y se contradijo otra vez:

—No limpies los platos ahora, dejá todo sobre la cocina, mañana lo hacemos. Voy a lavarme un poco y te espero en la cama.

En la penumbra de la habitación la sábana traslucía su silueta. Boca abajo, con el mentón apoyado sobre los brazos cruzados, Daniela permanecía inmóvil.

Sin hacer ruido me acerqué y la observé. Ella abrió los ojos y sonrió.

—Te esperaba —susurró.

Complacido me tendí junto a ella y deslicé la mano sobre su cuerpo. Desde los cabellos descendí, acariciándole por encima del lienzo la espalda, contoneándole la cadera y deteniéndome seducido sobre su trasero. ¡Qué linda es! ¡La besaría ya! Pero... ¿Por qué me dijo que beso como una mujer?

—¿Por qué sabés como besa una mujer? —le pregunté, un poco confundido.

—No me hagas caso, a veces digo cosas por decir nomás. Olvídalo. Vení y dejame sentirte.

Daniela se giró, con una mano apartó la sábana y con la otra abrió sus piernas al común deseo. Con mi nariz acariciando su piel fui deslizándome por su pecho, surcando su vientre y bajando hacia sus entrepiernas. Ella presionó mi nuca hasta que mis labios rozaron sus húmedos labios y mi lengua rodeó su clítoris, deleitándome como se deleita la lengua lamiendo la concavidad del medio melocotón en almíbar, para luego sumergirme, deseoso, dentro de su sexo.

Rodeé sus mejillas con las manos y ambos nos dejamos ir en ese maravilloso viaje, descubriendo, cada uno, entre suspiros y clamores, las sedes del otro

9

> Ahora dudas, y dudando guardas silencio;
> pero yo soltaré las fuertes ligaduras
> con que te estrechan tus sutiles pensamientos.
>
> D. Alighieri, *La Divina Comedia*, Paraíso, Canto XXXII

Sobre la mesa del patio puse la jarra con café, el pan tostado, la mantequilla y una flor junto a su plato. Contento, y a la vez impaciente, fui a despertarla.

Daniela, somnolienta, entreabrió los ojos.

—Primero un beso —me pidió—; si no, no me levanto.

—Se te enfría el café, entonces.

—No me importa. ¡Quiero mi beso! —exclamó y tiró de mí hasta hacerme caer sobre ella.

Nos besamos como locos adolescentes aunque estuviéramos ya a las puertas de nuestra juventud. Me introduje entre sus piernas y me maravillé con la primera alegría de la mañana.

—Seguí hasta que yo te diga —manifestó, cerrando su mano entre mi pelo—, que el café lo podemos recalentar.

Echando agua hirviendo en la jarra recalentamos el café. Las hormigas sobre el pan las quitó Daniela golpeando las rodajas contra el filo de la mesa. Los otros bichos, pegados a la mantequilla, fueron reubicados con la hoja del cuchillo al tronco del árbol.

—Daniel… —murmuró—, quiero decirte tantas cosas, tantas que se me olvidan.

—Acá me quedaré hasta que vuelvan a tu memoria. Y si te volvés a olvidar, mejor para mí.

—¿Qué querés decir? ¿Qué estoy senil?

—No; solo quiero decir eso, que estoy enamorado y…

—Eso ya lo sabía. Siempre lo supe, y si alguna vez dudé fue de forma instintiva para convencerme aún más de que me querés —respondió y agregó—: Dale, vamos al mar.

Con el calor del mediodía la playa estaba desierta. Poco tiempo pudimos permanecer fuera del agua. Decidimos regresar lo antes posible a nuestro sombreado y encubridor paraíso. A penas llegar a la casa, Daniela se cruzó de brazos y me recordó que era yo quien haría el almuerzo.

En la cocina, corté una berenjena y la freí junto a unas rodajas de cebollas. Puse el pan en la mesa, acerqué la botella de pomelo, y le dije que la comida ya estaba hecha.

—¡Qué bien! Pruebo una —dijo, agarrando una rodaja.

—¿A que están ricas?

Me miró con cierto desdén:

—¿No te parece un poco grasiento para comerlas en pleno verano? Si por lo menos de postre me ofrecieses una rodaja de sandía y un beso, las comería encantada.

El beso y la sandía me libraron de la queja culinaria.

—Con tanta cebolla que le pusiste tengo que lavarme los dientes —me indicó.

—¡Y yo!

En el baño, mientras se lavaba los dientes, me vio a través del espejo orinando de pie. Apenas se enjuagó la boca se giró hacia mí, incómoda y molesta ante mi conducta, me dijo:

—Por favor, Daniel, sé que nos tenemos confianza y que nuestra intimidad no tiene límites, pero aun así te agradecería que delante de mí no orinés de esa manera. Hacés un ruido que me desagrada. ¿Cómo explicarte?, a nosotras nos parece un poco ordinario. Si lo hicieras en medio del campo lo toleraría, pero tan cercano a mí no me gusta. Además, salpicás toda la taza y después hay que limpiarla. Cuando vienen los amigos de Marcel dejan hasta el suelo salpicado. No lo ven o no lo notan, y luego huele, huele mal. ¿Por qué no te sentás como nosotras? ¿Qué te cuesta? No vas a ser por eso menos hombre.

«¡Será hippie! ¡Ni que yo fuera mujer!», masculló, con expresión de fastidio.

Malhumorado regresé al patio.

Daniela notó mi actitud ante su reproche. Se acercó a mí y, tomándome por un brazo, me dijo:

—Imagino que esto te parecerá una bobería de mujer. No lo es. ¿Quién limpiaba en tu casa? ¿A que no era tu tío? ¿Quién limpia en casa de tus padres adoptivos?

—Si ellos están trabajando tampoco pueden limpiar —cuestioné, sin saber a ciencia cierta si mi planteamiento era apropiado.

—Ellas trabajan también todo el día, podrían limpiar mitad y mitad. ¿No te parece? Si ellos tuvieran que meter las manos en el wáter para limpiarlo seguro que no les gustaría. A nuestras madres tampoco les gusta y la mayoría tienen que hacerlo. ¡Les guste o no!

Un poco molesto le pregunté si ella limpiaba en su casa.

Con expresión irritada, contestó:

—Claro que limpio, sobre todo lo que yo ensucio. Como piba que soy desde siempre ayudé a mi madre; es algo que la sociedad, y sobre todo la cultura, nos hace llevar implícito en nosotras por ser mujeres. En esos quehaceres domésticos hasta mi hermano no tiene una conducta machista; en él, con su orientación sexual, sería un contrasentido. Quiero decir que Marcel tiene algo femenino y no tiene problemas en hacer las tareas de la casa. Y mi padre también.

Tiene también algo femenino o también ayuda en la casa, quise saber, pero descarté de preguntarle a que se refería con lo de «mi padre también».

Y ella, con gesto pensativo, continuó:

—En vos veo que no predomina el componente machista. Si me contaste que te has criado entre mujeres debés de tener una buena predisposición para adaptarte a como somos nosotras. Quiero decir que sos así como un árbol joven que está sin podar. Estás a tiempo, no de cambiar tu naturaleza, más bien de moldearte un poco... —sonrió con fingida malicia, y prosiguió—: un poco a mi manera, a como quiero que seas. ¿No quieren ustedes que nosotras seamos lindas y obedientes, y cocinemos y planchemos y lavemos, y seamos buenazas en la cama y tengamos los hijos y los cuidemos? Y que no fumemos y que no tengamos amantes, porque si no te mato. Y te mato porque te quiero y «arrésteme, sargento, y póngame cadenas...», como canta Gardel, que la maté porque la quería.

—¡Pará, que yo no pienso así!

—¡Lo sé! Igual dejame seguir, alguien tiene que decírselo a ustedes en la cara.

Me miró, como disculpándose:

—Perdoname, Daniel, se me ha salido la rabia.

—Te entiendo —respondí—, también yo pienso como vos. Sí, es cierto, he tenido más contacto con las mujeres que me han criado que con hombres. Siempre, desde *gurí*, rehusé el juego de los varones. No era que quisiera jugar el juego de las niñas. Tampoco quería el juego de pelearse a trompadas o ver quién era más rápido en correr o jugar a la pelota. A mí me gustaba jugar solo, salir con mi perro, torear a las avispas, tirarles piedras a las víboras, subir a los árboles… Así me fui formando a mí mismo, alejado de los que querían arreglarlo todo a los piñazos, con estos músculos poco puedo intimidar. Que se peleen entre ellos si quieren. En ese tango que vos decís, el tipo la mata porque le fue infiel no porque la quisiera. Además, mata también al otro tipo con quien la *mina* se largó.

—¿Querés decir que fue un desacierto emocional? ¡Fue un crimen machista! ¡O para mí o para nadie!

—Claro que fue un crimen machista. Ahora que sacás el tema, a mi padre lo mataron por una mujer…

—¡¿Así murió tu padre?!

—Sí. Otro día te lo cuento.

—Contamelo ahora, si no te importa.

—Lo mató un policía porque mi padre se metió con su mujer. Bueno, la historia es un poco diferente. En otra oportunidad te la contaré.

Me miró con sencillez y cambió de tema.

—¿Tenías un perro allá en el pueblo?

—Sí, el Cacique. Lo envenenaron. Pobre perro. Tengo una foto de…

—¡Ah! ¡Sí! El otro día me contaste de tu foto con el perro; un cachorrito, me dijiste. Yo también tengo uno allá en la estancia del abuelo. Se llama Igor.

—¿Es músico?

—¡No seas pavo! Se llama solo Igor.

Le sonreí y me senté junto a ella.

Observé sus labios y sus dedos: seductores unos y sensuales los otros.

—Veo que no te pintás los labios ni las uñas. Claro, como sos tan emancipada…

—¿Y a qué viene eso ahora? Porque me pinte o no me pinte, porque tenga el pelo largo o lo tenga corto, por eso no voy a ser o dejar de ser feminista. Es una cuestión de conciencia, de ser mujer y de tener la libertad de actuar, o por lo menos de pelearla, de acuerdo a nuestros intereses. Tenemos que ser conscientes de nuestra liberación. Eso no lo lograremos cambiando nuestra imagen, quiero decir fumando en la calle o poniéndome ropa de hombre o qué sé yo.

—Eso del feminismo de los hippies —aclaré, por las dudas— como que uno no se lo toma muy en serio. A la Angela Davis la metieron presa más por ser comunista que por feminista.

—Sí, es cierto, por eso te digo que creo en la liberación de la mujer, pero a partir de la revolución socialista, como la propia Angela Davis. Destruyendo el orden mundial de este sistema colonialista injusto y criminal podremos alcanzar el camino para crear al hombre nuevo. ¡Ojo!, digo hombre y mujer con una nueva conciencia revolucionaria. Hacer que la lucha de clase y la lucha por la liberación de la mujer se complementen y se integren en una lucha universal. —Me miró con incertidumbre—. A veces dudo de creer en lo que quiero creer por más enterada que esté o crea estar. Sin embargo, a veces, dudando se aclaran mis vacilaciones. Más de dos millones de años llevamos siendo humanos… ¿Y en qué hemos cambiado? Los hombres siguen siendo los mismos simios que aquellos primates que asesinaban a sus congéneres con un hacha de piedra y después violaban a las hembras. Y hoy nos vanagloriamos de los increíbles avances de la ciencia. ¿Somos mejores porque hayamos llegado a la Luna? Bueno, llegaron ellos; pagando sus carísimos programas espaciales con lo que roban en el Tercer Mundo. Yo a la luna la veo cuando la quiero mirar, ahí arriba; cambiante sí, pero siempre bella —suspiró y prosiguió—: ¿Llegaremos a liberarnos del machismo? ¿Cuándo y cómo? ¿Ves?, si naciéramos nada más que mujeres, en unas cuantas décadas se terminaría el machismo.

—¡¿Y cómo?! Tendrías que ir apartando: esta es piba, al frente; este es pibe, a la basura. Además, ¿de dónde nacerían las siguientes generaciones de mujeres? Necesitarían un padre, ¿no te parece?

—Podría ser como con las vacas, por ejemplo, que necesitan un toro cada tantas. Yo te elegiría a vos.

—Tendrías que compartirme.

—Sí, un poco. Luego serías para mí.

—No entiendo, yo sería tuyo y también de otras mujeres, porque si no ¿dónde está el sentido democrático y libertario…?

—Entonces, siendo así, nos iríamos a una isla los dos, vos y yo; y… e instauraríamos, no la dictadura del proletariado, sino el absolutismo de mi amor por vos.

—Y tendríamos que tener muchísimos hijos para sobrevivir; digo, para continuar con la nueva «especie». ¿Te imaginás con una panza «así», durante toda tu vida?

—¡No! —respondió, espantada—. No nos queda más remedio que la lucha armada contra el machismo y contra el imperialismo. La historia nos lo dirá.

—Sí. Además, deberíamos prohibir a los tangueros machistas; ¿no te parece?

—¿A Gardel también? —preguntó con simulada ingenuidad.

—¡No! ¡A Gardel no! ¡Estás loca! Que nació en Tacuarembó. ¡Che!

10

> Nuestros ojos, suspendidos en la lectura
> se encontraron, palideció nuestro semblante;
> y una frase, por fin, nos venció.
>
> D. Alighieri, *La Divina Comedia*, Infierno, Canto V

La calurosa mañana se prestaba más para quedarse a la sombra que para estar a pleno sol en la playa. Daniela se recostó sobre el banco. Me senté junto a ella y le pregunté sobre su estadía en Buenos Aires el pasado invierno.

—¿Qué te puedo contar? —comenzó con pensativa mirada—, fueron cuatro meses... Viví cosas nuevas, sobre todo en el plano personal. Experiencias que alguna vez tenemos que vivirlas, probarlas, para intentar conocer o salir de dudas de cosas que, a veces, más tu propia imaginación que tu conciencia te pide. Empezar a conocer tu propio cuerpo y saber hasta dónde podés llegar, hasta dónde te lo permite tu razón o tu moral. Me centré en mí, me dejé llevar por otros arrebatos y, en consecuencia, me alejé de la militancia estudiantil. Me sentí un poco desconcertada y aún hoy me siento confundida por haber volcado tanta energía en mis chifladuras amorosas. Por un lado, conviví unos meses con mi padre y con su amiga. Eso no me afectó en manera alguna, podría decirte que todo lo contrario. A veces pienso… Bueno…, no sé qué pensar. Él hace su vida, ¿qué le puedo reprochar? ¿Que se salga de las normas de esta sociedad conservadora? Tampoco es un crimen que mi padre haya conocido a otra mujer. Lo siento por mi madre que ha tenido que quedarse con los hijos. La mayoría de las veces es así. Los padres, por ley universal, gozan de más libertad. Los matrimonios están condenados al fracaso. Una hermana de mi madre también vive separada. Por una razón u otra desde siempre ha habido infidelidad en las parejas, como también desde siempre ha habido inclinaciones por todos los gustos. Sin ir más lejos, mi hermano es homosexual. ¿Y vos…?

La miré como negando lo que Daniela pretendía insinuar. No me sentía homosexual. ¿Bisexual? No. A mí me gustaba ella, su femineidad, ella como mujer. ¿Mis deslices con otros pibes?, tampoco fueron tantos.

Ante su pregunta, me mostré cauteloso, respondiéndole con otra pregunta:

—Allá, ¿saliste con alguien?

—Como recién te dije, yo quería conocer cosas nuevas y en Buenos Aires tenía más libertad, menos miedo o menos vergüenza. Allí no me conocía nadie. Además, estaba viviendo una etapa de confusión conmigo misma, quizás un poco también porque cuando te conocí me sentí, ¿cómo decirte?, me gustaste, pero me sentía frustrada con los pibes que había conocido. No sé, estaba desorientada, ya hacía rato que había dejado de ser una adolescente ingenua. Había estado algunas veces con Enrique en la cama, pero apenas teníamos diecisiete años. Entonces sentí la necesidad de conocerme un poco más a mí misma relacionándome con nuevos amigos fuera de mi entorno. Allá conocí a alguien que me atrajo muchísimo, aunque tenía miedo de salir con alguien mayor que yo. Al final, aflojé y…

—¿Y lo has vuelto a ver? —pregunté con pesadumbre.

—No. En él había algo muy fuerte. Algo que me hacía dudar: su manera de ser, como me trataba. Tenía mucha virilidad; ¿ves?, ahí caí atrapada. A la segunda vez de acostarme con él me di cuenta de que éramos muy diferentes.

—Igual que todos los porteños… —dije, para no quedar sufriendo en silencio.

—No, era un brasileño —me corrigió con vaga mirada.

—¿Te arrepentís de haber estado con él?

—Una vez que las cosas pasan de poco sirve arrepentirse. ¿No quería yo vivir cosas nuevas?

Aún más afligido la miré mientras me hablaba.

—Hay cosas que no se pueden contar así nomás—continuó—, se necesita cierta confianza e intimidad. ¿Te acordás?, eso me respondiste aquel día que te pregunté qué relación tenías con mi hermano.

Me abracé a su cuello y casi con miedo la besé, ocultando ese nudo en la garganta previo a que aflorara una lágrima. «¿Celoso?», me pregunté a mí mismo y para mí mismo me guardé la respuesta.

Daniela, como percibiendo mi sufrimiento, preguntó:

—¿Qué hiciste en Buenos Aires?

«¡Solo pensé en vos!», le hubiera dicho. Era la verdad.

Me abstuve de tal revelación, aunque ella sin lugar a dudas ya lo intuía.

—Pasé cerca de tres meses con mi hermana y su marido. Unos días la ayudaba en la verdulería que tiene y otros días le echaba una mano a mi cuñado en la herrería. Algunas noches fui al centro. Al no tener amigos se me hacía aburrido. En las últimas semanas, casi al irme, conocí a unos pibes bastante macanudos… Así que mi estadía en Buenos Aires no fue lo que yo esperaba. Además, acabé peleado con mi hermana.

—¿Por qué?

—Otro día te lo cuento.

—¿No saliste con nadie?, quiero decir… si no conociste ninguna piba.

Mi cara de desconsuelo le desvelaba mi desazón. ¡Claro que hubiese querido salir con alguna piba!

—¿No tengo motivos para estar celosa? —me preguntó—. Veo que te portaste muy bien. Yo, en cambio, no sé si contarte o no porque sería un poco indecente. ¡Pero no!, porque vos también has tenido una relación parecida y, además, con mi propio hermano —agregó, mirándome con firmeza.

—¿Qué querés decir con eso?

—Que yo también necesitaba experimentar nuevos amoríos —no solo vos—, y tuve una aventura, digamos no reprochable, pero más bien no muy convencional. No sé si contarte o no.

—Dale, contame. Nos tenemos confianza.

—No es por falta de confianza, es como una vez me dijiste: tiene que darse el momento adecuado y…

—Y si te traigo una cerveza, ¿se «adecúa» el momento?

—No tenemos —me indicó, oscilando el índice como un metrónomo.

—Esperá, voy al *boliche* y compro una botella.

Corrí las pocas cuadras distantes y corrí, ansioso, otra vez con la helada bebida al jardín de nuestras confidencias; no por pura lascivia, sino porque sus vivencias las sentía como si las viviera yo mismo. Traje dos vasos, abrí la cerveza, e impaciente le pedí que me contara de su viaje a Buenos Aires.

Sacudió las dos hamacas y me indicó de sentarnos.

—Mirá que tengo para un rato, así que ponete cómodo y te cuento. —Sin mediar pausa me interrogó—: ¿Por qué tuviste una relación con mi hermano? ¿Qué querías probar?

No le di tiempo a continuar, con irritado gesto la interrumpí:

—¡No! No empecés otra vez con esas preguntas.

—Calmate, no quise incomodarte revolviendo cosas ya pasadas. Es que no sé cómo empezar. Ya antes de… de que mi cuerpo comenzara a experimentar el despertar de la pubertad notaba un inexplicable deseo en mis zonas íntimas. Quiero decir que sentía sugestivos roces entre las piernas; por ejemplo, cuando en la estancia de mi abuelo montaba acaballo o cuando me subía en la bicicleta de mi hermano y el asiento me presionaba. Eso me causaba una impresión desconocida que me gustaba, sin embargo, no sabía por qué. Hasta que, poco a poco, fui despertando a mi sensualidad. Siempre que hacíamos gimnasia en la escuela yo miraba a las otras pibas y me venían ganas de tocarlas, ganas de sentir la misma sensación que sentía cuando mis dedos frotaban mis pechos ya formados. Confundida me preguntaba si ellas sentirían lo mismo que yo sentía.

—¿Y te pasaba eso con los pibes también? —pregunté con curiosidad.

—En ese momento no me atraían para nada. Conocía mis partes íntimas, que tendrían que ser iguales en todas las pibas. No podía imaginarme que ellos pudieran sentir el deseo que yo concedía a ellas. Ellos no me pasaban por la cabeza. Sabía que sus órganos eran diferentes a los nuestros y por eso mismo no sentía ninguna atracción. Compartíamos juegos y hasta ciertos toqueteos, pero a esa edad los pibes me eran indiferentes.

—Sí. Aunque sé de chiquilinas que se han enamorado de tipos mayores o del maestro de escuela...

—O de su propio padre. Eso es, digamos, solo una fantasía inocente, quiero decir que no hay ningún anhelo sexual de por medio. Claro que muchas pibitas a esa edad ya se sienten atraídas por los varones. Pienso que es lo normal, así funciona el mundo. Por otro lado, el despertar sexual no está, por naturaleza, condicionado a regirse por las normas sociales. Quiero decirte que ya entrando en la adolescencia tuve mis primeros acercamientos con una amiga...

—¡¿Con una piba?! ¿Querés decir que...?

—¡Si no te gusta, no te cuento más!

—Está bien. Continuá.

—En aquel entonces teníamos catorce años. Nos conocimos al empezar el liceo y ya en segundo año éramos inseparables. Cuando venía a verme a casa nos sentábamos en la mesa del salón para estudiar juntas, de la misma manera que yo, ya de niña, hacía las tareas de la escuela. Claro que entretanto surgían otras cuestiones más personales, temas que a esa edad queríamos contarnos sin la presencia de otros adultos, en este caso mi madre, porque Marcel, o bien estaba encerrado en su pieza o bien andaba con los amigos por el barrio. Los días que mi madre no estaba en casa nos íbamos a mi habitación. Arrimábamos otra silla al escritorio o nos sentábamos sobre la cama, donde desplegábamos nuestros libros y cuadernos... ¡Eh! No me mirés así, que no te sigo contando —me increpó, casi defendiéndose—. ¡Claro!, ¡ustedes solo piensan en jugar al fútbol!

—¡Daniela!

—Está bien, te sigo contando. Había días en que las dos conversábamos tanto que las tareas del liceo quedaban sin hacer. Me sentía tan ilusionada, tan ansiosa de verla, a pesar de que estábamos todos los días en el liceo sentadas en la misma fila que, de algún modo, me las ingeniaba para que viniera a mi casa dos veces por semana y hacer juntas los deberes. De la foto que tenía de los alumnos del primer año la recorté a ella y la pegué sobre la mesita de noche.

—¿Querés decir que te estabas enamorando?

—Enamorando, no lo sé; a esa edad una no se enamora así de la manera que vos pensás. ¿Cómo decirte?, eran ganas de verla, ganas de pasarle la mano por la cara, de tocarla. A mí me gustaba sentarme en la cama con nuestros cuadernos sobre las piernas, me inclinaba un poco hacia su lado y el colchón cedía acercando nuestros hombros, rozando nuestros brazos, y yo experimentaba un placer desconocido que me erizaba la piel y ya no quería levantarme ni para tomar agua. Una tarde, estudiando historia… «sobre la falda tenía el libro abierto; en mi mejilla tocaban sus rizos negros; no veíamos las letras ninguna, creo; mas guardábamos ambas hondo silencio. ¿Cuánto duró? Ni aun entonces pude saberlo».[2] Ante esa aproximación me sentí tan contenta que, casi paralizada y temblando de emoción, solo atiné a agarrarle el pelo y rozarlo por mi mejilla. Fui correspondida con una caricia que me parecía un sueño. Es difícil solo con palabras describirte algo así.

A medida que Daniela me lo contaba yo culminaba su delirio con el corazón sugestionado por aquel primer roce. Tan grande era la empatía que esas caricias ajenas las sentía en mi propia piel.

—¿Y? —pregunté, inquieto.

—Son esos recuerdos lindos que nunca podrás olvidar.

—¿La besaste?

—¡No seas impaciente! En ese momento el beso, como vos lo concebís, no tiene la importancia que como pibe que sos querés que

---

[2] G.A. Bécquer, Rima XXIX

tenga. Lo importante es el momento; ese instante que parece casi un relámpago y a la vez es eterno como el deseo. Y a pesar de tener la fuerza oculta de la tempestad tiene la suavidad de lo femenino. ¿Ves qué no me entendés? Sos pibe, por eso te cuesta. —Tras una pausa, continuó—: Recién me preguntaste si me había enamorado, porque hay muchas formas de enamorarse. Hoy puedo decir que me había enamorado, porque desde esa tarde no pude dejar de pensar en ella. Su recuerdo me invadía y ya no podía vivir sin su presencia. ¡Ves!, eso es lo femenino.

Fascinado, la observaba. ¿Cómo podía sentir así cuando apenas tenía catorce años? A esa edad yo no les prestaba la más mínima atención a las pibas, ni se me hubiera ocurrido dejar de lado la revista de *Mafalda* para desviar los ojos hacia aquellas chiquilinas que pasaban saltando y riendo frente a mi casa.

—¿Querés decir que en vos ya despertaba un pensamiento sexual? —pregunté.

—No lo llamaría sexual. No sé, lo de sexual, a esa edad, me es demasiado impresionante. Era algo muchísimo más lindo…, digamos un amor adolescente; daba igual si éramos dos pibas o piba y pibe. Por otra parte reconozco que, sobre todo en mí, sí que despertaba, más que curiosidad, un deseo aún no descubierto.

—¿Y tu amiga también estaba así de loca por vos?

—Inés era bastante más reservada. Era yo quien tomaba la iniciativa e intentaba cautivarla.

—¡¿Lo lograste?!

—¡Cómo sos! Ustedes siempre pensando que, a la primera, a la cama. No; no es así. Tardamos bastante en llegar a intimar un poco más. Todo lleva su tiempo, no somos como ustedes. En el liceo, ese año, me tocó sentarme justo detrás de ella, hubiera preferido compartir el pupitre como en el curso anterior; aunque, por lo menos la veía, tan cerquita que estiraba el brazo y podía tocarla. Inés lo tenía más difícil para girarse y verme. En nuestros prudentes encuentros habíamos ideado una manera de comunicarnos en secreto: si yo con el lápiz o con la regla la tocaba en el hombro o en su espalda tres veces, quería decir: «Te extraño»; si repetía los tres toques era para preguntarle: «¿Venís hoy a verme?». Y ella me contestaba: «Yo también te extraño» con el gesto de meter los dedos entre los cabellos y dejar a mi vista su oreja. Y la confirmación de un «sí» era agarrarse el pelo con las dos manos y sostenerlo como si fuera una cola de caballo. Y de ser necesario una comunicación más detallada nos pasábamos la Tabla de logaritmos, que era el libro más pequeño y siempre lo teníamos con nosotras, con un papelito escrito entre sus hojas. Sin olvidar el espejito que escondía en la palma de la mano para mirarme sin ser vista.

—¿Y los deberes? —pregunté, como intentando quitarles peso a sus revelaciones.

—¿Los deberes? Imaginate, con lo burra que soy. Tenía tal chifladura que no podía estudiar nada. No aprobé el tercer curso y lo tuve que repetir; desde ese entonces nos fuimos distanciando. Inés era demasiado linda para no tener un novio.

—¿Te llegaste a acostar con ella?

—No. Nunca fuimos una pareja, fuimos amigas íntimas.

—¿Cómo de íntimas?

—¡Ufa! ¡Cómo sos! Yo le gustaba a Inés, ¿cómo decirte?, le gustaba como una amiga, nada más. No hacíamos nada malo. Era algo… lindo. Nos sentíamos las dos atraídas por ese nuevo deseo, un deseo que solo era nuestro. A nadie se lo contábamos porque hubiera perdido el encanto. Y si en cierta medida se dejó llevar por

aquellos roces fue porque las dos creíamos en la amistad. También con tu hermana o con tu madre puede haber un cariño parecido.
—Masculló, aturdida—: ¡Ves!, ahora ya no sé lo que digo, me confundís con las respuestas que te gustaría oír.

—¿La seguís viendo?

—Hace varios años que se fue con sus padres para Australia. Nunca más supe de ella. Estuvimos juntas en el Miranda hasta tercer año; yo no aprobé, Inés pasó a cuarto y nuestro cariño se fue apagando.

—¿Seguís enamorada de ella?

—Hay cariños que no se olvidan.

—¿Te volvió a pasar algo así con otra piba?, ¿o desde Enrique cambiaron tus gustos?

—¿Vos me preguntás eso? ¿No te parece que deberíamos ejercitarnos en todas las posibilidades de amar? «No se sabe lo buena que está la alfalfa hasta que no se ha probado el trigo». ¿Te suena?

—Sí. Se lo dije yo a Marcel.

—También yo hice eco de tu consejo. ¿Viste la película *Romeo y Julieta*? ¿Te acordás de la escena del balcón cuando él la abraza? La vi con Enrique, muy agarrada a su brazo, y cuando el Romeo la besa tan apasionado —¡lindísima la escena!— yo apretaba la mano de Enrique, sin embargo, todo mi ser estaba entregado a la belleza de Julieta.

—Te entiendo, la piba es preciosa. Leí que es argentina.

—Sí. Durante mi estadía en Buenos Aires jugaba a cerrar mis ojos antes de llegar a una esquina, para luego abrirlos de repente, esperando así, como por arte de magia, tropezar con ella. Y al final, ¿sabés que me pasó? Tropecé, sí, pero con... Carla.

—¡¿Quién es Carla?! —pregunté sorprendido.

Daniela, queriéndome tranquilizar, sonrió y continuó:

—Es una piba argentina que conocí en un *boliche* de San Telmo que frecuentan mi padre y Gregoria. Se conocen porque algunas veces ella va a posar de modelo al atelier. Te digo que la vi y fue sentir la misma sensación que cuando Inés se acercaba a mí. Me sentí tan atraída. ¿Cómo decirte?... unos ojos brillantes que no podías dejar de contemplar, y además su pelo, su pelo corto, no porque fuera corto nada más; no, era «así», corto y peinado «así», casi igual que un pibe. Tenía algo tan especial en la mirada que me sentí, bueno... quedé flechada. Y pocos días después me dice Gregoria que su modelo vendría esa tarde para hablar sobre la nueva pintura. Que Carla era la que mejor se prestaba en su calidad de modelo por tener esa expresión femenina y a la vez ese rostro de qué sé yo de adolescente incitador.

—¡Una *montonera* peronista! —exclamé.

—¡No digas pavadas que me hacés perder el hilo! —protestó, y continuó—: Y como la Carla estaba por llegar me sentía tan nerviosa que no sabía qué hacer. Iba y venía de la habitación al baño, daba vueltas, me peinaba, me despeinaba, me volvía a mirar en el espejo. Agarraba un libro y me sentaba en el sofá, me levantaba nuevamente y volvía frente al espejo para, al final, acabar sujetándome el pelo en un moño. Busqué una camiseta ajustada que me marcara el talle, me apreté bien los vaqueros y me presenté en el atelier. Apenas mi padre me vio me dijo que me abrigara. Y vos sabés lo frío que es el invierno en Buenos Aires. Así que tantos preparativos para luego quedar disfrazada dentro de un *pulóver* suyo, que era grandísimo. En ese momento me sentí tan niña que corrí a encerrarme en el dormitorio, y por más que me decía: «¡Daniela, que ya tenés veinte años, Daniela!», no lograba tranquilizarme.

Cuando entró Gregoria a preguntarme si quería tomar un vino con ellos me inquieté y quise recuperar mi peinado. Al final desistí. Parecía sacada de una caverna. No me mirés con esa cara; claro que soy algo vanidosa. Creo que, a vos, en una situación así, te habría pasado igual.

Sonríe, como dándole a entender que mi manera de comportarme hubiera sido igual.

—Entré en el salón —continuó— y Gregoria, viniendo hacia mí, me agarró del brazo y me llevó junto a Carla preguntándome si me acordaba de ella. ¡Acordarme era poco!, hacía cinco días y cuatro noches que tenía su imagen metida en mí. Nos saludamos con un ligero beso y el corazón se me agitó; no obstante, tuve el valor de sentarme a su lado. Estaba tan nerviosa que con las manos jugaba deshilachando la lana de las mangas del *pulóver* y mis rodillas tiritaban, pero no de frío. Después de la primera copa de vino dejé de pulverizar los *cañoncitos* entre los dedos y empecé a sentirme más segura. Mis oídos prestaban atención a sus palabras y desoía, sin darme cuenta, lo que hablaban mi padre y Gregoria.

»De verdad, me sentía otra vez como una adolescente ante su primer novio, no atinaba a decir nada. Y mejor así, porque si no hasta hubiera dicho, no te digo una ridiculez, pero sí algo demasiado vago, alejado del tema cuadros y pintura. Entonces me limité, con una mirada de hastío, a alinear los pinceles puestos en un recipiente de barro para luego agarrarlos con el puño y soltarlos haciéndolos caer, desordenados, como si fueran piezas de mikado. Eso atrajo la atención de los demás hacia mí. Sonreí un poco avergonzada, y mi padre, como disculpándose de haberse olvidado de mi presencia, me preguntó si quería tomar alguna otra cosa. Y yo, viéndolo venir, rumiaba «¡que no se te ocurra ofrecerme una taza de Toddy delante de la Carla porque te mato!». Y ahí, sin saber qué hacer, contemplaba, con cara de pava, los pinceles desparramados sobre la mesa. En eso la Carla se dio cuenta de mi tedio, aproximó la mano y presionó, con la yema del dedo, la punta de un pincel y, sin mover a los que estaban al lado, lo levantó y lo puso al pie de su copa. Mirándome a los ojos dijo: «¡Te gané!». Sí, así me dijo. Y me acuerdo que pensé: «¡Y de qué manera me ganaste!». Con esa bobada mía logré desviar la conversación. Gregoria y mi padre se levantaron a colocar unos cuadros y yo aproveché a buscar la mirada de Carla. Ella, con esos ojazos, levantó la vista y sostuvo mi arrebato preguntándome qué conocía de Buenos Aires. Le contesté que casi nada y ella me propuso que la acompañase a ver una amiga que baila tango en La Boca. Le dije que sí, y que tendría que ponerme otra ropa. Y Carla diciéndome que así estaba bien, que no tenía que cambiarme. Exagerando, dejé caer los brazos y le mostré el *pulóver* que era para gigantes. Ella me puso la mano sobre el hombro y me pidió que me cambiara. Que se hacía tarde. Me dejé la misma ropa que tenía puesta, agarré una chaqueta, me junté otra vez el pelo en un moño y volví al salón, radiante de alegría.

»En la terraza del *boliche*, sentadas muy juntas, nos tomamos una cerveza; no, una no, fueron dos y de las grandes. Mientras veíamos a su amiga bailar hablamos de Montevideo, de mi barrio, y ella me describía cosas de Buenos Aires. Me contó que a Gregoria y a mi padre los conocía de cuando empezaron a ir a El Federal, el bar donde trabaja. Que fue ahí que Gregoria le propuso que hiciera de modelo para algunos de sus cuadros. Y seguimos hablando de muchas cosas más, hasta que Carla miró la hora y dijo que se estaba haciendo tarde y deberíamos irnos. Me propuso buscar un taxi para que no llegara tarde. Y yo diciéndole que podía llegar a la hora que quisiera.

—¿Y? —pregunté ya con impaciencia.

Daniela, como reviviendo el momento, continuó:

—Al final nos fuimos en un taxi, nos bajamos en la casa de mi padre. Ella me dijo que al día siguiente pasara a verla por el bar, que me quedaba muy cerquita de ahí, subiendo seis o siete cuadras por calle Perú. Nos despedimos con un discreto beso, diciéndonos que nos veríamos al mediodía siguiente. Entré a casa y conté un poco sobre la ida a La Boca. Fui al baño y me lavé los dientes. La mejilla, con el beso de Carla, la mantuve resguardada con la mano y me acosté sintiendo su roce en mi cara.

»Al mediodía siguiente, al llegar al bar, fui recibida con una lindísima mirada. Haciéndome una seña me indicó que me sentara. Enseguida me trajo un café y me pidió que la esperara unos minutos, que cerraba la caja y venía a la mesa. Llegó al poco rato y se sentó junto a mí. Un poco afligida dijo que lo lamentaba mucho que por su culpa me había hecho ir con lluvia empapándome de arriba abajo. Me preguntó si ya había desayunado. Le confirmé que sí moviendo mi cabeza, que todavía chorreaba agua. Entonces me propuso de ir a su casa, que estaba a pocas cuadras de ahí, así podría secarme un poco para no resfriarme.

»¿Te imaginás cómo me sentía? Claro que quería estar con ella, aunque con los pelos pegados a la cara y a la ropa daba lástima. Sin embargo, acepté. Corrimos bajo la lluvia agarradas por la cintura y saltando entre los charcos de la acera, hasta que llegamos a su casa y subimos apresuradas las escaleras. Carla abrió la puerta y me hizo pasar. Una vez dentro, me llevó de la mano hasta el baño, enrolló una toalla en mi cabeza y comenzó a frotarme el cabello. Después me alcanzó un poncho y unas medias gordas. Se giró dándome la espalda y me dijo que me sacara la ropa y me lo pusiera, que era de lana de alpaca y muy calentito. Yo, poniéndome colorada, hasta con un poco de miedo, me saqué la ropa y me puse el poncho. Así me quedé, sin decir palabra, hasta que ella me indicó que la esperara en la pieza contigua. Mientras la esperaba iba escudriñando por los rincones, buscando algo que me diera una pista acerca de mi anfitriona. De repente apareció sin su ropa mojada, envuelta en un quimono. Deslumbrada, miré sus ojos, observé el brillo del quimono, y, así como quien no quiere la cosa, le pregunté si era de seda. Me contestó que seda, lo que se dice seda, no; sin embargo, que era muy suave, que se lo había regalado un novio. Parpadeé y pensé: «¡Ah!, conque tuvo novio; entonces, ¿de qué lado está?». ¡Ves! Ahí me atreví a preguntarle si seguía con el novio. Ella dijo que a sus treinta y dos años ya había convivido con alguno que otro pibe y también había salido con algunas pibas. Dudando de si se lo contaba o no, le dije que a mí me había pasado algo así; que había tenido un novio y que también había conocido a otros pibes. Y le confesé que una vez me había enamorado de una amiga. Carla, sin más, me preguntó si a mí me gustaban las mujeres.

—¡Pará Daniel! No frunzas la cara. —Se defendió ante mi gesto—. Claro que me gustan, pero no así como estás pensando vos ahora. Y cuando me preguntó eso le contesté la verdad: que sí, que la belleza femenina es una belleza más linda, muy propia. Que las mujeres son como un espejo de una misma, que qué tenemos nosotras de semejanza con ellos. Y ella contestándome que conociendo ambos sexos podríamos apreciar mejor las semejanzas como también las diferencias. Y ahí me dejó con las dudas y se fue a preparar el té, y yo aproveché para seguir curioseando la casa.

»El apartamento tenía una única estancia que hacía de taller, sala de estar y dormitorio a la vez. En una esquina del salón, una cocina pequeñísima. En una de las paredes colgaban dos grandes fotografías enmarcadas en aluminio. Y yo seguía ojeando a mis alrededores cuando ella apareció con la infusión y me dijo de sentarnos en el sofá. Ya más recuperada después de la taza de té le pregunté el porqué de las fotos colocadas en la pared. Contestó que como el apartamento es muy pequeño y solo tiene dos ventanas que dan a un patio refeo, no entra nada de luz. Y que si no había sol afuera y estaba desanimada empujaba la foto de las flores sobre la apertura de la ventana y se imaginaba que estaba en el campo. Y que si estaba con ganas de soñar colocaba la foto con la imagen del desierto y el oasis. Se reía diciendo que el oasis era por si le daba sed. Que dependiendo del ánimo que tuviera cuando llegaba a la casa colocaba una foto o la otra. Armándome de valor le pregunté qué ánimo tenía en ese momento. Y ella respondió que aunque lloviera estaba en compañía de lo más lindo del mundo y era un día sin igual. A mí me dio vergüenza. Oculté mi arrebato y le pedí que colocara la imagen del desierto. Me señaló que esa foto le gustaba muchísimo y que siempre había soñado con ir a África. Le dije que estaba segura de que ella iría un día al desierto. Me respondió que ojalá fuera cierto y que sería lindísimo si yo la acompañase. Pasándome el dorso de la mano por el cuello le manifesté que estaba entrando en calor. Y la Carla que, claro, con tanta arena y tanto sol ya me imaginaba ardiendo entre las dunas. Y yo que no, que era en ese momento que estaba con calor, que sería el té, y Carla diciéndome que sería el poncho tan calentito. Entonces se acercó y me sacó el poncho. Precavida, agaché la cabeza y dejé caer el cabello sobre mi pecho. Ella se llevó las manos a la boca y con su aliento las calentó para luego posarlas sobre mis senos. Cerré los ojos y acepté la caricia.

—¡Daniel! —exclamó, ruborizada—. No quiero ponerte celoso. Es a vos a quien quiero ahora. Aquello pasó, y claro que quedé enamorada. Unas semanas antes de irme fui a la peluquería y me corté el pelo al estilo de ella y le entregué, como quien entrega su virginidad al primer amante, la trenza con la que me conociste; esa trenza que durante la adolescencia había fomentado mi vanidad de ser venerada como a una diosa.

—¿Y lo seguís estando? —pregunté, inquieto.

—No; enamorada ya no. La recuerdo sí, porque fue algo diferente, ¿cómo decirte?, un deseo muy fuerte, pero no de posesión, sino de recíproca entrega. Aunque terminé confundida sin saber qué camino seguir. Y hoy me reprocho el haber pensado tanto en la satisfacción de mis arrebatos juveniles.

Traté de tranquilizarla con un gesto de condescendencia.

Y ella continuó:

—A veces me pregunto si mi conducta ha sido conforme a la moral revolucionaria, hasta dónde he sido consecuente con mi pensamiento ideológico. ¿Me habré aburguesado al llevar mi avidez a tales extremos? Me pregunto si no es decadente el haber tenido una relación de esa índole.

—No hay nada de malo en tus amoríos, tus inclinaciones han sido naturales —le respondí—. El amor y la pasión no son antirrevolucionarios. Sin embargo yo sí siento que actué con libertinaje y hasta con torpeza. Lo mío fue una obsesión. En tu caso tu relación con Carla ha sido más normal. Creo que entre dos mujeres es como si fuese todo más natural.

—No creo que sea lesbiana. ¿O qué querés decirme con eso?

—Te hablo por propia experiencia. No quiero ofender a tu hermano, pero estoy seguro que entre dos pibes no se alcanza la ternura que se puede dar entre dos pibas. Si fuese mujer, estoy seguro de que me enamoraría de una mujer.

—¡Qué lindo! —exclamó—. ¡Entonces te enamorarías de mí! ¿Verdad? Y ya que estamos con este tema, contame de tus relaciones anteriores. Así, conociéndote un poco más, será una manera de entendernos mejor.

Insinué una huidiza mirada y ella repitió la pregunta.

—Quiero serte sincero —comencé—, a Marcel lo conocí pocos días antes de ir a tu casa. Habíamos hablado una vez en una fiesta de una forma bastante superficial, digamos...

—¿Qué querés decir con bastante «superficial»?

—Eso.

—¿Y el día que viniste con él a casa..., fue también algo «superficial»?

—Esa vez, no sé; fue como caer en la boca del lobo.

—¡¿En la boca del lobo?! No te hagas ahora la víctima inocente.

—Fue tu hermano quien insistió en ir a tu casa.

—¡Está bien! Hasta ahí te lo perdono. ¿Y?

—¿Y qué?

—¿Y con quién más? ¿No me dijiste que querés ser sincero? Dale, contá.

—Antes de Marcel estuve una vez, solo una vez...

—Seguí.

—... con un pibe en Las Piedras. Y te juro que fue mi primera vez. Y porque él me provocó.

—¡Como que te provocó! ¿Cómo provocan los pibes a otros pibes?

—Yo estaba durmiendo en un hotelito de mala muerte, allá en Las Piedras; a medianoche vino el pibe y se me metió en la cama y...

—¿Así de fácil? ¿Era un hotel o un *quilombo*?

—¡Está bien!, ya no te cuento más. ¿¡Y sabés por qué!?, porque me da vergüenza.

—Lo siento, se me fue la mano. No quería interrogarte de ese modo, solo quería saber un poco más de tu vida. En el fondo me estoy enamorando y no me gustaría compartirte con otra persona y menos con otro pibe.

—No tengas miedo. No me gustan los hombres. Pasó lo que pasó y ya pasó. En mí siempre estuvo clara mi atracción por las mujeres. Claro que, entre pibes, a esa edad teníamos que aprender muchas cosas. Me acuerdo que de *gurises*, allá en el pueblo, jugábamos a comparar a ver quién la tenía más grande y nos decíamos...

—¡Está bien!! Más detalles no quiero saber. Vamos al bar y te invito a comer una pizza.

En la terraza nos sentamos buscando el frescor de la sombra y la tranquilidad de estar resguardados del ruido de las olas y de la pegajosa arena.

—Contame más de Carla —le pedí.

—Aunque me entren dudas creo que no hice nada malo. ¿O habré, quizás, llegado demasiado lejos?

—¿Es mayor que vos?

—Tiene treinta y dos años, bueno... ahora ya cumplió treinta y tres. En octubre le mandé una foto mía para su cumpleaños. Es «así», un poco más alta que yo, el pelo oscuro, los ojos entre verdes y azules. Esos ojos que te cautivan a la primera mirada, quieras o no.

—¿Así como los tuyos? —le interrumpí.

—¿Los míos? ¡No! Sin duda alguna sus ojos son radiantes, tienen algo tan atrayente que te vuelven loca.

La miré y, casi con inocencia, balbuceé:

—Yo estoy... loco por vos.

—¡Eh! Eso no se le dice a una piba. Hay que ser un poco más cauto.

—Es así. Y no tengo miedo de decírtelo.

Dudé un momento, y pregunté:

—¿Se puede morir de amor?

—Te podés matar por amor.

—Es lo mismo —dije, como si se tratara de una respuesta con su pregunta implícita.

—Es diferente.

—¿Cómo lo sabés?, Ofelia se muere de amor.

—No, no se muere, se suicida. Porque se vuelve loca.

—¿De amor?

—No; de amor no. Entre todos la vuelven loca. Está enamorada de Hamlet, pero de una forma sumisa; ella carece de voluntad y decisión. La avasallan las determinaciones del rey, de su padre, de su hermano y del propio Hamlet que es un cretino y un maltratador. No solo los golpes duelen. En otras palabras, Ofelia paga el pato por todos. La suicidan todos y después se matan entre ellos. Hasta la reina se toma el vino envenenado destinado a Hamlet.

La miré entre sorprendido y admirado:

—¿Y cómo sabés tanto?

—Repito lo que oigo —me respondió con sencillez—. Mi madre lee y comenta los libros conmigo; tengo buena memoria y la aprovecho. Además, cuando luego los leo ya no me son tan desconocidos.

Esforzado busqué en mi memoria algún suceso relacionado al tema y no quedar como un ignorante. Con una mezcla de afirmación e interrogación, comenté:

—Romeo y Julieta se matan por amor.

—Sí, por amor y por desesperación. El destino juega en su contra, mejor dicho, el tiempo, la arbitrariedad del tiempo. Tan solo unos minutos antes o unos minutos más tarde hubieran cambiado el final. ¿Te acordás del fraile que le da un brebaje para hacerla caer en un letargo como a la Bella Durmiente y la Julieta parece que está muerta y no lo está? Al final quien se toma el veneno de verdad es el Romeo y la Capuleto termina clavándose un cuchillo ¡Qué valor! Pobre piba. ¿Ves?, de esa manera buscaron la muerte como única posibilidad de vivir ese sentimiento que les estaba prohibido. ¡Y lo que tuvo que pasar la pobre!, sabiendo que después que tomara el somnífero la iban a meter en el panteón junto con los otros «fiambres». Y ella se siente morir de susto, pensando que si despierta antes de tiempo estará sola entre los muertos. Hasta piensa que se podría volver loca y en su locura ponerse a jugar con los huesos de los esqueletos allí guardados.

Daniela me miró con desazón y continuó:

—Creo que yo también me hubiera matado por amor... —para luego, tras un rato, agregar—: Lo pensaré si vale la pena; también se puede morir por la libertad. Las muertes literarias son así, románticas. Hasta la misma muerte puede llegar a ser dulce. Sin embargo, los asesinatos políticos ¡qué diferencia! Ahí te revientan los sueños. La tortura destruye toda pizca de romanticismo y muchos quedan en el camino, a veces desaparecidos para siempre, pero inmortalizados en nuestras mentes siguen en la lucha.

Ya entrada la tarde nos fuimos de la terraza. Daniela propuso ir a caminar por la playa, y yo, gustoso, acepté. Me atraían los paseos con ella, sus atrevidas preguntas, los inesperados besos.

—Contame qué libros leés —me pidió.

—De niño empecé con *Caperucita y los siete cabritos*.

—¿Dirás «los siete enanitos»?

—No. Es un lobo que se merienda a siete cabritas.

—¿Cómo te dejaban leer esos cuentos? ¡Si son de sádicos! Al pobre animal le abren la panza y lo tiran al río lleno de piedras. ¡De ahí sacaron estos milicos torturadores sus técnicas de tormento y muerte!

—¡Che! ¡Que el lobo se come a siete merinas!

—¡Ah! ¡Sí! ¿Y vos no comés corderos? ¡¿Te gustaría que te saquen las tripas y te tiren al río?!

—Está bien, no te pongas así. Con los años fui cambiando el repertorio, ya más mocito comencé con Salgari y Verne; seguí con *Drácula*, luego con *Platero y yo*...

—¡Qué mezcla tan bucólica! ¡Drácula y Platero! Es cómo escuchar a Viglietti junto a Palito Ortega.

—No te rías, en mi casa no había libros, tan solo una enciclopedia «así» de gorda y el catálogo del *London-Paris*. En la biblioteca del Club 25 encontré *Rojo y negro*, me lo leí en pocos días.

—¡Sí! A mí me gustó mucho. También me hubiera enamorado del Julián Sorel. Un poco impetuoso y atolondrado; sin embargo, apasionado a no más dar. Además, es relindo el pibe; aunque me jode que haya intentado matar a su amante. Al final termina en la guillotina, y la otra piba, que estaba entregada de cuerpo y alma, se lleva su cabeza envuelta en un pañuelo para venerarla.

—A mi madre le pasó algo así. Cuando vivíamos en Paso de los Toros ella iba al cementerio a sacar los huesos de mi padre, limpiarlos y acariciarlos, para luego guardarlos otra vez en la urna.

—Entonces no estaba tan equivocada la Julieta con sus presagios. Perdoná, no quise faltarle el respeto a tu madre. ¿Estaba un poco desequilibrada?

—Es posible, qué lástima que murió. Hoy me gustaría haberla conocido mejor, haberla podido ayudar... —respiré hondo, como nublando el escaso recuerdo de mi madre y, tras una breve pausa, continué—: Estando en tercer año de liceo leímos casi todas las tragedias de Shakespeare. Ese año se conmemoraban los cuatrocientos años de su nacimiento. En la entrada del edificio habían puesto un cartel «así» de grande con su cara y con ese cuello de camisa que parece un babero. En cuarto año me había aprendido casi de memoria la Tabla de logaritmos; no sé, había algo que me gustaba: era una repetición de números, comas, minutos y segundos, que en lugar de fastidiarme me tranquilizaba.

—¡Mirá que sos raro!

—Y ayer casi terminé de leer *La tregua*.

—Te falta uno —dijo—, el que tengo de regalo para tu cumpleaños. Pero tendrás que esperar hasta fin de año.

—Me lo podrías regalar antes.

—¿Sos siempre así de impaciente?

—Es una broma.

—¿Y qué más has leído?

—El año pasado Lisa me regaló *El principito* y lo leímos juntos.

—Contame de Lisa, ¿cómo es? ¿Cuántos años tiene?

—Te cuento si vos me contás más de Carla.

—¡Está bien! Vamos primero a caminar por la playa.

Apenas comenzamos a andar, volvió a preguntar:

—¿Y cómo es Lisa? ¿Es linda?

—Sí, es una mujer muy linda. Muy mujer, diría yo.

—¿Qué querés decir con lo de «muy mujer»?

—Tiene treinta y siete años, quiero decir que ya ha vivido muchas cosas y está casada.

—¿Tiene hijos?

—No. Si bien mi hermano es como si lo fuera. Él los considera sus padres adoptivos.

—¿Y vos?

—Solo he vivido poco más de tres años con ellos.

—¿Entonces no son parientes tuyos?

—No, son amigos de mi hermana. Se conocieron cuando Raúl estuvo en Bellas Artes.

—Quizás conocen a mi padre.

—Les preguntaré. Aunque de eso hace varios años.

—¿Y cómo es Raúl?

—¿Qué querés que te diga?, a mí no me cae muy bien.

—Y ella, ¿te cae bien? —Miró la lejanía del horizonte, volvió luego sus ojazos hacia mí, y agregó—: ¿Te acostarías con ella?

—¡Estás loca!

—¿A que tiene un amante? Todas las mujeres a esa edad tienen un amante.

—¿Tu madre también?

—¿Te gusta mi madre?

—¡Eh!

—Es mayor, pero es una mujer —sonrió y agregó—: «muy mujer», como decís. Es normal que mi madre salga con otro hombre, vos ya conocés un poco mi historia familiar.

Me sentí algo incómodo, a mi cabeza volvían las ardientes horas con Lisa. Encima imaginé tener una aventura con su madre.

—¿Has visto la película *El graduado*? —le pregunté—. ¿Te imaginás?, yo saliendo con tu madre y después enamorándome de vos.

—¡¿Y?! ¡No saliste primero con mi hermano y ahora estás conmigo!

Me levanté rápido y caminé hacia el agua.

—¡¿Adónde vas?!

—¡A tirarme al mar!

—¡No seas loco! Vamos a la casa y seguimos charlando.

En la cocina nos preparamos algo de comer —poca cosa—. No podríamos decir que viviéramos del aire, pero sí que nos nutríamos de pasión aunque consumiéramos, en las horas que deberían de ser de sueño y descanso, hasta la última caloría de energía, energía que generábamos recíprocamente. Cuanto más nos entregábamos el uno al otro más teníamos; se renovaba por sí sola, era infinita.

El calor del atardecer y el aire del mar acentuaban las osadías de nuestros deseos. El amplio banco debajo de los árboles se había convertido en un refugio íntimo para contarnos nuestras vidas. Daniela puso el casete de Serrat y se recostó de espaldas sobre el asiento, entrecerró los párpados y contuvo la respiración. La observé y caí, cautivo, ante la inmensidad de su belleza.

El resplandor del patio me despertó enredado en las sábanas. Busqué, sin abrir los ojos, la presencia de Daniela. Mis manos no la encontraron. Me giré de espaldas y todos mis sentidos se volcaron en percibir su cercanía. Me puse los vaqueros y la camiseta. Me asomé a la cocina. Al oír el ruido de la ducha supe que mi bella amante estaba despertando de nuestra agitada noche. Me lavé la cara en la cocina. Puse agua a calentar y pan a tostar. Busqué una hoja de papel y escribí: SOLO AMANECE CON VOS, y la dejé apoyada a la taza del café. Daniela se acercó a la mesa, se inclinó, sacudió su pelo mojado en mi cara y me besó. Apoyó una mano en mi hombro y se sentó a mi lado. «Conmigo», murmuró, risueña. Le serví café. Sostuve el azucarero a su alcance y le arrimé la bandeja con las tostadas.

—Te salió rico el café —dijo—. Creo que desde hoy te voy a dejar a vos preparar el desayuno. No tanto por el desayuno en sí, porque café y tostadas son muy fáciles de hacer, sino por el placer de despertar juntos. Me gustaría madrugar y ver salir el sol, por allá, sobre el mar. Allá es el este, por algo nos designan a los uruguayos «orientales» aunque no que tengamos los ojos «así» como los chinos. Los argentinos dicen que somos una provincia de ellos; sin embargo, la historia de la Provincia Oriental no es así. Además, nosotros tenemos un puerto natural que ellos no tienen. El Río de la Plata en Buenos Aires es puro barro.

—Pero Buenos Aires es mucho más importante que Montevideo y…

—¿Y por qué es más importante?

—Es mucho más grande. Ya ves que todos los uruguayos se van para allá. Por algo el Conde de Lautréamont la llamaba «Buenos Aires, la Reina del Sur»

—También Gardel le cantó a la capital porteña —y eso que nació cerca de tu pueblo—, no por eso va a ser mejor que Montevideo. Además, acá amanece primero que allá y el día comienza antes.

—¡Y termina antes!

—¡Ufa! Me ponés nerviosa y se me cae el café —protestó.

Traje un trapo de la cocina, limpié la mesa y le serví más café.

—Gracias, Daniel, me gusta amanecer a tu lado. Las horas contigo se me hacen cortas. Me gustaría pedirle a la mañana otra hora prestada y dormirla junto a vos aunque se demorara el amanecer. No quiero acelerar ni retardar el tiempo, quiero repetirlo: que el día de hoy sea ayer, que mañana sea el día que te conocí y que todo empiece otra vez. Noches y días que pueda gobernar a mi voluntad para oírte repetir: «Solo amanece contigo». Me gustaría vivir en el asteroide del Principito, porque con solo retroceder un paso amanecería de nuevo, y otro paso y…

—Y caerías en mis brazos —agregué, en tanto que la sujetaba.

Me respondió con un beso, y preguntó:

—¿Leíste a Leautréamont? No hay a quien le guste, fue un tipo muy raro.

—No lo leí. Aunque sé que el calificativo es de él.

—No te perdés mucho. Yo lo leí hace poco. ¿Y qué querés que te diga?, hasta me dio miedo de tropezarme con un tipo así. Demasiado sádico lo que piensa y lo que escribe. Su personaje, que podría ser un calco de sí mismo, es un infanticida de querubines. Lo único bueno es que en su obra reniega de Dios y lo enjuicia con mucho sarcasmo. Por otra parte, parece ser que le gustaban los pibes muy adolescentes..., así que tené cuidado si algún día te cruzás con él.

—Ya te dije que a mí me gustan las mujeres y...

—¡¿Cómo que te gustan las mujeres?! ¡Ya empezamos!, apenas nos conocemos y ya diciendo que te gustan las mujeres ¡en plural! Solo te tengo que gustar yo.

—Sabés que estoy enamorado de vos.

—Y por eso me aprovecho, no me lo deberías decir de esa forma tan ingenua.

Habían pasado cuatro días vividos en intimidad. En tal perfección de felicidad por momentos me asaltaban miedos. Me preguntaba cómo esa *gurisa* maravillosa me correspondía con tanta entrega. Sentía que, salvo mi manera de amarla, no podía ofrecerle mucho más.

¿Cuánto durará mi felicidad?

—Daniela, ¿siempre leíste tanto? —pregunté con admiración y a la vez avergonzado.

—No es que sepa más que vos —respondió—. Algunas cosas las conozco quizás mejor, así como vos sabrás hacer cosas que yo aún desconozco. ¿Cómo decirte?, si te hablo tanto de libros es porque me crie con unos padres que, debido a sus trabajos, han leído más que otras personas de clase obrera. Ya ves mi madre, dando clases de Filosofía y Literatura tiene que leer mucho. ¿Has visto que entre el dormitorio de mi madre y el baño hay una puerta con vidrios amarillos?, ahí era donde antes pintaba mi padre. Al irse mi padre ella trasladó sus libros a esa habitación. No tenemos muchos ejemplares; aun así, bastantes como para llenar algunas estanterías. Cuando vengas a casa te los muestro. En ese sentido he tenido más suerte que vos, quiero decir que me he criado con padres, que he vivido siempre en un sitio fijo, no errante... —puso una mano sobre mi hombro—, perdoná, no quise decir eso.

Sus palabras no me eran nuevas, con estas u otras, en ese preciso momento o años antes, ya había aceptado mi orfandad. No extrañaba la necesidad de vivir el día a día junto a una madre y a un padre. Peor hubiera sido comenzar la orfandad cuando uno ha vivido toda una juventud con sus progenitores.

Daniela me miró, como disculpándose otra vez, y agregó:

—No tener padres debe ser jodido —me dijo—, por eso quiero ser todo lo que te pueda faltar. Si tenés miedo —todos los pibes tienen miedo— quiero estar a tu lado, ser tu Virgilio; pero no para protegerte con la fuerza de la poesía, sino con la eficacia de una Kaláshnikov. Si tenés frío quiero besarte y enredarme a vos y no soltarte y... ¡Dale! ¡Besame!

Licencioso y cómplice nos esperaba el desordenado lecho, casi sin diferenciar las horas diurnas de las nocturnas, salvo en el tono de nuestras voces que en la penumbra se amortiguaban como temiendo ser escuchadas, y con el día se encendían y se contrarrestaban con los sonidos del despertar veraniego. Superfluo temor, teniendo en cuenta el jardín que rodeaba la casa y atenuaba la sonoridad de nuestras pasiones. Con mi mano en su mano me dejé guiar, sintiendo la más maravillosa aventura de mis adolescentes años. Realizando, no sin un poco de temor, que no era un sueño aunque lo pareciera. En los pocos pasos que nos separaban de la cocina a la habitación volvieron, como si se materializaran otra vez, los momentos vividos en el primer encuentro: vi su rostro inmutable y casi indiferente a mi presencia; sentí el calor en la cara y el sudor en las manos, queriéndome esconder ante aquellos luminosos ojos que, aun mostrando absoluto desinterés, no podían ocultar cierta desazón como enjuiciando que aquel pibe que su hermano traía a casa fuese otro de los amigos «especiales» de Marcel, incapaces de dedicarle tan solo una mirada; que en mi caso, no habría reaccionado así ante su belleza si no me hubiera invadido tanta vergüenza. Esa noche, casi un año más tarde, vivía mi sueño hecho realidad.

Después de nuestro tardío desayuno decidimos ir a la playa. Ella propuso llevar una pelota. La miré un poco disgustado. Eso de jugar a la pelota no era lo mío.

—Y lo mío tampoco —respondió—. Mi hermano tiene una cometa de papel. ¿Te animás a remontarla juntos? ¿O te parece que eso es muy de niños?

—La cometa me gusta más —le dije—. De *gurí*, allá en el pueblo, las hacíamos nosotros, con mucho engrudo y papel y caña y un trapo muy largo para la cola. Además, vuela como los aviones, mejor dicho, planea.

Buscamos la parte más alejada de la playa y corrimos como adolescentes, tirando de la cuerda y riéndonos de nuestras habilidades. En los momentos estelares, cuando la cometa tensaba la cuerda y parecía escapar a nuestro control, se la dejaba a ella para que la dominara. Daniela, haciendo uso de su destreza, la traía hasta nuestras manos sin que tocase el suelo.

—Con un instructor como vos aprendo bien a hacer volar la cometa.

—Es casi igual a un primitivo avión —le explicaba—, la fuerza del viento la eleva y la mantiene en el aire; y sos vos quien tiene la maestría de pilotearla, sin olvidar al experto de Marcel, que fue quien la armó. Además, tuvo la buenísima idea de ponerle los colores del Frente Amplio.

—Sí, cosas de mi hermano; también podría haberle pintado la «hoz y el martillo».

—¡Y se caería al suelo!... por el peso del martillo, quise decir.

—Dale —dijo, frunciendo su nariz—, dejá la cometa ahora. Vamos al agua que se nos va el día. Mañana ya es jueves y nos vamos a casa. Claro que quiero ver a mi madre, y a mi padre que ya tiene que haber llegado, pero... —se protegió del viento con la mano y al oído me susurró—: quiero inventarme un día del que pueda disponer a mi gusto e intercalarlo entre el de hoy y el de mañana aunque tuviera que descubrir un nuevo sol que mañana oficiara de astro para mi nueva jornada.

—¡Y alterarías el calendario! Y yo tendría que trabajar cuatro días más al mes. Además, tendrías que inventarte un nombre para tu invento.

—Eso sería lo de menos. Sería un día no laborable y la gente estaría contenta de tener una jornada libre más a la semana. Los amantes tendríamos una noche más para querernos. Lo llamaría «Venusdía».

—O «Buendía» —le contradije.

—¡No! Se llamará Venusdía. Y yo seré la famosa astrónoma que lo ha descubierto en un día de verano de 1971 porque está loca por...

¡No! ¡Mirá!, es así: la famosa astrónoma —que soy yo— descubre ese nuevo día incitada de tanto amor por su joven asistente. Y ese joven amante, el de la famosa astrónoma, sos vos. ¿Qué te parece?

—¿Querés decir que no nos vamos mañana?

—Está en nuestras mentes y en nuestros corazones y en nuestro anhelo el vivir un día y una noche como si fueran una eternidad, sabiendo que no lo son. Si me pedís un beso te doy dos; si me deseas, yo encadeno mi deseo al tuyo y luego lo multiplico por tres... y ya no puedo esperar más. ¡O me besás o grito!

Los besos pueden ser de muchas formas y texturas: diferentes en su sabor, en su presión, en su duración, en su atrevimiento o en su intimidad. Y también pueden ser de salitre y arena.

Con la piel mojada corrimos bajo el ardiente sol hacia la casa.

—Me gustó volar la cometa —me dijo—. Me trajo lindos recuerdos. Cuando éramos chiquilines, mi padre nos llevaba a la playa Ramírez y remontábamos la cometa entre los tres. A veces también venía mi madre; jugábamos juntos y, si hacía frío, nos íbamos a tomar un Toddy con cruasanes.

—Y Marcel, ¿jugaba con vos?

—Sí, la verdad que siempre nos hemos llevado bien; quizás porque tenemos la misma edad.

—¿Quién nació primero?

—Yo.

—¿Cómo lo sabés?

—¡¿Cómo no lo va a saber mi madre?!

—Así que viviste nueve meses en la panza de tu madre junto con Marcel. ¿Te pateaba? Quiero decir... si no estaban ustedes dos como sardinas en lata.

—¡Che! ¡Que mi madre no es una fábrica!

—Pero, mirá que compartir plaza.

—¡Claro! ¡Y vos de individualista! Yo por lo menos viví en comuna y compartí con mi hermano los vaivenes de la gestación.

—¿Y cómo hacía tu madre para darles de mamar a la vez? ¿Uno de cada lado?

—¿Lo preguntás en serio?

—Perdoná, ha sido una pavada de mi parte.

—Te perdono si... si otra vez que vengamos me acompañás a remontar la cometa en la playa.

—Te lo prometo —respondí—. Me gustaría que un día de estos me acompañaras al aeródromo y dieras una vuelta en la avioneta...

—¡¿Contigo?!

—No, con el instructor. ¿Le tenés miedo al avión?

—No; al avión no. No le tengo miedo a la muerte. Tengo miedo a morir...

—Si es lo mismo —dije, un poco confuso.

—Sí y no. ¿Cómo decirte? No es la muerte en sí misma, no creo en nada después de ella. Es el miedo a dejar de existir, a la pérdida de la memoria y a dejar de ser quien sos quedándote todavía mucho por vivir y saber que aún tenés sueños y tenés esperanzas. Viviendo podés proyectar futuros deseos, pero muriendo... No sé. Es el miedo a la nada, a ese vacío que queda. Cuando me entero de los asesinatos políticos pienso que la muerte no está al final de la vida, sino que en una situación de hostilidad y represión permanente es imprevisible. Claro que luchando no es absurda la muerte, si me caigo del avión sí que lo es. Lo absurdo de nuestra existencia no es vivir sino morir. Y peor aún, que te maten por tus ideas. Aunque no nos queda otra vida, ni otro mundo. Este mundo, te guste o no, es la única realidad. Y vos sos mi realidad por la que quiero vivir, y también para aportar ese granito de arena por la revolución socialista. Morir sería como abrir una puerta a la ausencia, a mi ausencia...

—O cerrarla, depende del lado que te quedes —le sugerí, integrándome en su pensamiento—. Yo quiero vivir con vos, en este lado, para siempre.

Daniela me lo agradeció con la mirada y me indicó que me sentara junto a ella.

—Para ir a la playa hace mucho calor —dijo—. Mejor nos quedamos en el patio y me contás de tu vida, pero primero quiero comer algo.

—¿Y después vos me contás de Carla?

Dejé el paquete de mortadela y el pan sobre la mesa y la miré impaciente.

—Pronto harán cuatro meses que volví de Buenos Aires —comenzó—. Por una parte, me parece que ha sido ayer; por otra, me parece mucho más distante. Es que estos últimos meses he vivido tantas cosas... cosas nuevas que, equivocada o no, necesitaba vivirlas. —Con el dorso de la mano limpió sus labios—. ¿Qué más querés saber de Carla? ¿Intimidades?

—No sé, lo que vos quieras. ¿Fuiste al cine con ella?

—Sí, una vez. Y vimos *Las cosas de la vida*, con Romy Schneider y Michel Piccoli.

—¡Ah! Sí, acá la pasaron. ¿Te gustó?

—Sí —respondió, cerrando los ojos, como recordando la película—. Trata de un tipo casado que se enamora de otra mujer y está ahí entre dos aguas porque no se decide. En un arrebato de duda, o de confusión, escribe una carta a su amante diciéndole que va a romper con ella y luego se arrepiente. En tanto se mata en un accidente. Y antes de morir recuerda a las dos mujeres; la carta que escribió a la otra; el recuerdo de las flores, el olor de los colores; los besos de su mujer, las caricias de la amante y todas esas cosas. Y le viene a la memoria cuando, con el lápiz de labios, en el espejo del baño, le escribe TE AMO. ¿Ves?, así son las muertes absurdas…, son las cosas de la vida —agregó, consternada.

—¿A quién le escribe «Te amo» en el espejo? —pregunté, confundido.

—A su amante. Y ese detalle me pareció romántico, porque cuando él se va le deja ese breve pero lindo mensajito que ella descubre más tarde.

—Vos dijiste que él recuerda las flores y el olor de los colores. Será el olor de las flores…

—Me equivoqué al decirlo. Aunque si tuvieras más sutileza apreciarías el olor de los colores… o la inutilidad de los angelitos. Por ejemplo… ¿a qué te huele el verde?

Miré las ramas del árbol. Respiré hondo:

—A… a bosta de vaca.

—¡No seas ordinario!

—Allá en el campo hay vacas, y a mí el campo verde me huele a bosta de vaca. ¿Qué querés que te diga?, ¿que huele a mar?

—¡Ya no juego más! —protestó con fingido enojo. Luego de un instante, agregó—: No estás tan equivocado, los milicos represores tienen uniforme verde y son la mierda. —Con semblante afligido, y furiosa, exclamó—: ¡Qué se vayan a la mierda! ¡Entreguistas y encima torturadores!

Intenté consolarla, y le dije:

—Vas a ver que dentro de poco tiempo va a caer este gobierno. Ya ves en Perú, hace tres años que Velazco Alvarado se hizo con el poder y ha nacionalizado los recursos mineros y la banca y, además, está llevando adelante la reforma agraria; sin olvidar las nuevas relaciones con la Unión Soviética. Y en Bolivia los gobiernos izquierdistas de Ovando y de Torres…

—No duraron ni dos años —me interrumpió—. Torres derrocado por Banzer hace apenas cuatro meses. Estados Unidos no va a permitir, bien con golpes de Estados, bien invadiendo militarmente, ningún gobierno soberanista. Ni acá ni en ningún lado. Acordate de la República Dominicana.

—Sí, pero no te olvides del «socialismo con olor a empanadas y a vino tinto» de la Unidad Popular, como dice Allende.

Daniela, perpleja, metió un dedo entre los dientes como queriendo morder sus ya muy cortas uñas y, contrariada, me dijo:

—No, Daniel, nuestra lucha está acá, nadie va a venir a ayudarnos. Mirá al Che, lo abandonaron en Bolivia; y arriba hasta el propio secretario general del Partido Comunista boliviano le da la espalda, diciendo que en su país no se daban las condiciones para crear un foco guerrillero… salvo que «él» mismo tomara el mando de la guerrilla. ¡Será traidor!

Noté el rencor que albergaba. Le puse una mano en el hombro y le pregunté si ella estaba metida en alguna organización.

—En ninguna. Sin embargo, todos deberíamos apoyar la lucha armada en la medida de nuestras posibilidades. Basta con que nos informemos, eso ya es un primer paso, y luego intercambiemos nuestras opiniones con la gente de la calle, con los mayores, sobre todo; los jóvenes están más conscientes de la realidad —recapacitó un poco, y continuó—: Tampoco te fíes de mis cálculos y especulaciones, gran parte de los «hijos de papá» están metidos en la fascista JUP. Y son muchos.

A medida que iba conociendo a Daniela descubría su gran preocupación por los acontecimientos sociales y políticos que marcaban el día a día del país y de su gente. Me dolía verla tan preocupada cada vez que surgía ese tema que comencé a abstenerme de sacar conversaciones al respecto. Las cambiaba por otras que la hacían volver a su natural forma de ser y a resaltar su belleza.

—¿Daniela...? —pregunté, no sin cierta vacilación—: ¿Extrañás a Carla?, quiero decir si... cuando yo te acaricio mis caricias son distintas. ¿Cómo eran las de Carla?

Se levantó, se acercó a mí, y me dijo:

—Juntá las piernas.

Me giré junto con la silla. Apreté las piernas, mientras ella abría las suyas y se montaba sobre las mías.

—Acariciame —me pidió.

Sentí su leve pero firme peso sobre mí y el corazón se me agitó. Le acaricié el rostro y ella, cerrando los ojos, lo complementó con un hondo respiro.

—Tus caricias son las más lindas, aunque esto no quiere decir que en aquel momento sus caricias no fueron también las mejores. Y no te pongas celoso que comparar las caricias de un pibe con las de una piba, quiero decir equipararlas, es un gran halago, para el pibe, claro.

Con un placer infinito me abracé a ella y recosté el rostro entre sus pechos. Me volvieron los recuerdos de mis primeras experiencias sexuales con Celeste y con Olga y sus «pedagógicas» charlas. Y pensé en las palabras de Celeste: «Algún día tendrás una novia, y cuanto antes empecés a conocer el cuerpo de una mujer, mejor».

Conté los días vividos con Daniela. Había descubierto su cuerpo y su intimidad, sus secretos y sus deseos. Y aún seguiría descubriendo su desnudez y su forma de amar, su picardía y su madurez. Me sentía enamorado para toda la eternidad. Y no me equivocaba.

11

> Allí suspiros, llantos y altos ayes
> resonaban al aire sin estrellas,
> y yo me eché a llorar al escucharlo.
>
> D. ALIGHIERI, *La Divina Comedia*, Infierno, Canto III

Miré a Julieta y le sonreí.

—¡Te gané! —le dije y me dije.

«Era hora», me contestó, guiñándome un ojo.

Estiré la mano y agarré la suya, indiferente a la presencia del Montesco que, dicho sea de paso, se mantuvo fuera de escena, sabedor de que los amores platónicos son solo eso: platónicos.

—¿Sabés?, también me gustás con tu pelo corto —le manifesté.

«Siempre te gusté, desde la primera vez que me viste, y eso fue... allá por el año 1969. ¿Te acordás?».

Claro que me acordaba. Fue otro de mis amores no correspondidos.

«Te enamoraste de mí porque personifico el amor que nace en cada corazón adolescente; simbolizo la vida, aunque moriré muy pronto. Pero no llorés por mí, no llorés aún, porque por otro amor has de llorar», dijo, no sin cierta tristeza en la voz.

—Ocultá esas palabras, borralas de tu historia. Cambiá la tragedia, que se muera el príncipe, él a vos no te gusta. Que se muera el cura, que bastante metió la pata al fiarse de la Divina Providencia —le contesté.

Su radiante mirada se detuvo en mí y, contrariado su semblante, agregó:

«No puedo, hay cosas que están escritas y no pueden cambiarse. El destino es el día a día de nuestra existencia».

Invadido de ardor trepé a su balcón.

—¿Te acostarías conmigo? —le pregunté.

Y ella, respirando hondo, respondió:

«Existo sí, pero no acá donde me ves; mas, si lo deseás puedo bajar a tu cama. Todo depende de vos...».

Retuve en mi mente la imagen del póster de la película y suspiré profundo. Apagué la luz y me abracé a la almohada. Reviví, casi a tiempo real, los días pasados junto a Daniela en Solymar. Pensando en mis apasionadas veladas me sorprendió el sueño, el sueño que muchas veces anuncia lo que ha de venir.

Al alba, con la primera luz, Julieta, liberada de sus tinieblas, se durmió a mi lado.

Lisa metió los dedos entre mi pelo, jaló suave, y me dijo:

—¡Buenos días! ¡Dormilón! ¡Feliz cumpleaños! Dale, bajá, que tengo el café hecho.

Abrí los ojos y le sonreí mientras despertaba al nuevo aniversario.

Un día, más lejano, me preguntaría ¿cómo es eso de nacer el último día del año? Nacer justo cuando toda la gente está de fiesta porque a alguien, hace más de cuatro siglos, se le ocurrió imponer un nuevo calendario. Sin embargo, en el día de mi cumpleaños, igual de cómo se mida el tiempo, hará muchísimo calor. Dará lo mismo que haya nacido mil novecientos cincuenta años después que Jesús de Nazaret; seis siglos más tarde, según los musulmanes; o ser dos mil quinientos años más joven que Buda.

Sobre la mesa de la cocina, la cafetera, unas rodajas de pan dulce y un paquetito. Le di un beso a Lisa. Me serví café y miré el envoltorio.

—Es para vos. ¿No lo vas a abrir?

Contento, lo abrí; ¡el single de *Mrs. Robinson*! Claro que me gustaba, ¡y mucho! Y, además, dos pañuelos, uno rojo granate (que aún conservo) y otro verde botella (este perdido, andá a saber en los ojos vendados de qué *gurisa*, y olvidado entre celestinas sábanas). Así como el single tenía el lado A y el lado B, yo tenía también mis pañuelos «A» y «B». El primero, en el bolsillo izquierdo del pantalón; el segundo, en el derecho. Uno por si me limpiaba la nariz —cosa que no solía hacer delante de una piba—; y el otro, el de color, para actos más románticos como limpiar la frente de una amiga, si luego de cálidos roces una gota de sudor bajaba por su rostro.

El programa de fin de año se desarrollaría como de costumbre. Tendría que adaptar mi personal celebración de cumpleaños al común festejar del grupo familiar: la obligatoria ida a la playa Carrasco, acompañada por chapuzones en el mar y suculentos sándwiches bajados con cervezas y refrescos. Al anochecer regresábamos a la casa y encendíamos las lucecitas del eterno y artificial arbolito de Navidad. Culminábamos la veraniega jornada con el cordero al horno, los turrones, la fruta abrillantada y la sidra, hasta que el reloj marcara la medianoche y los presentes unirnos en un ¡FELIZ AÑO NUEVO! Para más tarde, los que todavía tenían energía, irse a los bailes del Platense o a las cervecerías del Parque Rodó.

Y ahí quedaba yo con un año más —sin estrenar—, sobre mi lozana juventud. Juventud que me hacía arder de ansias de ver a Daniela; pero no me atrevía a llamarla, y menos sabiendo que su padre podría atender el teléfono. ¡Cómo me fastidiaban esas fiestas que se interponían entre mis deseos y mi impaciencia! Además, me debía un regalo. ¿Hasta cuándo me hará esperar? Pendiente de la llamada miraba, afligido, el reloj.

Al mediodía sonó el teléfono:

—¡Feliz cumpleaños, Daniel! Espero que estés pasándolo bien a pesar del calor que está haciendo. A la tarde me voy con unas amigas a la playa, y a la noche ya sabés: ¡comilona con la familia!; y luego al baile del Platense. Me alegraría mucho si vinieses conmigo.

Alegué razones familiares para no acompañarla. No porque no quisiera estar junto a ella, pero, si tenía que bailar —mejor ni pensarlo— sería la total vergüenza. Hasta el pibe más patadura me dejaría en ridículo. Es que las mujeres le dan mucha importancia a eso del baile y de la música. Cuántas veces había visto, en los bailes del pueblo, cómo las pibitas admiraban y hasta se peleaban por quien se hiciera el «Rey» de la pista meneando las caderas y agitando las rodillas al ritmo del twist. Y, envidioso, me preguntaba por qué ellos pueden moverse así, y encima tan seguros. Y yo era (y soy) incapaz de bailar el Himno nacional, en el que basta con ponerse de pie, firme, solemne, y con cara patriótica. ¡Ni eso! ¡Seré patadura! ¡Ay!, si mi madre hubiese sido una mulata del Barrio Sur, te aseguro que me movería como esos pibes al son de los tambores y sería el REY con mayúsculas. Pero acompañarla para quedarme aburrido, de pie en una esquina, mirando el techo no me convencía mucho. «Che, Daniela, y ese, el que está ahí como una estatua petrificada, ¿es tu amigo o es un congelado?», imaginaba que leería en las miradas de sus amigas. Además, ante potenciales rivales les haría resaltar las cualidades seductoras. Así que di por terminado el año 1971 y a la última noche le siguió el amanecer del que recién comenzaba.

Me levanté temprano y fui a la playa Ramírez. No porque me gustase esa playa, sino más bien por recordar a Daniela y sentirme próximo a su casa.

«¿Ya se habrá levantado o aún estará durmiendo?», pensaba, melancólico.

Caminé por la orilla hasta el final de la playa. Repetí el nostálgico paseo una vez más. Y luego otra vez. A la quinta caminata, decidí regresar a casa.

Llevé el tocadiscos a mi cuarto, conecté los parlantes y puse el nuevo disco. Tarea que me mantuvo muy ocupado, porque cada pocos minutos tenía que levantarme y volver el brazo al borde del disco para repetir la canción.

—¡«Pelusa», teléfono! —gritó Lisa.

Bajé las escaleras volando y corrí hasta el aparato.

—¡Feliz Año Nuevo! ¿Cómo te sentís con tu mayoría de edad? —preguntó Daniela—. Me gustaría verte, ¿por qué no venís hoy por la tarde? A partir de las cinco está la casa tranquila.

Acepté, por supuesto. Agarré mi nuevo disco, dos turrones y un paquete de *ticholos*. Subí al primer autobús hacia el centro. Me bajé en la Intendencia y corrí por Ejido hasta la calle Durazno. Toqué el timbre, impaciente por verla, con bastante nerviosismo porque estaría su padre.

—¡Pasá! —dijo, dándome un beso—. ¡Mamá! Está Daniel —anunció con alegría.

Silvia vino a recibirme deseándome un próspero año nuevo y un feliz cumpleaños. Agradecí la cortesía, giré los ojos y vi a su padre dirigirse hacia mí. Me tendió la mano y me indicó pasar al salón.

—Sentate. Me alegro de conocerte —me dijo—. Daniela me habló mucho de vos.

Y su madre complementó:

—Desde que llegó de Solymar. ¡Y ya quiere irse de nuevo!

Reflexioné a toda máquina: ¿qué habrá contado de nuestra estadía en la casa de Solymar? ¿Qué sabrá su padre de mí? ¿Sabrá que estoy enterado de su relación sentimental con otra mujer? ¿Y lo de Marcel…? Mi preocupación fue interrumpida por la madre:

—Daniela te ha preparado un postre francés al estilo de los que hacía su abuela.

En el comedor divisé una fuente con manzanas asadas colocadas en círculo. Sobre la manzana del centro, una velita rosada. Dos fuentes con alfajores y mazapanes escoltaban el culinario regalo. Las tacitas de colores se intercalaban entre la jarra de agua y la cafetera. Nos sentamos a la mesa: sus padres en un lateral, Daniela y yo en otro.

Miré las sillas vacías. Faltaba Marcel. Mejor así.

Silvia indicó que el café estaba hecho. Me preguntó si lo tomaba con leche mientras me acercaba el azucarero, a la vez que Daniela se levantaba y encendía la velita.

—Es solo una vela. Es el «uno» de veintiuno. ¡Feliz cumpleaños! ¡Dale! ¡Soplala!

Una vez apagada la llamita los tres me desearon muchas felicidades. Por ser el agasajado se me sirvió primero. Me tocó la manzana con la velita rosada.

La velada transcurrió amena, sin ninguna pregunta incómoda. Pude explayarme en relatos de mi vida en Paso de los Toros y así esquivar posibles indagaciones respecto a mi amistad con Marcel.

Su madre propuso abrir una botella de sidra.

—Para festejar el primer día del año y tu mayoría de edad —me dijo.

Daniela se levantó, de un estante agarró un envoltorio y me lo entregó:

—Quiero que lo leas antes de que lo censure el gobierno. Es la primera edición y está ya agotada.

Abrió el libro en la segunda página y escribió:

Para vos,
  Montevideo, a 13 años del triunfo de la Revolución cubana.

DANIELA

—¡Gracias! *¡Las venas abiertas de América Latina!*, toda la gente habla de este libro...

—Y también muchas voces de la reacción lo difaman —agregó Daniela—. Se sienten identificados con los explotadores, como pasó con *A desalambrar*. ¿Te acordás?, que a los pocos meses la derecha sacó una contracanción, glorificándola de patriótica, y se convirtió en el himno de la JUP.

Silvia ofreció la sidra y, mirando hacia el libro, dijo:

—Tené cuidado que Daniela no te enrede mucho con sus ideas políticas, con los dilemas de cambiar el mundo antes de que el mundo nos cambie a nosotros. Es un poco cabeza dura, pero es reflexiva; llegado el momento te escuchará, aunque no cambiará de opinión.

—¡No exageres, mamá! —exclamó Daniela—. Y claro que tenemos que ser firmes en nuestras convicciones. ¡O estamos de un lado o estamos del otro! No podemos dudar, eso sería capitular ante nuestros ideales. Si no somos consecuentes con la protesta, el régimen la puede vulgarizar y de esa manera contrarrestarla. Mirá la cantidad de camisetas con la cara del Che que vende el capitalismo, que hasta los «fachas» se la ponen cambiándole el simbolismo.

—No lo tomés así —intervino su padre—, Silvia no quiso poner en dudas tus ideas ni tus aspiraciones.

—Lo sé. Es que hoy me levanté un poco preocupada. Se corre la voz de que los *tupamaros* ocuparon una emisora de radio en Paysandú y leyeron una proclama dando por finalizada la tregua. ¡Y los milicos no se van a hacer esperar con el aumento de la represión!

—Te entiendo —dijo su madre—. Todos estamos preocupados por la escalada de violencia de las Fuerzas Armadas, y más aún cuando Bordaberry asuma el poder.

Conociendo a Daniela, para calmar un poco los ánimos, propuse escuchar el disco que había recibido de regalo. Idea que sus padres aprobaron comunicándonos que ellos iban a salir con amigos.

—¿Te lo regaló Lisa? —preguntó Daniela—. ¡Qué bien! A mí también me gusta. Sobre todo el lado «A», aunque el tema *Mrs. Robinson* está buenísimo también. ¿Te acordás de la película?

—Sí, la vi con Lisa el día que la estrenaron.

—¿Te gustó?, me refiero a la situación de infidelidad de la señora Robinson para con su marido, que, dicho sea de paso, se lo tiene más que merecido. ¡Pero, en el lío que se mete el pibe!, bueno, lo mete ella a él. ¡Y cómo lo seduce en la escena del hotel! Sentada al borde de la cama se quita insinuante las medias y él, con las manos en los bolsillos, incrédulo y tímido, la contempla sin saber qué hacer.

—Sí —respondí—. Y te acordás cuando el tipo de la recepción le pregunta si tiene equipaje y él, sin saber qué decir, contesta: «Sí», y saca el cepillo de dientes. Y después se enamora de la hija de ella...

Daniela hizo como que no me oía, como que eso de intercambio de parejas dentro de la propia familia no le gustara mucho. Agarrando el disco, dijo:

—Dale, poné el tocadiscos y lo escuchamos juntos.

Ya sin la presencia de sus padres fuimos recuperando nuestra intimidad. La abracé y la besé con ganas, como queriendo empezar el año con las mismas avideces del anterior. Daniela moderó mis ansias interponiendo el disco entre su pecho y el mío.

—¿Y cómo estuvo el baile de fin de año? —pregunté, disimulando mi arrebato.

—La verdad que bien, muy concurrido. No me quedé hasta el final, aprovechando que el Trashorras fue a buscar a su hermana me vine con ellos.

—¿Quién es el Trashorras?

—El hermano de la Merche, la piba más linda del barrio. Vuelve locos a todos. La verdad es que me la echaría de novia; claro, si no estuviera tan enamorada de vos —agregó riendo, mientras abría sus piernas y se sentaba sobre mí.

Me excité y a la vez me contuve por temor a que regresaran sus padres sin previo aviso. Daniela notó mi titubeo y me dijo de ir a su habitación.

Acepté, contento.

—¿Ves qué ordenada está? Este año me propuse ser aplicada. No sé si me va a servir de algo. Empecé hoy en la tarde, media hora antes de que vinieras. ¡Y mirá!, *Voilà*, estratégicamente ordenada. Lo que estaba a la derecha lo dejé donde estaba y lo de la izquierda lo puse encima; es decir: quedó todo igual que antes, solo cambiaron las apariencias. Ya ves, por lo menos la intención he tenido.

Recorrí la habitación con la mirada, le sonreí y dije:

—¡Ya sé! Esto es lo que un día me explicaste: «El orden es un caos por descifrar».

—La frase es al revés, pero es lo mismo, da igual de qué lado lo veas. Y si seguís mirando te parecerá que está todo cambiado. Al final es solo una ilusión de nuestros sentidos; bueno, eso dicen. Yo no me lo creo. Vos estás tan presente como el pañuelo rojo sobre mi lámpara.

Eché un vistazo al pañuelo y volvieron los recuerdos del segundo día con ella, cuando me dijo: «este pañuelo rojo, con el que armonizo mis sueños, me lo pongo en el cuello y me protejo de vos». Miré hacia el escritorio, vi el estuche con la estrellita roja estampada en la tapa y le pregunté por su llave, aquella llavecita dorada que colgaba de la cinta que le sujetaba el pelo.

—Ya te expliqué que en esa cajita guardo secretos de mi vida, de mi vida anterior... ¿cómo decirte?, no de la mía propia, sino de otra mujer a quien en otra vida quizás conocí. Secretos que a veces regresan a mí de una manera tan inesperada, casi velados... que atrapan mi sueño y me roban la vida.

—No te entiendo, Daniela. Me decís cosas raras. ¿No fumarás marihuana?

—No, no fumo nada de nada —respondió con enfado—. A veces me pasan cosas que desconozco cómo acontecen. Cosas que están del otro lado de los sueños... y ya no puedo despertar de esa angustia que no es mía. Y oigo voces desesperadas y... no... y... no...

—No llores, contame qué te pasa. ¿De qué tenés miedo?

—Esta noche pasada se repitió una visión que ya he tenido. Es como una fuerza oculta que me agarra de los pies y luego tira con furia de mis piernas queriéndome separar en dos partes y me veo confinada en dos lugares diferentes. Diferentes en el espacio y en el tiempo, como si fuera un sueño dentro de otro sueño. Y esta vez estabas vos en ese arenal maloliente con una parte de mi cuerpo del otro la...do de la... la... raya.

—¿De qué raya?

—Más que una raya era una cortina de ni... niebla que se levantaba hasta mis rodillas. Yo podía verme y verte y hablarte, pero vos no notabas mi presencia, ni de un lado ni de otro. Estabas como ausente; sin embargo... sin embargo te dejabas guiar por mis palabras en esa soledad que no tenía ni día ni noche, donde imperaba un aire muerto y oía gritos, gritos de dolor. Y a mi alrededor todo era negro, y mis oídos se tapaban y no podía respirar y...

—Daniela, no sigas hablando de esas cosas. Solo son engaños de tu imaginación. Lo que me contás parecen relatos del más allá. No lo entiendo, porque vos no creés en otra vida después de esta.

—No se trata de otra vida, se trata de recu... recuerdos pasados que... que al igual que los pensamientos, persisten. Sí, persisten y no mueren, ni se pueden matar.

Tras un profundo suspiro bajó la mirada.

—A veces, creo que dentro de mí hay otra persona —me dijo, perturbada—. Como que yo no soy yo. No creo que esté loca...

—No confundas tus fantasías con la realidad. Vos tenés unos padres que te quieren, que te ayudan.

—Es cierto, no debo preocuparme. Aun así, no quiero estar sola. Quedate conmigo. Quiero duermas junto a mí.

—¡¿Y tus padres?!

—Mis padres no dirán nada. Claro que me preguntarán, más por pura formalidad y cariño que por regañarme. Tal vez me juzguen, pero no me lo reprocharán. ¿No te trajo un día Marcel a su habitación?

—¿Qué les digo si me ven mañana en tu cama? ¡Además, vos todavía sos menor de edad!

—¡No digas pavadas! ¡Claro que aún tengo veinte años! ¡Igual que mi hermano!, por si se te olvida. ¿O es que él sí puede traerte a casa y yo no?

Accedí. Llamé a Lisa y le conté que me quedaría en casa de los padres de Daniela.

Esa noche la pasamos muy próximos, con nuestros cuerpos desnudos apenas cubiertos por la sábana. Ella se durmió abrazada a mí, y yo estuve casi hasta el amanecer en un voluntario insomnio pensando en el sueño que Daniela había tenido, reflexionando sobre los acontecimientos del primer día de mis flamantes veintiún años y sufriendo, ya de antemano, el inevitable encuentro matinal con su padre.

A pesar de ser domingo decidimos levantarnos temprano y que sus padres nos encontraran desayunando en la cocina a que nos vieran salir juntos de la habitación. No sin cierto nerviosismo —por lo menos de mi parte— prolongamos nuestro café con cruasanes hasta que llegaran ellos.

Silvia fue la primera en saludarnos, queriendo restar importancia al inusual proceder de su hija y de paso armonizar el encuentro. Su padre reaccionó como si nada escandaloso hubiera pasado, dándome los buenos días y preguntándome si me gustaba el café hecho al estilo de su hija: «muy fuerte y sin leche».

Así comenzaba para mí aquel año de 1972. Me sentía feliz con el manifiesto amor de Daniela, el beneplácito de sus padres y la complicidad de Marcel. El cariño y el apoyo de Lisa, más otros provechosos sucesos en mi lozana juventud, complementaban mi felicidad.

Daniela me agradeció el haberme quedado con ella y que me hubiera mostrado tranquilo y sin miedo:

—¡Ves! No hubo bronca. Ya te conté, el día que nos conocimos, que mis padres son muy tolerantes. Este día queda como precedente. Quiero decir que te podrías quedar una noche más conmigo… —se rio y agregó—: Claro que después van a querer que te cases con su hija.

—Yo me casaría con vos…

—¡Ah! ¡Sí! ¿Y de qué vamos a vivir? ¿Contigo pan y cebolla?

¿Me lo estaría diciendo de verdad? Años antes, cuando le había propuesto a Ana Laura irnos juntos a Australia me contestó con la misma frase de «pan y cebolla». Volví a pensar en su respuesta y me di cuenta de la absurda proposición.

Ella notó mi entristecida expresión y me dijo:

—Claro que me casaría contigo, pero no ahora. Un día, cuando este país haya cambiado, nos casamos. Y para que nos sigamos conociendo mejor, ¿por qué no pasamos unos días en Solymar? El jueves es fiesta, ¿qué te parece si nos quedamos hasta el domingo?

El corazón me saltó de alegría. Ya deseaba que fuera jueves. Además, el pasar cuatro días de intimidad con ella sería el regalo más lindo que los Reyes Magos podrían haberme traído en toda su absurda historia de filántropas cabalgatas. Si mi sueño llegaba a realizarse, es decir, a repetirse la luna de miel con Daniela, daría por hecho que los tres Reyes eran unos tipos macanudos. De paso les perdonaría los inútiles regalos que había recibido en los años de mi inocente infancia, allá por la década de los cincuenta.

En el autobús, sentados en la última fila, con su cabeza recostada en mi hombro, preguntó Daniela:

—¿Qué te dejaron los Reyes?

—Te lo cuento cuando lleguemos a Solymar. ¿Y a vos qué te trajeron?

—Lo mismo que a vos. Te lo cuento cuando lleguemos a la casa.

El sol de enero nos abrasaba. Dejamos nuestras pertenencias en la casa y corrimos por la caliente arena a tirarnos al agua, casi sin sacarnos la ropa.

Regresamos atravesando las dunas. Camino a la casa entramos en el *boliche* a hacer las indispensables compras.

Una semana entera había pasado desde los días vividos en pleno éxtasis y locura. Hoy se anunciaba un encuentro igual, que deseaba yo vivirlo tan ardiente como en nuestro primer viaje. Abrimos puertas y ventanas, espantamos moscas y hormigas, arañas y mosquitos, y ventilamos la casa.

—¿Qué comemos? —preguntó Daniela.

Guardé un huidizo silencio y esperé su propuesta.

—Huevos con papas fritas —indicó, casi con autoridad.

Mirándome de reojo me insinuó de ir a la ducha.

Acepté la propuesta contestándole que me esperara. Esta vez el agua caliente duró el tiempo suficiente para amarnos y aplacar nuestro deseo.

Luego de comer nuestro merecido menú decidimos salir al patio a tomar el café. A la sombra de los árboles reanudamos las atrayentes conversaciones del año anterior. Prestaba total atención a cada palabra de mi bella anfitriona y todo mi ser se rendía, enardecido de pasión, ante su presencia.

Daniela deslizó la mano por su vientre insinuando un embarazo. Con pensativo gesto me dijo:

—¿Te imaginás? Yo de madre y con hijos…

—Hay pibas aún más jóvenes que vos que ya lo son.

—¡Claro que las hay! Pero contra su voluntad. Mirá esas pobres chiquilinas que ya de adolescentes han tenido que tener hijos sin casi haber conocido la infancia. Mirá en los barrios marginales: cuanta más pobreza, cuanta más ignorancia, más hijos. ¡Si son casi niñas! ¿Qué futuro les espera? Olvidadas en ese mundo de cartón y lata, de miseria y violencia. ¡No! Eso tiene que cambiar. Por ellas tenemos que hacer la revolución.

Sí, eso lo sabía muy bien. En muchos pueblos del interior había visto la penuria. Las pibitas que vivían en los barrios alejados del centro no eran igual a las vecinitas de mi calle. Cuando pasaba por sus casas me miraban diferente a mis amigas, eran como más despiertas, hasta más astutas —diría—. Hijas de la «Escuela de la vida», donde se aprende a sobrevivir, pero nadie se gradúa de nada, y solamente si se tiene suerte se puede salir de la pobreza. Pensaba en Olga y en Celeste. Estaba claro que muchas de esas niñas, sin quererlo, terminarían prostituyéndose.

—¿Podrías tener un hijo mío? —le pregunté.

—Claro que podría tener una hija tuya, porque te quiero. Aunque si quedara embarazada de vos no te lo diría; así, si un día tuviéramos que separarnos, fuese por lo que fuese, siempre pensarías en mí.

—Nunca me voy a alejar de vos.

—Lo sé. Te digo eso porque quiero hacerte dudar. Para que eternamente pensés en mí.

Entre conversaciones y confidencias, caricias y besos, iba aprendiendo muchas cosas con Daniela, a la vez que adquiría una percepción más clara de la aguda crisis social y política que atravesaba la sociedad uruguaya. Todavía me faltaría un largo trecho para alcanzar una conciencia ideológica más profunda.

Me senté en el borde de la hamaca y le pregunté:

—Y ahora, decime, ¿qué te trajeron los Reyes?

—Me trajeron lo mismo que a vos.

—¿Cómo lo sabés?

—Porque a la edad que tenemos, los reyes, esotéricos o monárquicos, deben terminar siendo derrocados y encarcelados por anacrónicos y fuera de lugar, sin olvidar el reguero de sangre que provocan para mantener sus reinados. A rey destronado, rey ajusticiado. Y como los reyes dejaron de existir no me trajeron nada. Aun así tengo un regalo. ¡Y muy lindo! Te tengo a vos. Y no fueron los Reyes, fue el destino el que hizo que te cruzaras en mi camino.

«Más que el destino, fue Marcel», pensé. Me abstuve de tal revelación. Aunque, anticipando la segunda luna de miel, no renunciaría a decir que los Reyes Magos son unos tipos geniales.

—¿No te parece que sos muy joven para casarte? —dijo—. Claro que te entiendo, sé que te gusto. Pero creo que para vivir como una pareja formal tienen que darse ciertas condiciones; quiero decir que, antes de casarnos, deberíamos estar un poco más claros —no con nuestros sentimientos, ya que estos son verdaderos—, pero sí en vista de lo que es vivir el día a día en una relación de pareja. Debo pensar primero en estudiar, en llegar a algo que pueda darme una independencia económica. Y no solo de mi parte, de la tuya también. Creo que la relación tan linda que vivimos en este momento no es muy compatible con el matrimonio… porque a veces, por no decir en la mayoría de los casos, deja de ser amor lo que se convierte en realidad y rutina. —Me dio un beso y agregó—: No tengas miedo. Nunca voy a dejar de quererte. Mi amor por vos no nació ayer, viene de muy lejos.

Recapacité en lo inoportuno de mi pueril propuesta matrimonial. Sin embargo, Clementina se había casado con Hugo cuando apenas tenía diecinueve años. Claro, de eso hacía ya casi una década. Ahora era diferente, Daniela podía cometer el pecado carnal sin la necesidad de contraer matrimonio. Pensando que esta vez no debería repetir el casto juego de inocentes novios, como con Ana Laura, intenté besarla.

Fui sosegado por un gesto de contención:

—¡Pará!, que vas muy apurado. Vamos a bañarnos y después a caminar por la playa.

Con el frescor del agua calmé, por el momento, el intenso deseo. En las rocas buscamos la sombra de nuestro sitio preferido. Nos tumbamos bajo el limpio cielo con nuestras miradas intercambiándose entre los descubrimientos íntimos y la arrugada superficie del mar, sin alejarnos más allá del horizonte. El sol de la temprana tarde continuaba dando un calor espeso, entorpeciendo nuestro expresivo silencio. Daniela, despertando del bochorno, señaló la lejanía:

—Otro barco que se va cargado de esperanzas… Esperanzas mezcladas con lágrimas de tristeza por el exilio forzado, por la nostalgia que pronto sentirán, por la separación. Por otra parte el ansia de la libertad, de escapar de la represión militar, anhelando mejor suerte en ese otro país a donde llegarán. No son traidores; no. Yo no les puedo reprochar nada, son decisiones personales, muchos escapan para salvar su vida. ¡Pero a qué precio! Los barcos que se van no se llevan tu casa, tu calle, tu escuela, ni siquiera tus amigos. Es como cuando arrancás un árbol a la fuerza, la mitad de las raíces se quedan. No es fácil el destierro, como dice el Poeta: «Probarás cuán amargo sabe el pan ajeno y cuán duro es subir y bajar por escaleras de otros».[3]

—A mí me gustaría irme a otro país. No de exiliado. Me gustaría llegar a otro sitio y comenzar a vivir otra vida. ¿Vendrías conmigo?

---

[3] *La Divina Comedia*, Paraíso, Canto XVII

—Ya te dije que no quiero dejar Uruguay. No tengo motivos, nadie me persigue, y tengo mucha esperanza de que esta situación cambie dentro de poco tiempo. Además, Uruguay es grande y quiero conocer al país y a su gente. Te conozco a vos, y un día quiero conocer tu pueblo, tu familia, tus amigos. De una manera u otra, seguiremos siempre unidos, nada podrá detener el presente, aun cuando nuestro futuro sea incierto...
—dándome la mano, agregó—: Vamos a casa, el sol ya calienta.

En el patio partimos la sandía y refrescamos nuestra sed.

Al caer la tarde, luego de haber descansado al amparo de la sombra, volví a preguntarle a qué viaje se refería.

—Descubro en vos, mejor dicho, presiento tu necesidad de ausentarte. Sé que te irás. ¿Cuándo? No me preguntes porque no lo sé, aún no lo sé. El porvenir es siempre cambiante. Esa señal la llevás dentro y la percibo, y nada podrá retenerte. Ni yo misma. Tu destierro lo sufriré yo, eternizando tu recuerdo en mí, y será como seguir juntos a pesar de la distancia. Siempre tendré un lugar en tu vida aunque vivamos en sitios diferentes.

—Daniela —le dije, molesto—, otra vez estás confundiéndome. Toda mi vida he estado de un lado para otro desde que nací, pero viajando con los pies en la tierra. No he ido más lejos que a Buenos Aires y siempre en este mundo; sin embargo vos..., no sé..., hablás como que vinieras de otro planeta. Con tus vaticinios querés hacerme creer que te adelantás a los hechos. Al final, voy a pensar que te estás riendo de mí. Además, hace poco te conté de las intenciones de irme a Australia con mis hermanos. Quiero decirte que no hay nada de magia en tus agüeros.

—A veces no me entiendo a mí misma. No quiero confundirte, pero hay días en que no sé ni dónde estoy, que cuando me levanto tengo la sensación de sentir como un eco que regresa del pasado y me siento desconcertada, sin saber si estoy pensando o no estoy pensando los pensamientos que estoy pensando...

—¡Ya seguís con lo mismo! —exclamé, abrazándola. Poniendo cara de inocente, agregué—: ¿No será que conviviste tanto tiempo con tu hermano en la panza de tu madre que se mezclaron las embrionarias sapiencias fraternales y tenés un caos en tu cabeza, un fraternal caos?

—¡No! Y no te rías vos ahora de mí.

—No me río. Me da lástima verte así, con esas preocupaciones. Vení, te invito a un helado y después a ver el mar.

Tras tomar el helado lavamos nuestros pegajosos dedos en la orilla y caminamos hasta las rocas. Con el sol ya más bajo nos sentamos uno recostado en la espalda del otro.

—Yo miro hacia Montevideo. ¿Y vos? —preguntó Daniela.

—Yo hacia el Brasil, para allá —le dije señalando con mi mano, aunque ella no podía verme.

—¿Por qué te vas tan lejos? Podrías decir mirando hacia Piriápolis, que queda más cerca y es uruguayo. ¿Dónde está tu nacionalismo?, en Brasil hay una dictadura militar.

—Acá también la hay o casi la hay. Además, en Brasil hay mulatas preciosas.

—¡Ufa! ¡Che! Ya estás igual que todos los tipos. Se les cae la baba solo de oír nombrarlas. También hay mulatos lindísimos; pero eso, en este momento, no viene al caso tener que discutirlo. Y ahora, decime, qué vez desde tu lado.

—Algo parecido a una montaña gris, en el fondo, que se confunde con las nubes.

—Es el cerro Pan de Azúcar, y lo ves gris porque de tu lado se acerca el atardecer. Yo, sin embargo, puedo ver el sol desde mi lado.

¡Eh! ¡No te des la vuelta! Además, veo otro barco que se va. Un día pondrán un cartelito en la salida del puerto: EL ÚLTIMO QUE SE VAYA QUE APAGUE LA LUZ.

—Pienso que todos los que se van, se van con la idea de ir y volver.

—No, Daniel, no se van de vacaciones. Es un éxodo forzado. La mayoría ha tenido que tomar decisiones irrevocables. Claro que todos quieren volver. Aun así, una vez que comenzás otra vida en países tan alejados, quieras o no, tendrás que adaptarte a los nuevos cambios. Me refiero a convivir con gente diferente, con otras costumbres, con otro idioma. Muchos han encontrado asilo político en los países escandinavos. ¿Te imaginás, acostumbrarse al frío? Y a los largos días que son más noches que días. No sé, pienso que no es tan fácil adaptarse a otras culturas.

—Sin embargo, Uruguay es un país donde la población es inmigrante y convivimos como un solo pueblo.

—Eso sucedió hace mucho tiempo y la situación era diferente, el estado necesitaba y fomentaba la llegada de los extranjeros al país. Así nació el Uruguay de hoy. Pero la mayoría de los uruguayos que se van al extranjero llegan en calidad de exiliados a sociedades que no necesitan emigrantes. Digamos que los aceptan para hacernos un favor —siempre a nivel de gobierno, por sus propios intereses—. No preguntan a sus ciudadanos si están de acuerdo en que lleguen extranjeros. Y después esos emigrantes son los que sufren el desprecio, y hasta el racismo, en los países de acogida. Depende también de en qué etapa de tu vida y bajo qué circunstancias emprendés el destierro. Claro que quisieran volver si pudieran. Si bien más de la mitad, al final, acaba, de una manera u otra, por integrarse al nuevo país. Y, aun así, viven con la nostalgia de volver. Pienso que a las personas mayores les cuesta más asumir ese destierro. Como dirá una escritora uruguaya: «El viaje de regreso lo emprendemos con la memoria».[4]

---

[4] Cristina Peri Rossi, *Estado de exilio*

12

> ...y entonces tuve un mal sueño
> y el velo del futuro fue rasgado.

D. Alighieri, *La Divina Comedia*, Infierno, Canto XXXIII

Llegamos a la casa con la última luz del día. Daniela puso las noticias de la radio y yo propuse cocinar arroz con huevos fritos. El menú fue aceptado por unanimidad: la suya y la mía.

—Tiene buena pinta el arroz —dijo ella—. Veo que vas aprendiendo. Unos días más y terminás siendo un buen cocinero. Lo de cocinero te lo digo porque son los hombres los que escriben libros de cocina y se lucran con los restaurantes. En toda la historia de la humanidad han sido las mujeres quienes más contribuyeron al desarrollo del arte culinario. Y ahora andá sirviendo que ya apago la radio, no hay ninguna noticia relevante. Sin embargo, no me fío, con la censura no permiten difundir nada que les pueda perjudicar. Mejor nos vamos al patio a mirar las estrellas, y de postre ¡melocotón en almíbar!

Me miró pensativa, y agregó:

—Me dijiste que un día me contarías de tu padre. Lo mataron, pero ¿por qué?

—Lo mataron cuando yo tenía dos años. Y no me enteré hasta que empecé la escuela y oí decir a las maestras: «pobrecito, a su padre lo mataron...». Ahí comencé a entender la muerte de mi padre, aunque recuerdo que mi tía ya me había hablado, de una forma menos directa, de los hechos. Por lo que escuché, parece que era de esperarse algo así.

—¿Qué querés decir con «algo así»?

—Parece ser que mi padre andaba en líos de polleras... Que fue un crimen más traicionero que pasional: un asesinato. El propio policía que trabajaba para la misma empresa que mi padre le disparó seis tiros a quemarropa. El primero fue mortal y después lo remató en el suelo. Mi padre no tuvo tiempo de sacar la pistola del cajón de su escritorio.

—¿Por qué lo mató?

—Por celos. Resulta que donde estábamos viviendo, allá en un rincón perdido del río Negro, mis padres tenían una pibita de sirvienta... de sirvienta y de amante de mi padre. Sí, una muchacha; y en aquel sitio olvidado del mundo una mujer era más preciada que el oro. El policía también le había echado el ojo a la pobre chiquilina... Así fue el trágico desenlace.

—¿Y tu madre? ¿Presenció todo?

—Sí. Ella estaba con mi hermano. Desde la habitación contigua oyó a mi padre gritar: «¡No! ¡José! ¡No dispares!». Y cuando mi madre abrió la puerta se tiró de rodillas, queriendo devolverlo a la vida. El policía, con total sangre fría, dio media vuelta y se fue.

—¡Qué horrible!, presenciar el asesinato. ¿Y vos y tu hermano qué hicieron?

—Luis, que tenía cinco años, todavía guarda un confuso recuerdo de lo sucedido. Y yo, según he oído contar a mis tíos, dormía en la habitación que estaba detrás del escritorio de mi padre. Una de las balas se incrustó en el lateral de mi cama.

—¿Y la muchacha? ¿Qué pasó con ella? ¿Y tu hermana dónde estaba?

—Mi hermana estaba en un internado de Sarandí del Yi. De la muchacha nunca supe nada. Según mi hermana la mandaron a la casa de sus padres, en Solís de Mataojo.

—¡Pobre pibita!, ella no tenía culpa de nada. ¿No te parece? Trabajando de sirvienta, y arriba ser utilizada. No quiero faltarle el respeto a tu padre, pero que se la disputaran en un duelo a ver a quién pertenecía, ¿qué querés que te diga? ¡Y pobre tu madre! Tener que haber vivido eso. Y con tres hijos pequeños. Y vos…, ahora entiendo por qué en la foto de la escuela tenés esa cara de pibito resentido.

—La verdad que siempre fui arisco con la gente. Tené en cuenta que mis únicos contactos humanos eran madre, padre, hermano y, por supuesto, aquella desdichada muchacha que tantas veces me habrá tenido en sus brazos.

—La verdad es que ha sido una desgracia para todos. Menos mal que, de un modo u otro, ustedes han encontrado otra familia. Vos con tus tíos en tu pueblo, tu hermano con esa pareja acá en Montevideo. ¿Y tu hermana?

—Mi hermana tuvo que luchar sola y hacerse su vida. Menos mal que ha sido una mujer muy valiente para enfrentarse al mundo. Y ahí está, viviendo en Buenos Aires.

—Pobre la pibita. Ha sido la perdedora en esa historia que no era la suya, por la rivalidad de dos hombres que querían poseerla.

¡Che! ¡No es justo! Hasta en su pueblo y en su propia familia —si es que la tiene— estará marcada como la mala, por ser mujer y por ser pobre.

—¿Sabés?, mi tía tiene una foto de cuando yo era recién nacido y en ella aparece la pibita junto a mi madre y mis hermanos. Y se le nota tristeza en la cara, a pesar de lo casi niña que es. Me gustaría volver a verla. Cada vez que pienso en ella la siento como si hubiera sido mi propia hermana.

—Y vos… ¿saliste más a tu padre o más a tu madre?

—Según dicen, me parezco a mi madre.

—¿Se llamaba tu padre igual que vos?

—No… Bueno, sí. Omar Arturo. Arturo de segundo nombre.

—¿Y tu madre?

—Zulma Zarina.

—¿Era árabe?

—No, de padres italianos. Mi madre era Fornari Rosso Luciani Scotti…

—¡Pará!, ¡pará!, que al final va a ser más italiana que la *mozzarella*.

La primera noche de nuestra segunda luna de miel se vislumbraba tan viva y apasionada como las anteriores. Daniela sugirió comer algo y llevarnos el radiocasete a la habitación.

—Hoy Creedence —dijo—. Traje la cinta, la que tiene *Quién parará la lluvia* y *Abajo en la esquina*.

—¡Buenísimas! Son músicos fenomenales. Hasta usan una tabla de lavar ropa a modo de percusión y como contrabajo un balde de lata con un palo y un alambre. Tengo el elepé en casa, lo trajo mi hermano de Australia.

Al «parar la lluvia» teníamos las sábanas puestas y las almohadas en sus fundas. Daniela encendió la luz sobre el cabecero de la cama y cerró la cortina de la ventana que daba al patio.

—Cuando salga la luna —me dijo— abrimos la persiana y la dejamos entrar. Apagamos la luz y te busco entre las sábanas con la complicidad de mi fiel Selene.

¿Quién será «Selene»?, me sonaba a nombre de mujer. Si es tan bella como vos, que me atrape y me encadene. No me importaría morir en tan celestial compañía.

Deseando que la selenita claridad comenzara cuanto antes la ronda nocturna me saqué el vaquero y me escondí bajo las sábanas con su imagen enredada entre mi pelo recreando pasadas noches.

Daniela trepó por mi pecho y me besó con viscosos labios.

—Así sabe la dulzura de tu semen—murmuró—. Me gusta probar cosas contigo, cosas que no me hubiera atrevido con ningún otro pibe. Vos sos diferente. No sé, te tengo una confianza sin límites. ¿Será que te conozco de siempre? Acordate del primer día que viniste a verme y yo te conté intimidades que ni a mi madre se las había dicho. Vos sos para mí un poco de todo: mi amigo, en primer lugar, y me gusta que lo seas; creo que lo fuiste siempre. Creo que cuando tenía mis primeras fantasías ya pensaba en vos.

—A mí me pasa igual, te tengo tanta confianza que me gusta hacer con vos todas las locuras. No quiero ocultarte nada.

—¿Estás seguro de que no tenés secretos que todavía no me has revelado? De mi hermano no quiero preguntarte ninguna intimidad… porque la historia es muy reciente, porque es muy cercana a mí. ¡En mi propia casa! ¡¿Por qué lo hiciste?! ¿Por qué?, si vos no sos así. No sé, lo tendré que asumir de otra forma. ¿Cómo decirte?

¿Pecado carnal de la misma sangre? Si su boca besó tus labios y tus labios besan mi boca... sería algo parecido al incesto.

—¡No digas pavadas! Si fuese así, cuando tu madre besa a Marcel y Marcel te besa a vos sería incesto con tu propia madre. Un pecado más consanguíneo aún.

—¡Pará! Que tu relación con Marcel ha sido carnal y no familiar. ¡Mi madre no acostumbra dar besos con lengua a su propio hijo! ¡¿Y por qué no contás lo que pasó con el pibe de Las Piedras?! —exclamó con visible irritación—. ¡No me digas que solo fue un desliz platónico de una noche de verano! ¡Dale, contá!

—¡Por favor, Daniela! Es algo muy íntimo.

—Acabás de decirme que no me ocultarías ningún secreto. Claro, te da vergüenza porque el pibe te ha penetrado y entonces sos marica.

—¡Que no!

—¡Ah!, fuiste vos el machote que... ¡Dale! No te pongas colorado. Apago la luz y no nos vemos, así no te da vergüenza. ¿Cómo lo hiciste? ¿Te buscó él a vos o fue al revés?

—Todo fue muy rápido. Esa noche estaba en aquel hotelucho, cuando de repente el pibe se me apareció cerrando la puerta tras de sí, como dando por entendido que yo estuviera de acuerdo, se tiró sobre el colchón, levantó su trasero...

—¿Tan simple? ¡Qué aburrido! ¿Y eso te seduce? ¿O es que prendió una velita y te puso un bolero a media voz y...?

—¡Está bien! Acercate más a mí y te lo cuento al oído. Esta revelación no debe llegar más allá de donde se pueda entender. No todas las verdades son para todos los oídos, podrían pensar que soy maricón.

—Quizás lo seas un poco. A mí no me importa. No me escandalizo por esas cosas, ya ves en mi propia familia. En el mundo de la heterosexualidad hay cosas que son mucho peores. Dale, ¡seguí!

—En la penumbra de la habitación el pibe se tiró boca abajo sobre las sábanas y… caí en la tentación.

—¡Seguí!

—Y lo penetré…

—¡Así, a lo bruto! ¡Claro, sos pibe!

—A lo bruto, no diría; tampoco estaba yo en el jardín de las *Mil y una noches* rodeado de semidoncellas. Fue… fue por no decirle que no al pobre pibe.

—¡Ah! Vos andás de filántropo *quitandero* por los arrabales. ¡Qué bondad la tuya! ¿Y quedó satisfecho tu beneficiado?

—Pienso que sí, porque quería volver a la mañana siguiente a despertarme con un mate amargo.

—¿Aceptaste?

La respuesta quedó en el aire. Ya eran demasiadas intimidades que me alejaban de las ganas de tocarla y besarla. Puse el índice sobre los labios y le pedí que cerrara los ojos y que no se moviera. Mis besos se volcaron sobre ella y mi lengua se deslizó por su clítoris. Humedecí un dedo, le separé las piernas y pulsé la entrada de su trasero. Daniela, sensible, se estremeció, luego suspiró. Volví a mojar el dedo con saliva y repetí el masaje. Me puse de rodillas sobre la cama y la ayudé a girarse boca abajo, metiendo una almohada bajo el pubis y elevándole la cintura. Le abrí las nalgas y la mojé copiosamente con la lengua. Ella, recelosa pero a la vez serena, se entregó a mi beso y yo sentí su respirar, como diciéndose a sí misma «que pase lo que tenga que pasar». Apoyó la cabeza sobre las sábanas con el rostro girado hacia un costado, y, levantando las caderas, abrió las rodillas y facilitó mi deseo; resignándose, al igual que en un juego de azar, por así decirlo, a ganar o a perder.

Había llegado a mi tesoro, sin embargo, no había podido abrirlo ni poseerlo como lo deseaba. Me frenaba la posibilidad de poderle causar dolor. Me detuve sintiendo su rendido y trémulo palpitar, como la calma después de la tormenta. Me dejé caer despacio sobre su cuerpo extendido queriendo cobijarla, reconfortarla de mi penetración.

—Aliviame. Besame con palabras... —me pidió.

La noche nos envolvió en un íntimo deseo.

Sobre la mesa del patio puse el pan tostado, la mantequilla, la cafetera y las dos tazas. Corrí a su lado y soplé sobre su frente:

—*¡Buongiorno, Fiorellina!* Tengo el café hecho. Te espero en el patio.

Daniela descubrió su rostro, estiró un brazo hacia el borde de la cama, entreabrió los ojos, y sonrió.

—Sos la primera luz de la mañana —susurró—. Andá sirviendo el café que ya voy.

Entre las sombras de los árboles y los claros de sol apareció Daniela. Puso las manos sobre mis mejillas y me dijo:

—Tuve un sueño contigo. Dame un poco de café y te lo cuento.

—¿Soñaste conmigo? ¡Contame!

—Primero traeme un almohadón para mi silla. ¡Y no preguntes por qué! —dijo, con una mezcla de enfado e indulto.

Ese día me esmeré por ser cariñoso con ella. Reflexioné si mi proceder de la noche pasada había sido correcto y si ella se habría sentido, de un modo u otro, forzada a entregarme su virginidad. Me vino el recuerdo de la piba de Las Piedras, con quien había hecho sexo anal sin ninguna consideración. Pensé si, en cierta manera, la inocencia y la humildad de aquella muchacha me habrían hecho sentirme con derecho a actuar sin respeto ante su intimidad y entrega. ¿La hacía su condición social menos vulnerable al dolor? ¿Entonces eran falsas mis ideas libertarias? ¿Tenía que ser más condescendiente con Daniela por ser hija de padres más pudientes? ¿Me había vuelto clasista para hacer el amor?

Me reprochaba la conducta tenida con aquella piba y, a la vez, desde la distancia, le pedía disculpas. No tanto por el hecho de haber realizado el carnal acto, sino, más bien, porque después la abandoné de una forma infame, sin ni siquiera haber sabido corresponder a su noble amistad y entrega. Pero ya era tarde para cobardes remordimientos, Daniela había anulado mis pasados amores.

Coloqué el cojín sobre la silla, le serví café y, atento, la escuché.

—Te lo cuento antes de que se me olvide —comenzó—. Soñé que era un día de verano a la orilla de un arroyo. Habíamos hecho un asado y festejábamos mi último examen de periodismo. ¡Sí, ya era periodista! Estaban mi madre y Marcel, mi padre y Gregoria, y amigas del liceo. También había caras extrañas que me miraban feo y yo me preguntaba quién los habría invitado. En mi sueño estaba también mi prima Annette, que se puso a charlar contigo y no se despegó de tu lado en ningún momento. Me puse celosa porque te fuiste con ella a dar un paseo en el bote.

—¡Felicitaciones, linda periodista! —exclamé—. ¿Por qué te pusiste celosa?, si es tu prima.

—¡Porque era mi prima! ¡Por eso! No quiero compartirte con la familia. ¡Ya te compartí con mi hermano! ¡Y en mis sueños mando yo!

—Daniela, que solo ha sido un sueño. Además, un lindo sueño.

—Sí, lo fue. Y era porque vos estabas conmigo. Deberíamos compartir todas las noches y todos los sueños.

—Contame de tu prima Annette —le pedí.

—Es la hija de Maurice, un hermano de mi padre. Viven en Francia. Tengo cuatro primos franceses: Michelle, Hubert, Grégoire y Annette. Annette y yo tenemos la misma edad.

—¿Los conocés a todos?

—No, pero me gustaría a ir a Francia y conocer a la familia paterna. Mi tío Maurice es el mayor de los hermanos, nació allá. Los conozco por fotos. Maurice no se lleva muy bien con mi abuelo. Ya sabés que nadie se lleva bien con él.

—Sí, algo me contó Marcel.

—Siempre he querido ir a verlos —continuó—. Viven en Le Mans, en pleno valle del río Loira, donde están todos esos castillos famosos. Tierra de monarcas y aristócratas feudales, muy lejos de los barrios populares, ¿qué querés que te diga? Aun así, debe de ser un lugar romántico. ¿Te imaginás?, encontrarte con caballeros y doncellas; con dragones y plantígrados; con Juana de Arco y Manon Lescaut y...

—¡Y Brigitte Bardot y Obélix! ¡Claro!

—¡No seas así! —protestó—. Dejame vivir mis fantasías. Si no las vivimos a esta edad, cuando tengamos cuarenta años no tendremos oportunidad de soñar así, tan libre, como ahora. Mi madre dice, y con mucha nostalgia, que la adolescencia es la etapa más linda de la vida. Que te enamoras de un amor al que concebís eterno. Claro que no me dice que queda de esa pasión después de los años, su relación con mi padre hace mucho que dejó de ser lo que fue. Estoy casi segura de que él no fue su primer hombre y menos aún su primer amor. Un día descubrí, en un cajón del ropero, cartas de cuando todavía era una piba. Las cartas estaban como si mi madre las hubiera desempolvado, como queriendo regresar a su juventud.

Daniela, algo confundida, continuó:

—Lo pasado pasó y no hay nada más imposible que revivir el ayer. Lo que vivimos hoy muere mañana; y yo siento que no avanzo, atrapada en otra vida que no es la mía y me siento invadida por una oscuridad fría, donde se respira a muerte...

—No te entiendo. Empezás con algo tan lindo, casi un viaje romántico, y terminás con unas cosas tan fatalistas. Las horas felices que vivimos hoy no tienen por qué acabar mañana aunque el día durase cien años. ¿Por qué es tu estado de ánimo tan cambiante entre un día y otro? ¿Por qué tu desaliento?

—No sé. Por la cabeza me pasan cosas…, cosas que son irreales. ¿Cómo explicarte?, son cosas que sueño cuando mi mente está ausente y, sin embargo, las siento como si fueran reales. Como señales del destino que me espera.

Yo quería desentrañar esa preocupación que pesaba dentro de ella. ¿Cómo ayudarla si ni siquiera era capaz de entender sus temores? Empezaba a descubrir una Daniela diferente, pero no podía desvelar la causa de su preocupación. Así que lo mejor era distraerla de esos pensamientos que le palidecían el bello semblante. Le propuse ir a la playa y remontar la cometa. La calurosa tarde nos impidió tirarnos sobre la arena y tanto estar dentro del agua nos resultaba fatigante. Recogimos nuestra toalla y decidimos regresar a la casa. Además, no corría ni la más leve brisa para remontar la cometa.

En el patio, bajo los árboles, Daniela extendió una sábana y puso dos almohadones sobre ella. Indicándome que se iba a la ducha, me pidió que mientras tanto fuera a comprar algo para comer.

Con los víveres en la cocina y ya refrescados nuestros cuerpos nos tumbamos en el patio sobre la sábana. Daniela encendió el radiocasete y puso la cinta de los Creedence. Mirando el azul del cielo por entre las hojas de los árboles detuvimos el tiempo, dejando nuestros idealismos suspendidos bajo la fresca sombra, y aplacamos nuestros ardores.

Me giré sobre mi lado izquierdo. Complacido y a la vez que sosegado, la observé. Ella, serena, parecía ausente. Su liviano respirar atravesaba el rock y llegaba a mi piel, tal cual el roce de las yemas de sus deleitables dedos. Parecía un sueño. Entrecerré los párpados y volví a sentirme el pibe más feliz del mundo.

A la penumbra de los árboles se le sumó la sombra del crepúsculo y aparecieron las primeras estrellas. Recogimos la sábana y los almohadones.

—Las estrellas se ven brillantes. La noche está oscura —me dijo—. ¿Me acompañás a ver el mar?

Vacilé unos minutos, no podía decirle que no. Eso de la oscuridad, lejos del amparo de las farolas, nunca me había atraído mucho; pero ante una piba debía demostrar valentía. Acepté con fingida determinación. El propio camino hasta la rambla estaba negro. Cruzar la franja de pinares era meterse en la boca del lobo. Las dunas, como recortadas sobre cartulina, emergían sombrías y confusas ante el mar oscuro. Caminaba prendido a su mano, audaz y sacando pecho, aunque con el corazón encogido de miedo. Las estrellas invadían el nocturno firmamento. ¡Una celestial maravilla! ¿Y de qué me servía? Yo no era poeta ni fotógrafo, astrónomo ni filósofo; sino un simple pibe enamorado y aquella oscuridad disuadía mis libidinosos propósitos.

—La luna tardará en aparecer, está en menguante —aclaró Daniela—. Mejor vamos a la casa y la esperamos entre las sábanas.

Corrimos a través de la noche flanqueados por los umbríos pinos, buscando a lo lejos el alumbrado de la calle. Al llegar a la casa encendimos las luces y pusimos a los Creedence, como queriendo contrarrestar el miedo que se había introducido en nuestros cuerpos. Ya de vuelta en nuestro refugio le propuse abrir una botella de vino.

—Son las que trae mi madre. Podés abrir una. Tenemos muchas cosas para festejar.

En la mesa de la cocina pusimos una fuente con maníes y servimos el vino. Daniela golpeó su vaso con el mío y bridamos por ese inolvidable momento.

13

> Cuando estés ante la dulce y luminosa mirada
> de aquella, cuyos ojos todo lo ven,
> por ella sabrás el viaje de tu vida.
>
> D. ALIGHIERI, *La Divina Comedia*, Infierno, Canto X

La mirada de Daniela se detuvo en mí.

—Tuve un sueño —me dijo.

—¿Qué soñaste? —pregunté con interés.

—Con un arcoíris.

—Tus sueños son inventos, anoche no llovió y...

—¡Dejame hablar! Aunque hubiera llovido el arcoíris se ve únicamente si hay sol; sin embargo, a veces, durmiendo se sueña la realidad. ¿Cómo decirte?, como pasar de un sueño a otro sueño y ya no sabés cuál es el sueño verdadero y cuál el soñado, porque ni uno y ni otro podés alterar.

—Es cierto, Daniela, cuántas veces he querido soñar con vos y por más que meto tu imagen en mí no lo logro. Qué diferencia cuando solo cierro los ojos y te pienso.

—Eso que decís es solo una fantasía que vos mismo podés modelar a tu gusto, pero mi sueño se impuso como una vivencia real. Podía alcanzar las dos puntas del arcoíris, a pesar de la infinita distancia. Nacía allá en las rocas, como si se levantara de la orilla del mar, pasaba por encima del patio, casi tocando las estrellas...

—Si me decís que solo se ve si hay sol... ¿Entonces?

—En mi aparición había un radiante y colorido arcoíris, y sobre él brillaban las estrellas.

—Me mareás, Daniela. ¿Era de día o de noche?

—Estoy confundiéndote para intentar explicarte. Mas mi intención no es alterar tu razonamiento, sino meterte en mi sueño. Era de día, si no, no podría haber visto sus colores ni de dónde a dónde iba. Y en la otra punta del arcoíris estaba yo en la orilla de una playa de aguas oscuras.

—¿Ipanema?

—No, era un lugar más lejos, era el Mediterráneo.

—¿Cómo lo sabés?

—Porque una vez estuve allí.

—¡¿Vos?! ¿Cuándo?

—Bueno, no precisamente yo. Es como si algo dentro de mí ya hubiera estado en ese lugar. Tal vez fue mi abuela... o mi tatarabuela. Ellas vivieron por esas tierras y no me hubiera extrañado haberlas encontrado. Sin embargo, en mi sueño, fue a vos a quien vi.

—¡¿A mí?!

—Sí.

—¿Y hablaste conmigo?

—Muchas cosas te dije y otras tantas te anuncié. Palabras que aún no has oído, pero un día las sabrás.

—¿De qué cosas me hablaste?

—De un encuentro y de un desencuentro.

—¡Pará, Daniela! No te pongas misteriosa.

—En los sueños todo es posible, aunque estos sean ingobernables. Quiero decirte que ellos te imponen su voluntad y hasta pueden transformarse en una hostigadora pesadilla, capaz de cambiarte la vida… o hasta quitártela. Te digo un encuentro porque te cruzaste en mi sueño de una forma tan real que dudé si era fruto de mi imaginación o era realidad… Y un desencuentro porque después desapareciste de mi lado. Me desesperé al ver que con tu ausencia el paisaje se deshacía y los reflejos del arcoíris se borraban. Y yo, aterrada, te llamaba. Entonces mis palabras se apagaban y el horizonte retrocedía llevándote mar adentro. No sé, fue una extraña visión, como una profecía de nuestras vidas. Como si lo que no podría darse en la realidad pudiera darse en otro sitio y en otro tiempo. Confundida desperté con una sensación de inexistencia. Al verte junto a mí me di cuenta de que había sido un mal sueño.

—¿Desde cuándo tenés este tipo de alucinaciones?

—Desde hace poco más de un año, cuando vi en los diarios la foto de la muchacha torturada y asesinada. Tan destrozada que todavía no la han podido identificar.

—Sí, me acuerdo. Fue a finales del setenta, al empezar a operar los Escuadrones de la Muerte. Estaba irreconocible. Dicen que podría ser una militante brasileña detenida en la frontera. Entiendo que estés impresionada, pero creo que deberías sacarte esa imagen de tu cabeza, pronto estos milicos torturadores caerán.

—No debería hablarte de estos sueños que son casi un reflejo de mi vida. Claro que estoy preocupada, a veces tengo miedo… Y también muchas dudas.

—¿De qué?

—Hay veces que la militancia se vuelve la parte más importante de tu vida, hasta lo más personal pasa a ser secundario. Tenés que tomar responsabilidades que te aíslan de la vida familiar, se crea un vínculo de dependencia para con el grupo. Siempre estás militando, no podés tener una pareja que piense diferente…

—¿Como decía el Che?: «Mis únicos amigos son los que piensan como yo».

—Casi, casi. Vos y yo tenemos que compartir las ideas políticas; las mismas, de ser posible. Y creo que las compartimos. ¿Cómo explicarte? Te tengo toda la confianza del mundo, aunque no te veo muy metido en el asunto.

—Estoy afiliado a…

—Sí; sé que tus ideales son de un pensamiento crítico. No sé si marxistas en el sentido pleno de la palabra, pero aun así noto que tenés una inquietud por la revolución socialista que podría llevarte a una lógica emocional más catalizadora y así desarrollar una militancia activa. Vos estás inscripto en el IAVA, el lunes tenemos asamblea con gente del FER y venís conmigo, así te vas iniciando en la protesta. No nos separaremos en ningún momento. No quiero, de modo alguno, que nuestra amistad pase a ser algo secundario. Tenemos que combinar nuestra intimidad con la militancia.

—Sí, de verdad, me gustaría implicarme un poco más en la protesta. A tu lado tendré la compañera más experimentada. Ya verás como este gobierno de gorilas va a caer. Ojalá pongan una bomba en la Casa de Gobierno cuando estén todos esos hijos de puta reunidos.

—Que los revienten a todos… —secundó Daniela. Tras una rápida reflexión, con semblante irritado, agregó—: Me jode mucho que digas «hijos de puta». ¡Qué manía! ¡Qué prejuicios! ¿Por qué no decís malditos hijos de madres «fachas» y burguesas? Esas son las madres de estos torturadores. ¿Qué tienen que ver esas pobres mujeres a las que no les queda otra que entregar su cuerpo por unos pocos *mangos* a cualquier tipo, quieran o no? ¿Por qué siempre tienen que ser ellas las malas?, marcadas para toda la eternidad desde que el mundo es mundo. La revolución también tiene que ser por la abolición de la prostitución. ¿No se abolió la esclavitud? ¡Y que se jodan los feos por más guita que tengan!

—Perdoname, lo dije sin pensarlo. Ese prejuicio lo llevamos grabados en nuestras cabezas desde muy *gurises*. No tengo nada en contra de ellas, todo lo contrario, las considero mis amigas. Cuántas veces me atendieron sin cobrarme…

—¡Che! Podrías ser más discreto ante mí. Ya no sé qué pensar. Veo en vos mucha promiscuidad. Sos igual que la mayoría de los pibes.

Me puse rojo de vergüenza. Metí la pata, Daniela tenía razón. No podía ser tan imprudente al contar pasadas intimidades, y menos aún para dármelas de pibe *canchero* porque igual la ofendía o se ponía celosa. Así que, intentando dulcificar mi torpeza, la invité a la heladería La Cigale. Sentados en la terraza tomamos nuestros helados, compartiendo una cucharita de chocolate y otra de melón hasta vaciar los cucuruchos.

—Entonces, ¿podés trabajar en el taller del judío Boris? —preguntó Daniela, no sin un poco de preocupación.

—Sí. Me dijo que vaya después de Carnaval, que le va a entrar un nuevo pedido.

—¡Qué bien! Te quedás y no tenés que irte a Paysandú. Si te vas te extrañaría mucho. Aunque ganes poco, viviendo en casa de Lisa no tenés tantos gastos y yo estoy menos preocupada. La próxima semana empieza Carnaval, me gustaría llevarte a las *Llamadas* del Barrio Sur. El mejor *candombe* de Montevideo. Además, justo en Carnaval, hará un año que nos conocimos. Sería lindo salir juntos.

Mi alegría era inmensa.

El otoño de aquel año llegó más gris que amarillo; un lluvioso marzo se unió al húmedo abril. Aun así, el mal tiempo no impidió que nos fuéramos, durante la Semana de Turismo, a la casa de Solymar.

En esos inolvidables días la lumbre de la chimenea fue nuestra cálida compañera. Nos secó las mojadas ropas y propició íntimas conversaciones, alentó nuestros deseos y luego serenó nuestros corazones.

—Soñé que te ibas —me dijo Daniela, sentada sobre el suelo de madera, con su cabeza recostada en mis rodillas—. Sé que es producto de mi imaginación que a veces parece adelantarse a los hechos y por momentos es como si pudiera leer la realidad, incluso la del más allá. Por eso debo de estar preparada. ¿Cómo decirte? Sé que tu ausencia no será permanente aunque solo nos volvamos a encontrar en nuestros sueños, que serán la realidad del mañana.

—Hasta hace poco más de un año quise irme, ya te conté mis planes de emigrar a Australia, pero no se dieron. Ya no me iré, y menos ahora que te he conocido.

—Acordate, hace apenas tres meses me dijiste que deseabas irte. Esa señal la llevás dentro. Hasta cubierta tu cara con cien máscaras descubriría tus pensamientos. ¿Por qué te dejaste crecer la barba?

—En protesta porque mis hermanos se echaron atrás con el viaje a Australia. De eso hace ya dos años.

—Sin embargo, tu inquietud sigue en pie. Vos querés irte. Yo no quiero que te vayas. Pero aun pudiendo evitarlo, no lo haría. Y no porque no desee tenerte siempre a mi lado, sino porque así será el curso de tu vida.

—¿Por qué estás tan segura?

—Ya me pasó con alguien, a quien quise mucho.

—¿Con Enrique?

—Sí. Con él también.

—¡¿Con quién más?!

—Nunca lo entenderías aunque te lo explicara mil veces. Es como si nuestras vidas fueran una representación de teatro y vos no podés elegir el personaje a quien tenés que encarnar. Hasta quizás, un día, tendrás que festejar tu cumpleaños en invierno. Claro que con este calor te parece una locura, pero del otro lado del mundo cambian las cosas.

—Entonces un día… ¿tendré que irme? ¿Vendrás conmigo? Sin vos no podré conquistar el mundo.

—No es necesario que llegues a tanto. Otros lo harán por vos. Basta con que encuentres tu camino, tarea harto difícil en la mayoría de los casos. Hasta ahora te has valido por vos mismo. Vayas donde vayas siempre tendré un lugar en tu viaje y en tu corazón aunque vivamos en sitios diferentes.

«¿Significará que todas estas revelaciones se cumplirán?», recapacitaba, sin lograr salir de mi confusión. Es cierto que desde el año 1970 estaba buscando la manera de irme del país. Había hablado con Hugo por la venta de la casa de mi madre en Paso de los Toros para conseguir unos *mangos* y comprar un pasaje. Pensaba irme a Europa luego de la renunciada marcha a Australia.

Poco tiempo antes, Amadeo Torrent, ya entrado en la vejez, con la ayuda del gobierno español, había solicitado la repatriación y se había vuelto a su querida Barcelona. «No quiero morirme lejos de mi ciudad natal», decía con nostalgia, reviviendo la tristeza del destierro cuando la Guerra Civil. A modo de agradecimiento por la acogida en Montevideo y también por la amistad con Lisa y Raúl, me había dicho que si me iba a España contara con su ayuda en Barcelona. Además, tenía la dirección de Antonio Di Matteo, en Alemania, y podría dirigirme a él en caso de necesidad. Claro, que del idioma alemán ni palabra. Aunque, con mi juventud de veinte años, una lengua desconocida no sería un impedimento —reflexionaba—, mientras la clara mirada de Daniela me invadía y ya no quería alejarme de su lado por nada del mundo. Mis viajes podrían esperar media vida, toda la vida. Ahora era ella mi mundo y mi tiempo. Ella era todos los caminos que yo deseaba recorrer, todos los puertos y todos los viajes.

El tiempo transcurría y me daba cuenta de que mi situación existencial no marchaba tan acorde con los vaivenes del corazón. El trabajo en el taller del judío Boris se había limitado a solo dos meses, con la posibilidad de que después del invierno le entraran más pedidos y yo pudiera volver al taller. Daniela, por otra parte, se había volcado con gran entusiasmo a estudiar para su primer año de preparatorios. A pesar de que cursaba el instituto nocturno, durante el día estaba muy ocupada con un montón de actividades estudiantiles. Los encuentros se distanciaron, pero las intensidades de nuestras pasiones se volvían cada vez más profundas, más fraternales. Su madre aceptaba con agrado nuestra relación sentimental y yo me quedaba algunas noches en su casa. Marcel reconocía en mí al nuevo amor de su hermana y nos apoyaba sin condiciones.

Recién comenzado el invierno tomé la decisión de ir a Paso de los Toros, con la esperanza de encontrar algún sustento material trabajando una temporada con mi primo Hugo; sin embargo, las perspectivas no eran favorables. Así que, luego de un corto período —que sería el último que pasaría en mi pueblo—, me fui a casa de mi tía, en Guichón, donde me quedé hasta finalizar el invierno.

En Guichón apenas tenía amigos; sin embargo, contaba con el cariño de mis tíos. En casa de ellos disponía de una habitación amplia, con una ventana al patio, con libros y revistas, y con un escritorio sobre el que redactaba continuas cartas a Daniela. Correspondencia epistolar que casi circulaba en una sola dirección, porque las respuestas de mi más bella amiga llegaban muy de vez en cuando; mas, por ello, no dejaban de ser las cartas más anheladas.

Con la poca guita de que disponía iba dos veces por semana a la oficina de UTE y la llamaba por teléfono. Breves pero ardorosas conversaciones que siempre terminaban en suspiros y besos volados.

Un par de días a la semana acompañaba a mi tío Adalberto a la estancia, ubicada a pocos kilómetros del pueblo, donde un peón me ensillaba un caballo. Yo, armado con una honda y unas manzanas en los bolsillos, me perdía por los campos hasta la hora de volver a la casa. Por las noches salía con algunos pibes por los bares del pueblo, más por atenuar las melancólicas horas que por divertirme. Tres veces me encontré con Susana, mi antigua novia, que por momentos me hizo olvidar mi desconsuelo. Hoy se lo tendría que agradecer y pedirle disculpas por haberla abandonado de una forma tan ingrata.

En los primeros días de la primavera me fui a Paysandú, contando con la hospitalidad de Daniel Liber, mi amigo *isabelino*. Me encontré con mis dos primas montevideanas que comenzaban la venta ambulante por la ciudad y me habían propuesto trabajar con ellas.

Acepté, no porque tuviera aptitudes comerciales, sino por pura necesidad material. Ya que, la verdad sea dicha, eso de patear todo el día casa por casa ofreciendo enciclopedias, libros de cocina o algún manual de pintura y dibujo para principiantes —ponderando las virtudes culturales al alcance de la mano por tan módico precio—, no me ilusionaba mucho. Un mes entero, siete días a la semana, con un portafolio cargado de pesados ejemplares ilustrativos, golpeé casa sí y casa también —salvo las que tenían un perro guardián— sin vender un solo libro. Deprimente tarea porque, a pesar de que muchas veces me invitaban con un bizcocho o una taza de café, tenía que aguantar interminables charlas sobre lo alto que estaba el costo de la vida y lo bajas que eran las jubilaciones...

Estaba claro, yo quería tirar la toalla.

El pensado abandono de tal desastroso experimento físico-social se aceleró cuando una tarde llamé en una casa y desde el interior me gritaron que entrara. Cerré el portón del patio detrás de mí. Me introduje confiado entre la sombra de la parra y la fila de naranjos hacia la casa, cuando, por mi izquierda, se lanzó sobre mí una silueta en camisón blanco con una tiara amarilla que apenas le contenía la desgreñada cabellera negra. No dándome ni tiempo a decir «Buenas...», me rodeó con sus fornidos brazos desnudos. Agarrándome por la cabeza me besó en la boca, arrinconándome contra una pared e impidiéndome gritar. Fue un único y vigoroso beso, interrumpido a tiempo, antes de caer despedazado, gracias a la intervención de la robusta madre que me la quitó de encima con un enérgico:

—¡Soltá! ¡Soltá! ¡Que este no es tu novio! —Y, girándose hacía mí, agregó—: ¡Y usted, no venga así con la camisa abierta!

—¡Señora! ¡Si me arrancó hasta los botones!

—Bueno, perdónela usted. La *gurisa* no está muy bien de la cabeza...

Llegué a la casa de Daniel, donde él y su mujer me brindaban, generosos, su hospitalidad. ¡Gracias, Daniel, qué buen amigo fuiste!

—¡¿Qué te pasó?! —preguntó, preocupado, mi amigo.

—Ya no vendo más libros, me voy para Montevideo —le respondí con cierta amargura y desesperanza.

Aquel invierno del año 1972 fue la última vez que vi Guichón. Decepcionado ante mi incertidumbre existencial, pero con la inmensa alegría de volver a encontrarme con Daniela, metí las pocas pertenencias en un bolso y compré un pasaje a Montevideo.

El viaje lo hice desde Paysandú por la ruta 3, saliendo al oscurecer en un coche de ONDA. Solo y pensativo me ubiqué en uno de los asientos del fondo, al lado de la ventanilla. Los pocos pasajeros, fumando o medio adormecidos, ocupaban las plazas delanteras. Siempre es más lindo ver la carretera como si uno mismo fuera el conductor, aunque de noche da igual: no se ve nada. Sentado en las filas traseras tenía más calma e intimidad para fantasear sobre mi regreso a la capital, meterme los dedos en la nariz o sacudirme la caspa con aquellos peinecitos de dientes muy apretados, ideados para tal aseo —siempre y cuando uno se encontrase lejos de miradas indiscretas—. Leer no se podía, aquellos autobuses no tenían luces individuales y si las tenían no funcionaban. Sí podía cerrar los ojos y recordar la última noche con Susana en la terraza de la casa abandonada de una tía del «Indio», en las afueras del pueblo.

En Young, la primera parada, subió un pibe y observó las filas de asientos. Con el coche ya en marcha se acercó y me preguntó si el sitio a mi lado estaba ocupado. Claro que estaba libre, el autobús iba casi vacío. Al dejar atrás las últimas luces del pueblo se inclinó sobre mí, pegó su cara contra el vidrio y miró haciendo pantalla con las manos. Se sentó de nuevo y dijo:

—Ahí vive mi madre.

«Vivirá», me dije. Porque con esta penumbra no se ve ni lo que se habla.

Al autobús se lo tragó la oscuridad.

Al poco rato mi peculiar acompañante me puso una mano sobre la rodilla. Al siguiente kilómetro la subió un poco más. Media legua más tarde, ante mi connivencia y beneplácito, la dirigió hacia mi entrepierna y la dejó reposar, cerrando y abriendo los dedos con insinuación. Intercambió una mirada. Poco a poco tiró de la cremallera del vaquero, sacó el botón del ojal e introdujo su mano hasta tener lo que buscaba. Estaría oscuro, sin embargo, lo mío ya se acomodaba en sus dominios. A mi edad, veintiún años, bastaba tan solo una mirada. Entre el ronronear del motor, las sacudidas de la carretera y la refriega de sus dedos mi erección era ya notoria. Entró en acción su mano izquierda, ensalzando aún más mi miembro, liberándolo del azulado Lee de importación comprado de contrabando. Amparado en la oscuridad, el pibe, con total familiaridad, acercó los labios y lo besó. Sacó su lengua y lo rodeó en círculos itinerantes. Se apartó un poco y lo acarició con la nariz, luego volvió a cubrirlo de lamidas. No decía nada… porque tenía la boca ocupada. Y yo nada pregunté. En el interior, la penumbra. El cielo estrellado, o por lo menos eso me parecía a mí, en el exterior. El autobús tomó más velocidad y avanzó como queriendo pisar el haz de luces que le precedía y le señalaba la carretera. Pasando Arroyo Grande se dejó caer llevado por la inercia y yo por la lujuria de mis jóvenes años. Atravesando el departamento de Río Negro, antes de cruzar el puente, el motor perdió bríos y ralentizó su marcha. El pibe se levantó, me acarició la nuca y se dirigió hacia la puerta delantera para descender.

Una vez que el autobús volvió a arrancar esperó que pasara frente a él la penúltima ventanilla de la derecha y me saludó, desde la noche, con la mano. Le respondí con un «chau» que no oyó, pero lo agradeció. Saqué el infaltable pañuelo blanco del bolsillo trasero y purifiqué mi pecado.

Seguí el resto del viaje mirando las sombras de la campiña, invadido por un entresueño insomne, pensado en las vueltas que da la vida y preguntándome: ¿Se lo cuento a Daniela o no? Si ella tuviera un encuentro así, tan espontáneo, la abrazaría y al oído le preguntaría: «¿Era linda?».

14

¿Cómo dijiste fue? ¿Es que entonces ya no vive?
¿No hiere sus ojos la dulce luz del sol?

D. ALIGHIERI, *La Divina Comedia*, Infierno, Canto X

Recién entrada la primavera estoy de vuelta en Montevideo. Más de tres meses había sufrido la ausencia de Daniela. El reencuentro con mi bella amiga fue sublime y a la vez enloquecedor.

Quedamos en el bar de la calle Gardel. Necesitábamos tener un muro de contención pasional entre los dos. Nos separaba la mesa, pero nuestros pies se tocaban y acariciaban por debajo de ella con imprudente soltura. Las cervezas se calentaban y las porciones de pizza se enfriaban ante nuestras persistentes miradas. Solamente teníamos ojos para besarnos y suspiros por cada caricia recibida, y las sonrisas acompañaban las palabras que estremecían nuestros cuerpos. Daniela estiró la mano y la posó sobre la mía, mientras con los dientes presionaba su labio inferior.

—¡Llegaste! —exclamó—. No podía esperar ni una hora más. No dejes que me acerque a vos, porque si no… ¡te muerdo!, ¡te araño! Te ato a mí como a un esclavo y no te suelto nunca. Jamás te voy a dejar ir de nuevo aunque contigo tenga que vivir a pan y cebolla. ¡Ay, Daniel!, que la distancia que nos separe no sea más grande que la que hay del horizonte al cielo, del agua a la fuente. Quedate junto a mí esta noche y mañana viernes y la noche del sábado y el amanecer del lunes. ¡Y toda la vida! No digas que no. Si querés, podes hacerme sufrir y decirme que no para inmediatamente decirme que sí y luego volver a decir que no y volver a contradecirte. Y que al final sea un ¡Sí! enorme. Y yo grito de alegría, aun cuando toda la gente se dé vuelta y nos miren como si estuviéramos locos, locos de amor como en realidad estamos. ¡Dale! Tocame con tu pie por debajo de la mesa. ¡Mirá que grito si no lo hacés!

Dejé caer mi zapatilla y resbalé mi pie desnudo por su pierna. Y ella, incumpliendo su palabra, gritó con traviesa voz. Después, ya más calmada, me dijo:

—En casa estarán Marcel y mi madre. Se alegrarán de volver a verte. ¡Las veces que me han preguntado por vos! Y ¿sabés?, mi madre ha leído tus cartas… Bueno, se las he dejado leer, y creo que también se ha enamorado de vos. ¡Ves! Al final vas a seducir a toda la familia. Menos mal que mi padre vive en Buenos Aires —se rio—. ¡No me mirés así! Te lo digo en broma.

No se podría decir que más sosegados, pero si menos exaltados en nuestras emociones y sus implícitos roces decidimos ir a caminar por la rambla y contarnos los acontecimientos de esos largos meses. Sobre todo, las consecuencias inmediatas de haber llegado al gobierno el fascista de Bordaberry y de facto los militares. Se implantaba el Estado de Guerra Interno ampliando el campo de acción de los milicos y a la vez incrementando la represión contra toda oposición popular.

Por Daniela me enteré más a fondo de los sucesos políticos de los últimos meses, entre ellos la ejecución de un peón rural, que accidentalmente descubre un escondite subterráneo de la Organización, por un comando tupamaro. Ejecución que levantó muchas críticas contra el MLN.

—Pienso que no les quedaba otra alternativa que eliminarlo —argumenté—, ponía en juego la propia seguridad del MLN.

—No, Daniel. Ha sido un error estratégico que, sobre todo ante la opinión pública, solo descredita la ideología del Movimiento y favorece a la derecha. No podemos actuar con violencia contra lo que decimos defender. En este caso se ajustició al peón y no al latifundista. Diferente fue cuando, con toda legitimidad, los *tupamaros* mataron a cuatro altos responsables de los Escuadrones de la Muerte. Y ya ves cómo respondió el gobierno, allanando barrios enteros y registrando casa por casa. Operación conjunta de las Fuerzas Armadas donde cayeron muchos compañeros. Y acordate cuando, a mediados de abril, los milicos asesinaron a sangre fría a ocho militantes del Partido Comunista en plena calle…

—Sí —respondí—. Y los *tupamaros* se vengaron ejecutando a cuatro soldados justo el día conmemorativo del Ejército. Qué lástima que solo reventaron a cuatro.

—No digas eso. No se actúa por venganza, no hay que ponerse a la altura de las fuerzas represoras con sus asesinatos. Si esa acción la realizó el MLN —aún no está claro cómo se desarrollaron los hechos— ha sido también otro error de estrategia combativa que provocó todavía más represión. No tenía ninguna utilidad de vital trascendencia operativa matar a esos cuatro soldados rasos, tan ilógica como la ejecución del peón. Con tales acciones nos jugamos el apoyo del pueblo. Además, vos mismo estuviste un tiempo en la Escuela Militar. ¿Sos por eso ahora un opresor? No hubiera sido justo que por eso te hubieran acribillado a balazos. Acordate de la lucha en Bolivia, cuando el Che dejaba libre a los soldados prisioneros después de quitarles las armas y darle una charla explicándole el objetivo de la lucha revolucionaria.

Tuve que aceptar los fundamentos que exponía Daniela acerca de la inestable situación política. También reconocer su solidaridad con el movimiento obrero y con la lucha estudiantil. Con cada charla iba yo tomando una conciencia política más profunda.

Al atardecer subimos por Ejido agarrados de la mano, más felices que nunca. Admiraba a Daniela y me orgullecía de ser su amigo. En la casa fui recibido por su madre. Dándome un beso, Silvia me invitó a cenar con ellas. Acepté gustoso.

Marcel llegó justo para la hora de comer. Demostró su alegría de verme con un fuerte abrazo. La velada se presentó tan interesante como amena. Se nos hizo la medianoche sin darnos cuenta. Por pura formalidad, Daniela anunció que me quedaría a dormir con ella. Marcel insinuó un guiño entrecerrando los párpados. Su madre se despidió diciendo que le gustaría que desayunásemos juntos, temprano en la mañana. Correspondí a su amable condescendencia con una sonrisa.

La primera noche de intimidad después de más de tres meses sin vernos fue tan tierna y complaciente como intenso fue nuestro ardor, guardando, eso sí, un discreto silencio.

Durante del desayuno me dijo que el FER había convocado una huelga para el próximo martes. Tenía que ocuparse de la organización y no podía faltar a clase, que fuera a buscarla al IAVA y venirnos luego a su casa.

A pesar de que nuestras ocupaciones nos robaban cada día más tiempo yo buscaba cada oportunidad para estar con Daniela. Ella seguía firme y consecuente con los estudios y con su militancia estudiantil. Yo había comenzado de nuevo a trabajar en el taller del judío Boris y esta vez a tiempo completo, esperando así consolidar mi sostén económico y serenar mi inquieto corazón.

Con mi primer sueldo decidí continuar con mis horas de vuelo. Además, haciendo un gasto extra, comprarme otro Lee de contrabando. Le propuse a Daniela que me acompañara al puerto. Aceptó, diciéndome que ella también quería comprarse un vaquero.

El domingo al atardecer pasé a buscarla para ir a la Ciudad Vieja. Atravesamos la plaza Independencia y bajamos por calle Rincón hacia el puerto con el sol aún brillando en el cielo. A la altura de la calle Colón pasamos frente a un viejo edificio de altas puertas y enrejadas ventanas. Delante del antiguo zaguán, un grupito de tres mujeres. Al verme pasar, una de ellas me saludó:

—Cómo vas tan bien acompañado ya ni saludás —y agregó—: ¡Qué linda novia que tenés!

—Es mi hermana —contesté.

—Si es así, presentamela —me dijo, con burlona mueca.

Daniela le devolvió una indecisa sonrisa y saludó con un escueto «hola».

—Si venís a ver a Marta, está arriba, arreglándose un poco —añadió mi imprudente conocida—. Esperala que ya baja.

—No, decile que otro día paso a verla.

—¡No te vas a ir sin darme un beso! —exclamó, mordaz—. ¡Qué te conozco!

Retrocedí hasta la entrada para darle un beso, cuando desde la escalera oí:

—¡Edison! ¿Cómo andás?

Marta, iluminada por la media luz del atardecer, sonrío.

—¡Qué alegría! —exclamó—. Hacía tanto que no te veía. ¡Ah! Andás acompañado..., ya veo. Ahora no puedo salir. Subí y tomamos un mate juntas.

Daniela miró a su alrededor. Luego, algo desconcertada, me miró a mí como preguntándose: «¡Y esto! ¿Ahora qué hago?».

—Vení, acompañamos un momento a Marta —le dije, incomodo.

Por la escalera, apenas iluminada en la penumbra, subimos detrás de ella.

—Esta puerta —me indicó—. Claro que te acordás, no han pasado ni dos años de la última vez que viniste.

Me sonrojé.

Abracé a Daniela como protegiéndola y entramos juntos. La misma habitación de siempre. Nada, o poco, había cambiado. Delante de la alta y lastimosa ventana la misma cortina, estirada por el peso de los años y con antiguas manchas —que convivían con las ya apagadas flores de la decoración textil—, mitigaba el invasor aire de la calle que en invierno se colaba por debajo de las ásperas sábanas y en verano se la agradecía por atenuar la luz del sol y también el olor a hombres que impregnaba hasta el interior mismo del único armario allí viviente; sin olvidar la historia aromática, visual y hasta pecaminosa del arrebujado colchón. Dos grises sillas, no por el color, sino por el reflejo de las cotidianas y sucias horas traídas por los clientes, como si aquellos cuerpos de sementales dejaran marcada, como los perros, su masculina pátina en todo sitio al que se acercaran.

Volvieron a mí las imágenes de mis adolescentes horas vividas con esa mujer. Palidecí y me dio vergüenza haber traído a Daniela a este sitio. Ella, un poco distante pero serena, soportó la situación. Observó el entorno. Sus ojos se dirigieron, confusos, hacía un amarillento calendario colgado a la pared —sin dudas ya jubilado en 1967— que, salvo la diferencia del año bisiesto, en nada había cambiado, por lo menos para la propietaria—. Marta corrió una cortina que funcionaba como pared separadora. Entró en su cocina-baño o baño-cocina, según la necesidad imperante en el momento.

—Pongo el agua a calentar, mientras tanto me contás de vos y de tu linda novia —dijo, con total naturalidad como si Daniela fuese una vieja conocida—. Agarren ustedes las sillas, que yo me siento sobre el colchón.

Al poco rato trajo la caldera con el agua caliente. La dejó sobre el viejo suelo de madera, agregó yerba sobre la anterior, vertió agua, y dio las primeras chupadas sin molestarle mucho la sonoridad de sus sorbos.

—Lo tomo amargo… —explicó, con distraído semblante—. No porque me guste amargo, con leche y azúcar por lo menos te quita el hambre. Pero con lo caro que están las cosas ya no sacás ni para el azúcar. Además, a mi edad ya no le gusto a nadie. Y con la cantidad de muchachas jóvenes que vienen a buscar trabajo a la capital y después terminan de *yiras* la competencia es tremenda. ¡Y los precios que cobran! Se van a la cama por un par de *chirolas*. Ya no es como antes.

Tras la breve visita nos despedimos de Marta y salimos a la calle rumbo al puerto.

—Creo que me debés una explicación. ¡Y nada de entrar en evasivas! —dijo Daniela, con voz irritada—. Ya no sé cómo juzgarte…, si como libertino, mujeriego, desvergonzado. No sé. Por otro lado, tenés un sentimiento solidario para con ellas. Además, me has hecho ver esa realidad de una forma muy cercana. La explotación de esas mujeres me indigna, es como si se dejaran pagar por una violación consentida y arriba el proxeneta que las pone a trabajar se lleva la mayor parte de la guita. ¡Podría darse vuelta la tortilla! ¿No te parece? Y que a esos chupasangres los pongan a atender la machista clientela. ¡Ya los quisiera ver!

Aunque creía haber sido honesto y convincente con mi explicación esa noche decidí no quedarme en su casa. Tenía remordimientos de conciencia. ¿Cómo podría tener sexo conmigo luego de ver cara a cara a las mujeres con quienes, tan solo un par de años antes, había yo compartido carnales intimidades?

Daniela nunca había mostrado tener celos, las pocas veces que me reprochó algo fue jugando. En cambio, con Lisa, sentí más susceptibilidades que se materializaban en encendidos reproches, que en vez de inquietarme realzaban mi ego de amante jactancioso. Jactancia que sin embargo no sentía ante la presencia de Daniela, a pesar de su belleza tan especial. Y porque era claro que a ella eso de los pibes presumidos no le iba para nada. Me ajustaba más al tipo de amigo entrañable, fraternal, casi inocente pero apasionado. La intimidad de nuestros cuerpos y corazones, que vivían la libertad sexual de esa generación en aquellos años, también permitía ciertas revelaciones en el plano de la militancia estudiantil. Porque por más concientización ideológica que se tenga siempre hay un montón de dudas, de confusiones. Y más cuando se es tan joven. Dudas, a veces, tan personales que es difícil plantearlas en las reuniones del grupo, por miedo a quedar en evidencia con las propias incertidumbres políticas.

Daniela volcó sobre mí una imprecisa mirada, y comentó:

—Por un lado, simpatizo con el MLN, y por otro coincido con muchas ideas anarquistas.

—¿Entonces sos trotskista?

—No; no confundas. Trotski no era anarquista. A mí no me gusta Trotski…

—Fue la mano derecha de Lenin…

—¡Acertaste! Fue un oportunista a la derecha de Lenin.

—No te entiendo.

—No fue un bolchevique... ¿Cómo decirte?, estaba un poco hacia un bando y otro poco hacia el otro. «Ni chicha ni limoná», como canta Víctor Jara. Además, fue un militarista; no confundir con ser guerrillero.

—¿Y qué te pasa con los anarquistas?

—No lo sé muy bien —continuó—. Es por las diferentes posiciones en cuanto a la lucha armada. Los anarquistas critican el «foquismo» del MLN. Dicen que los *tupamaros* se centran solo en las acciones militares para crear las condiciones de la revolución y que de ese modo se desvinculan de las masas, dejando de lado el descontento popular. Que sería mejor dejar que la crisis económica y social se profundizara y así producir un descontento más grande, que la gente se sume a la lucha y promueva la agitación callejera. Pero ¿cómo concientizar a la gente? Acordate que cuando las elecciones había quienes decían de votar a Pacheco Areco para que empeorara aún más la cosa y así explotara la rabia de una vez por todas. No sé, me siento más inclinada por las ideas del Che. Ya ves que entre los *tupamaros* también hay maoístas que están por el «foquismo». Y te vuelvo a decir que no creo en la vía electoral; claro, que, como dijo Mao: «Hacer la revolución no es dar un banquete».

—Sí. Ya ves cómo ha respondido el gobierno con la represión a todos los niveles. Han apresado a numerosos *tupamaros* y han caído muchos dirigentes. Lo peor es la cantidad de militantes que han muerto. Un duro golpe para el MLN.

—Está visto —agregó Daniela— que la Organización ha sufrido un durísimo golpe. Por eso ahora algunos cuadros están operando desde el interior, pero los milicos ya han descubiertos varios escondites. El ejército tiene la ventaja de que gran parte de los reclutas vienen del interior y conocen mejor el medio rural que los propios *tupamaros*. Hasta cayó la Cárcel del Pueblo. La cosa se está poniendo fea. El gobierno aprobó el Estado de Guerra Interno, y eso significa más allanamientos y detenciones arbitrarias, ejecuciones políticas, desapariciones de militantes...

Con el nuevo presidente se había profundizado la crisis política y social. El gobierno censuró toda información sobre operaciones policiales y militares que no fueran las difundidas de manera oficial. Además, la injerencia de Estados Unidos en apoyo a la lucha contrainsurgente se hizo cada día más notoria, suministrando armas e instruyendo a las fuerzas represoras, a la vez que se institucionalizaba la tortura.

Llegado diciembre, Daniela me propuso pasar unos días en la casa de Solymar.

—Será la única forma de alejarme de toda esta situación, que día a día se pone más comprometida —me dijo y agregó—: Necesito estar un poco conmigo misma, tengo tantas cosas en la cabeza que no sé cómo actuar ni qué hacer. ¿Sabés cómo me pongo cuando pasa un Jeep a mi lado? La semana pasada, a las puertas del IAVA, nos detuvieron y nos cachearon buscando cualquier panfleto clandestino. ¡Te entra un frío en el cuerpo! Te confieso que tengo miedo. Hoy ya es muy tarde, no quiero viajar de noche. Pasá a buscarme mañana temprano y nos vamos de día. —Me agarró por el hombro—. ¡No!, no te vayas —exclamó—. Quedate esta noche conmigo. Andá a buscar tu ropa y decile a Lisa que me acompañás a Solymar. Tomá, te doy para un taxi y te venís enseguida. Y no se te ocurra traer ningún libro comprometedor.

A la mañana siguiente salimos para la costa, llevando solamente una bolsa de tela con camisetas y alpargatas. Cuantas menos cosas, mejor, y si eran visibles a los controles militares, mejor aún.

Nos quedamos tres días. Al cuarto ella decidió que había que regresar:

—Hace dos semanas que mataron a otro *tupamaro*, era un pibe de Paysandú. Dicen que se suicidó estando en el Hospital Militar, ahorcándose con una sábana. ¡Mentira! El pobre no aguantó la tortura. —Inquieta, agregó—: Mañana tenemos una asamblea, y un voto es un voto. No puedo faltar.

Esos días lejos de la capital trajeron un poco de tranquilidad a Daniela. Vivimos los atardeceres del Río de la Plata caminando por la playa y los anocheceres los pasamos bajo los árboles del patio. Ella se dejó amar y me amó con la misma pasión de nuestros viajes anteriores. Sin embargo, el miedo que llevaba dentro se exteriorizaba en inconscientes temblores de su cuerpo y amanecía con el pelo traspirado.

—No me dejes sola, dejame ir contigo al baño... No me importa verte y oírte —me dijo—. No me importa que me veas despeinada, no me importa que me oigas orinando. Quiero tenerte siempre junto a mí, igual que a mi propia sombra. Llevame de la mano a la cocina, vos ponés el café en la cafetera y yo le echo el agua; yo agarro el pan y vos lo cortás, como si estuviéramos encadenados, igual que en aquella película de Sidney Poitier. ¡Daniel! —exclamó, asustada— me persiguen los sueños y no puedo escapar. Esta noche quiero dormir encadenada a vos. Te necesito. Contigo a mi lado no tendré tanto miedo.

—¿Por qué esos miedos? De día te veo tranquila y en la cama sos tan alegre...

—Sí, puede ser. Sin embargo, en las noches entra en mí un sueño muy profundo y frío... como un hierro que me atraviesa el pecho y me hace temblar. Más que un sueño es una irrealidad que se vuelve real. En mi cuerpo queda la sensación de un miedo aterrador. Una sensación de que estoy apretada contra la tierra y a mis oídos llegan ecos de voces que me asustan, y siento que mi corazón revienta y pierdo el conocimiento. Fijate y verás que mi almohada está empapada de sudor.

—No tengas miedo, son sueños, nada más. Cuando vea a Lisa le pediré que me dé unas pastillas para dormir; son tranquilizantes.

—¡Que no! No necesito ese tipo de ayuda. Necesito hablar con alguien, con alguien que me entienda. No quiero sentirme una traidora que huye hasta de un miedo irreal. ¿Será que no sirvo para esto? No; no puedo tener miedo. ¡Dale! ¡Ayudame!

La amaba. Hubiera dado mi vida por ella, arrojo no me faltaba. Me hubiera tirado sobre cualquier milico para defenderla. Pero ¿cómo combatir contra sueños que ni siquiera conocía? Mi impotencia hacía que solo atinara a abrazarla y ante su congoja hablarle de ingenuas ocurrencias.

—Daniela, el día de tu cumpleaños estaba yo en Guichón —le dije— y no pude regalarte nada. Te regalaré algo cuando estemos en Montevideo.

—Con tan solo que me digas que me querés y que te quedarás conmigo, ¡qué mejor regalo!

Aquel 31 de diciembre lo pasé en su casa festejando el Año Nuevo, año que auguraba consolidar aún más nuestra dicha.

A finales de febrero de 1973 mi relación con Daniela —por no decir noviazgo— cumpliría ya dos años. A pesar de la intensidad de nuestro amor parecía que nos hubiéramos conocido ayer.

Pocos días después de Carnaval, Lisa me propuso que le presentara mi novia. Nos invitó a tomar un helado en La Cigale, a pesar que la temperatura se prestaba más para un chocolate caliente que para un refrigerio. El encuentro de mi antigua amante con Daniela fue, de ambas partes, grato y afectuoso. Claro que ella no sospechaba de mi aventura extraconyugal con Lisa. Las cosas pasan y los recuerdos quedan.

Luego, a solas con Lisa, no me libré de: «Ahora que ya sos mocito no hagas más cagadas como la de aquella vez».

Al comenzar el otoño, Daniela se había volcado de lleno en su segundo año de preparatorios y su actividad estudiantil seguía incesante. La veía radiante y bella, al mismo tiempo la notaba inquieta, a veces hasta nerviosa, preocupada, aunque intentara demostrarme lo contrario. Aun así, hacíamos todo lo posible por vernos cada día.

El último domingo de marzo me pidió que esa noche la pasara también con ella.

—¿Podré acostumbrarme a dormir sin tu presencia? ¿A despertar entre las sábanas y no sentir tu respiración en mi cuello? En esa pared —agregó, señalando con el dedo—, frente a mis ojos, pondré una foto tuya, y en el techo pintaré tu nombre, un «Daniel» gigante, de pared a pared. Y en la puerta... en la puerta colgaré un cascabel para oírte llegar, pero no para cuando te vayas porque sé que no te irás nunca. No quiero estar sola en las noches. El viernes tuve otro sueño raro y me desperté sobresaltada. Con la ropa mojada y fría, girada la cabeza al revés, caminaba hacia el mar viendo que me alejaba cada vez más de la orilla, y sentía el golpetear de las olas en el cuerpo y no podía detener mi andar. Intentaba volver la cabeza a su sitio, pero las manos no me obedecían. ¡Mis muñecas estaban atadas con alambre! ¡Ensangrentadas! Y yo quería gritar y mis gritos se ahogaban. De un cielo oscuro caía una lluvia de gotas rojas con olor a muerte, que me envolvía, y el tiempo dejaba de existir. Yo ya no podía retroceder...

Desconcertado ante el escalofriante relato la atraje hacia mí, abrazándola. Ella limpió sus lágrimas, serenándose.

—No me hagas caso —me dijo—. Es tan solo mi imaginación.

Me daba cuenta de que intentaba ocultar lo que había empezado a contarme. Su pesadilla me estremeció. En sus palabras había algo inquietante.

—¡Dale!, decime qué te pasa.

—Son cosas que a veces pienso, que a veces callo, que a veces digo.

—Y a veces me ocultás la verdad.

—Me pasan cosas que desconozco cómo suceden. Es como si los previera antes de que ocurran. No sé si soy yo o no cuando camino por suelos que huelen a una profunda humedad y me dan náuseas, y quiero alejarme de ese sitio y no puedo. Mis ojos no pueden traspasar la espesa niebla y por todos lados resuenan gritos de dolor. Y ya no sé dónde me encuentro y quiero volver a la realidad, pero otros sueños más raros me invaden.

»La otra noche soñé que te encontrabas con mi prima Annette, y yo les hablaba, les gritaba y las palabras se apagaban. En aquel lugar, de un paisaje frío e inmóvil, imperaba un absoluto silencio. Y yo no tenía ni juventud ni vejez, como si ya no viviera más en este mundo. No notaba el calor del sol en mis párpados, a pesar de caminar a tu lado a la orilla del mar. Y un viento que yo no sentía hacía revolotear tus cabellos. Y tus pies dejaban profundas huellas sobre la arena mojada, que en cambio ni siquiera rozaba los míos. También veía que tu cuerpo proyectaba una sombra que a mí me era negada. Y yo, confusa, no entendía nada y no podía escapar de esa pesadilla. ¡Me aterran estos sueños! Como si me oyera por dentro, como que viera mi vida desde afuera, desde arriba. Quiero negarme a aceptar esta realidad, no quiero que esto sea un eterno combate. ¡¿Por qué no estás a mi lado cuando te necesito?!

—Daniela, no te desesperes así. No te mortifiques con algo que nunca pasó.

—¡Abrazame más fuerte! —me pidió— ¡No me sueltes!, que si se pierde la vida se pierde lo único que vale para el amor...

Ese lunes cuidé del sueño de Daniela. Mis ojos vigilaron la penumbra de la habitación resguardándola de sus miedos. A la mañana siguiente, durante el desayuno, le dije que tenía un secreto para ella. De alguna forma deseaba darle un poco de tranquilidad y ánimo con una pequeña alegría. Sacarla aunque fuera por un momento, de sus continuas preocupaciones.

—¡Dale! ¡Decime tu secreto! —exclamó, entusiasmada.

—Hablé con el instructor para ir con vos el próximo domingo a dar una vuelta en la avioneta.

—¡Eso no es un secreto! ¡Es una sorpresa! —casi gritó—. ¡Una linda sorpresa! Volar por primera vez. Y... yo, ¿qué te regalo? Dejame pensar, dejame pensar... el domingo a la noche te invito a ver *Los aventureros*, la pasan de nuevo en el cine Ariel. La avioneta que aparece en la película es también roja y blanca. ¡Qué lindo! Me gusta que estés conmigo. Sin vos son vacías mis mañanas. No te vayas nunca. Te entrego todo lo que soy —me dijo—, hasta te doy mi llavecita dorada. A partir de ahora es la llave de tu memoria. Si un día buscás en ella me encontrarás en todos tus caminos. Seré siempre tu pasado y tu futuro... El presente puede cambiar.

A modo de epílogo

> Nunca te mostró la naturaleza ni el arte
> cosa que mayor placer te produjese
> que el bello cuerpo en el que estuve encerrada,
> y que ahora está sumido en la tierra.
> Y si aquel sumo placer te faltó con mi muerte,
> ¿qué cosa mortal podría después atraer tu deseo?
>
> D. Alighieri, *La Divina Comedia*, Purgatorio, Canto XXXI

En la pared, sobre el escritorio, borroso por mis lágrimas, el mapa de Australia. Junto a mí, tirado sobre la cama, Marcel lloraba la ausencia de Daniela. Ella había ido el viernes treinta de marzo a una reunión de compañeros del IAVA para organizar una manifestación por el estudiante asesinado la noche anterior. Pasados dos días, no había regresado a la casa. Y nunca más volvería…

Silvia y el padre lloran la muerte de su hija. Nada en el mundo podrá suplantar esa pérdida. Cuando esa hija es secuestrada, torturada, asesinada y nunca se la puede encontrar, ese dolor es muchísimo peor. Ya no queda nada. Se sigue buscando ese vacío, esperando hallar algo de ella, algo que nos deje saber que aún puede existir, aunque la realidad presagie lo contrario.

Querés detener el tiempo, mover las agujas del reloj al revés, que hoy sea viernes y escaparte con ella al otro lado del mundo. Desesperado, corrés y no querés mirar para atrás. Sentís que tu mano está vacía, tu ilusión es inmaterial. Te dejás caer y vuelve ese nudo a la garganta. Cerrás los ojos y te apretás con fuerza la cabeza diciéndote: «Es solo un mal sueño, Daniela vive».

Y la oís que está en la cocina y que ya viene. Mirás la puerta de la habitación esperando que la abra y entre. Y la puerta parece que se abre y no se abre, porque ella ya no está. Pero vos seguís esperando, porque sería una locura pensar que está muerta. No. No lo está. Está desaparecida, que es peor.

Los recuerdos quedan. Sin ellos sería como morir dos veces, la absoluta soledad, más dura que la propia muerte.

En la desolación de aquellos amargos días, Silvia me entregó la cajita de Daniela, diciéndome que no estaba cerrada con llave. En su interior, una fotografía reciente de ella; una más antigua, de Enrique; otra de ella, abrazada a Carla, y una foto mía con un papelito sujeto al dorso.

Lo abro y leo:

«Solo tiene vida en mí lo que aún no existe»

Y más abajo, una dirección:

ANNETTE SERGENT, LE ROCCENT.
Carretera de Prémartine, Le Mans

Sin duda alguna, el mensaje era para mí. ¿Qué habría querido decirme con esa frase? ¿Sería que esperaba el triunfo de la lucha armada? ¿Sería que esperaba un hijo mío? ¿Qué quiso decir?

Con el consentimiento de Silvia, guardo la foto de Daniela en el bolsillo izquierdo de mi camisa, asegurándole que haría una copia y le devolvería la original. Pongo otra vez la cajita encima de su escritorio. Sobre el cabecero de la cama cuelgo la pequeña llave dorada. Quito el pañuelo rojo de la lámpara y lo guardo en mi bolsillo.

Habían pasado dos meses de la desaparición de Daniela. Meses de búsqueda y desesperación, de lágrimas y silencio. Era el insoportable vacío de su ausencia.

Hugo había vendido la casa de mi madre en Paso de los Toros. Con una parte del dinero, compro el pasaje en barco de Montevideo a Barcelona.

En la mañana del 31 de mayo de 1973, me despido de Lisa con un fraternal beso. Al mediodía, subo a bordo del MS AUGUSTUS. Varios amigos, y también mi hermano, me acompañan al puerto. Marcel y Alfredo caminan apretados a mí hasta la escalera de embarque; entre lágrimas y abrazos, nos despedimos para siempre.

Dos semanas más tarde, el catorce de junio, desembarco en Barcelona. Conmigo tenía una mochila, una valija, cien dólares en el bolsillo y, muy junto a mí, la foto de Daniela. Seis días me quedo en el apartamento de Amadeo Torrent. Luego, emprendo viaje a Francia.

Duermo una noche en la estación de Toulouse. Al mediodía siguiente, llego a Le Mans. El autobús me deja en la última parada, justo en las afueras de la ciudad. Camino cerca de un kilómetro por la carretera. A mi mano izquierda, unos terrenos de cultivo; a mi derecha, después de pasar frente a dos casas de campo, llego a un vallado con un portón de madera entre dos pilastras de piedras. En una de ellas, grabado sobre una cenefa de pizarra, leo: Le Roc-cent–Famille Sergent. Observo, al final del sendero flanqueado por árboles, una casa blanca con tejas negras. Luego de unos minutos de reposo, con cierta inquietud, llamo al timbre y oigo ladrar a un perro.

Un momento más tarde aparece, caminando hacia mí, una mujer joven que aparenta tener mi edad.

—Te esperaba —me dice con una clara mirada, y agrega—: Soy Annette.

Glosario

Expresiones rioplatenses

Bagayero: vendedor ambulante de mercancías de contrabando.
Boliche: pequeño comercio, tienda, bar.
Boludo: persona tonta, necia, inepta.
Cafisho: proxeneta, al estilo del *gigolo* italiano.
Canchero: persona que se las da de ducho, experto, que quiere sobresalir.
Candombe: música y danza montevideana, de raíces africanas
Cañoncitos: pancitos salados y con grasa.
Carpincho: mamífero que habita los bosques y humedales de Uruguay.
Chirolas: monedas pequeñas con escaso valor.
Chops: jarra de cerveza.
Chuño: almidón de papa. Voz proveniente del *quéchua*.
Coger: fornicar.
Concha: vagina, coño.

Fainá: masa hecha con harina de garbanzos. De origen italiano.
Grappa: orujo italiano.
Guachito: niño que es huérfano. Voz proveniente del *quéchua*.
Guarango: persona grosera que se cree graciosa.
Guri / Gurisa: niño, niña. Voz proveniente del *guaraní*.
Isabelino/a: gentilicio dado a los habitantes de Paso de los Toros.
Llamadas: fiestas callejeras populares de grupos de *candombe*.
Mango: voz coloquial referente a la moneda de un peso uruguayo.
Martín Fierro: postre o merienda. Consiste de un trozo de dulce de membrillo sobre una rebanada de queso.
Milanesa: filete empanado.
Mina: mujer. Voz proveniente del *lunfardo* rioplatense.
Montonero/a: integrante de la organización guerrillera argentina *Montoneros*.
Pucho: colilla o resto de un cigarrillo. Voz proveniente del *quéchua*.
Quilombo: referente a burdel.
Quitandero/a: prostitutas ambulantes del medio rural. Término creado por Enrique Amorim para su novela *gauchesca*: *La carreta*
Rapadura: dulce hecho con azúcar de palma.
Scones: pequeños bollos dulces o salados
Ticholos: barritas de guayabas o bananas

Tupamaros: integrantes del Movimiento de Liberación Nacional.

Yira: mujer que ejerce la prostitución callejera.

Siglas

AFE: Administración de ferrocarriles del Estado

IAVA: Instituto Alfredo Vázquez Acevedo. Centro de enseñanza Secundaria, con gran relevancia en la protesta estudiantil

FER: Frente Estudiantil Revolucionario. (Movimiento radical estudiantil, con amplia presencia en el IAVA)

FUNSA: Fábrica uruguaya de neumáticos S.A.

JUP: Juventud Uruguaya de Pie. (Organización fascista)

MLN-T: Movimiento Liberación Nacional – Tupamaro (Organización de orientación marxista y estrategia de lucha armada)

ONDA: Organización Nacional de Autobuses

UTE: Usinas y Teléfonos del Estado

SOBRE EL AUTOR

Arturo Fornari Rosso, nacido en 1950 en Paso de los Toros (Uruguay), con veintitrés años emprendió un exilio semivoluntario que lo mantiene desde entonces fuera de su país natal. En la actualidad, reside en España.

De profesión carpintero, comenzó a escribir ya en sus años de jubilado los recuerdos de su infancia. *Daniela o la juventud truncada* es una novela basada en su temprana juventud.

ARTURO FORNARI ROSSO
LeRoccent1973@gmail.com

Índice

A modo de introducción 11
1. 13
2. 33
3. 61
4. 77
5. 97
6. 105
7. 155
8. 175
9. 205
10. 213
11. 249
12. 271
13. 283
14. 297
A modo de epílogo 313
Glosario 317
Sobre el autor 321

Printed by Amazon Italia Logistica S.r.l.
Torrazza Piemonte (TO), Italy

47341833R00186